천년 동안

이 도서의 국립중앙도서관 출판예정도서목록(CIP)은 서지정보유통지원시스템 홈페이지(http://seoji.nl.go.kr)와
국가자료공동목록시스템(http://www.nl.go.kr/kolisnet)에서 이용하실 수 있습니다.(CIP제어번호: CIP2016017923)

13 푸른사상 소설선

천년 동안

고 선 소설집

푸른사상
PRUNSASANG

전생을 잊을 수 없는 까닭일까
간이역으로 가는 길
철길 옆
처마 낮은 붉은 벽돌집
그 벽돌집이 유달리 정겨운 건,

분꽃 피는 마당
내 생각의 울타리 감고 오르는 덩굴장미
예사롭지 않아

아주 오랜 옛날
나는 그 집의 첩이었거나 계집종이었거나

분꽃이 피고 장미가 피는 내내
내 몸에 분내가 나고
본처의 손톱 같은 붉은 가시에 찔려,
나는 필시
누군가를 친친 감아올린
시앗, 또는 그 몸종이었으리

폭풍우와 지축을 흔드는 우렛소리 지나
현생으로 건너와
이렇게 망연히 바라보는 날,

뒤란 두레박 소리, 나지막이
담장을 넘어오는 먼 그 집 앞

—「그 집 앞」 전문

처음엔 꽃 피고 새가 우짖었으나, 곧 눈비와 폭풍우가 몰아치는 날
이 많았다. 지쳐가던 어느 한때, 무연히 돌린 눈길 속으로 나지막한
장미울이 들어왔다. 덩굴장미가 붉게붉게 타오르고 있었다. 내 전생
의 처마 낮은 빨간 벽돌집이었다.

나의 전생은 계집종이거나 첩이었지만 실은 "그 집"의 셋째 딸이지
않았을까?

지축을 뒤흔드는 폭풍우에 휩쓸려 나는 현생으로 건너온 것일지도
모른다.

오래 내가 마실 가 있는 사이 등장한 계부나 계모의 수작으로 그 집 마당에 갇혀버렸는지도 모르겠다. 현생의 꿈속에서 언제나 나는 흐득거리니까, 장미울이 있는 집 대문을 두드리다 깨어나고는 했던 것이다.

삶은 너무 고단했고, 지독하게 외로웠다. 뒤늦게 찾아온 문학에의 열망이 유일한 구원의 처소였다. 그 열망의 힘으로 이야기들을 엮었다.

문학만이 나에게 유일한 등불이고, 나는 그 안에서 온전히 충만해진다. 여기 있는 이야기들은 그 밝고 충만한 순간들의 기록이다. 내 존재의 진정한 의미를 나는 그 속에서 확인할 수 있었다.

2016년 여름

고선

작가의 말

청동의 방

청동의 방

1

    토요일이면 읍내 거리에 군인들이 차고 넘쳤다. 공군 장교, 하사관, 사병, 그리고 육군과 구별이 잘 안 되는 전투경찰까지. 오전 수업을 마치고 집으로 돌아오는 길이면 도로변 2층 슬래브 건물 창문에는 최근에 유행하는 지바고 머리(긴 머리를 크게 틀어 올린 헤어스타일로 영화 〈닥터 지바고〉의 여주인공 라라의 헤어스타일에서 유래된 머리)의 여자가 팔짱을 낀 채, 화장술로 활짝 피어난 얼굴로 자주 창밖을 내다보곤 했다. 여자는 틈틈이 손거울을 들여다보며 아마릴리스 빛 입술에 루주를 덧칠하거나, 눈을 가늘게 치켜뜨고 마스카라로 속눈썹을 더 치켜 올리거나 분첩으로 탁탁 보안 얼굴을 더 뽀얗게 피워 올리고는 했다. 그때마다 나는 읍내 외곽 공군기지에서 외출 나온 터프한 장교가 여자의 지바고 머리에 큼큼 코를 박는다거나, 하얀 목덜미에 팔을 감는 상상을 하다가 두 **뺨**이 후끈 달아오르는 야릇한 경험을 하고는 했다. 그러면 여자의 어깨 너머로 피어 있는 한 송이 아마릴리스를 바라보는 것조차도 초경의 흔적처럼 부끄럽고 수치스럽게 느껴지고는 했다.

여기예요, 여기!

창문 밖, 계단을 오르려는 장교들에게 지바고 머리는 손을 흔들었다.

대위님!

호객 행위가 아니었다. 애틋한 몸짓이었다. 기다리던 애인을 부르는 음색이었다. 만지기만 해도 향기로운 꽃물이 묻어날 것 같은 그녀 몸이, 살눈썹 너머에서 출렁대고는 했다.

읍내 거리에서 마주치는 군인들은 대부분 검남색 정복 차림이었지만 간혹 빨간 마후라를 목에 두른 파일럿 복장도 있었다. 후익후익. 토요일의 읍내 거리는 언제나 들뜨고 술렁댔다. 독수리가 날고 있는 국방색 전투복 차림은 공군도 육군도 아닌 전투경찰이었다.

어이, 이쁜이! 호떡 사줄까, 찐빵 사줄까?

후익후익.

쥐구멍이라도 찾는 듯 쩔쩔매던 나는 후다닥 오던 길을 뒤돌아 낯익은 기와 담장 모퉁이 길로 꺾어 들었다.

저런 저런, 이쁜이 치맛단 뜯어졌어! 궁둥이에 껌도 붙었단 말이야!

이쁜이, 영화 보여줄게. 제일극장에 닥터 지바고 들어왔어!

아버지를 닮아 나이답지 않게 키가 호리호리하던 나는 상급학년이 채 되기도 전에 외출 나온 군인들에게 놀림을 당하곤 했다. 월경이 시작된 것은 그즈음이었다. 홧홧해오는 뺨을 만지며 나는 반닫이를 뒤져 엄마의 생리대를 꺼내 썼다. 어떻게 알았는지 그다음부터는 아버지가 하얗게 바랜 생리대를 마련해주었다. 거즈 천으로 만든 그것의 끝을 일일이 홈질한 것도 아버지였다. 부끄러울 것 없단다. 여자가 되는 거야. 아름다운 여자가 되거라. 군인들의 휘파람 소리가 멀어졌다. 어디선가 뜬금없는 낮닭의 울음소리가 들려왔다.

파란 대문은 열려 있었다. 굄돌을 받친 문은 1년 열두 달 닫힌 적이 없었다. 문은 망연하게, 때로는 무언가를 기다리는 것처럼 그렇게 있었다.

이제 오니?

셋방 언니였다. 수돗가에 쪼그려 앉아 수건으로 세안용 헤어밴드를 하던 중이었다.

예.

치약을 짜서 거품을 내는 언니에게서 민트향이 풍겨왔다.

애, 애.

언니가 나를 불러 세웠다.

예?

언니가 카악, 손짓을 했다. 기다리라는 시늉이었다. 막 마루로 올
라서려던 나는 마루 끝에 궁둥이를 걸쳤다.

세상에 넌 어쩜, 피부가 그렇게 눈 같니? 눈 같다 못해 창백할 지경
이다, 애. 촌에 살아도 촌티가 하나도 안 나, 넌.

기껏 그 말이었다. 엄마 말대로 언니는 가끔 철딱서니 없어 보이기
도 했지만 천성은 맑은 여자였다. 노란 피부에 외까풀 눈, 가늘고 높
은 콧날, 얄팍한 입술, 휘어질 듯한 가느다란 허리와 황새 같은 목을
그녀는 지니고 있었다. 간드러지게 생긴 인상이야. 아니, 애잔해 보
여. 이쪽으로 보면 간드러지기도 저쪽으로 보면 애잔해 보이는. 사내
호리게도 생겼지, 뭐.

김우식 씨 댁이지라우?

웬 촌부 차림의 여자가 대문 안으로 들어서자 언니가 하얗게 정색
을 했다.

누, 누굴…… 차, 찾으신다구요?

김우식 씨라고…… 김우식 씨라고 했구먼요.

언니가 나를 쳐다보았다.

…….

나는 고개를 저었다. 아빠 성함도 아니었다.

그 양반 계시지라우?

다른 곳에 가서 알아, 보셔야, 겠는, 데요오?

시, 실례했구만유.

크게 실례했구만유!

아낙의 등에 대고 언니가 입술을 비틀었다.

서울 가서 김 서방 찾기지. 뭐, 뭐라고? 김우식? 아이고, 내 가슴이
야.

언니가 손으로 가슴을 눌렀다.

간 떨어질 뻔했잖아.

그러고도 언니는 아낙이 사라진 대문 쪽을 향해 세숫물을 휙휙 뿌
렸다. 그 순간의 언니는 간드러지고 애잔한 것도 아닌, 막 굴러먹은
인생 같았지만 아무려나 나는 언니가 싫지 않았다. 엄마 대신 밑반찬
도 만들어주고 칼칼한 매운탕도 끓여주는 언니였다. 속정이 가는 여
자였다.

그러나 언니를 골려주고 싶었다.

왜, 그렇게, 화를 내는 건데요?

내 은근한 물음에 언니는,

……!

푸르르 세숫대야를 동댕이치고는 방으로 들어가버렸다.

어머머! 이런, 몸이 불덩이 같네. 언제부터 이랬어? 진작 언니한테
연락하지 않고서어. 이걸 어쩌니. 어서 언니 등에 업혀. 자, 어서.

엄마는 아직 귀가 전이었고 지병이 깊어진 아버진 혼자 몸 추스르
기도 힘든 터라 이 악물고 버티던 중이었다. 복통이 여간한 게 아니

었다.

소독약 냄새 속에서 눈을 떴던가.

충수염을 방치해 복막염이 된 겁니다.

의사가 물러가자 언니가 손을 잡아 왔다.

이젠 괜찮니? 안 아파?

퇴원하기까지 언니는 내내 병실을 지켜주었다.

복숭아 통조림이야. 백도야, 백도. 니 살처럼 뽀얗지? 그치, 그치? 부지런히 먹고 기운 차려야지. 자, 먹어봐.

언니가 포크로 찍은 백도 조각을 턱밑으로 들이밀었다. 가슴이 찌르르했다.

언니 살이 더 뽀얀걸요.

언니 얼굴이 활짝 피어났다. 가려운 데를 정통으로 긁어준 것이다.

정말이니?

아릿한 갈색 눈이 마스카라로 길어진 살눈썹 밑에서 출렁였다.

착하고 아름다운 데가 있는 언니였다. 아버지의 시 같은. 다 이해되지는 않지만 어디가 야릇하게 아름답다고 느껴지는 그런 것이 언니에게서 흘렀다.

한데도 어느 순간 그녀는 내게, 이방인이었다. 엄마의 등신대 거울 속에 들어 있는 그 무엇일까. 마음 어느 곳에서 나는 그녀를 멀리 두고 있었다. 새끼손가락. 의상봉 공군기지에 근무하는 공군 소령의 새끼손가락이기 때문일까? 언젠가 옆집 아줌마는 언니의 등에 대고 새

끼손가락을 까딱까딱해 보였다. 파란 대문. 그랬을 것이다. 파란 대
문 밖에 나는 그녀를 두고 있었을 것이다.

2

폐병쟁이라고 불리던 아버지가 돌아가시자 우리 집 대문은 더 이
상 파란색의 새 옷을 입지 못했다. 버짐 핀 아이의 얼굴처럼 군데군
데 칠이 벗겨져도 엄마는 무심했고 나는 어렸다.

수돗가 위, 등나무 덩굴이 연두색 이파리를 피워낼 즈음이면 아버
지는 어김없이 대문에 파란색을 덧입혔다. 펭귄표 파란 페인트에 시
너를 섞어 나붓나붓 붓질을 해갔다. 그럴 때면 아버지의 방 창문 너
머로 보이는 스킨답서스가 넘실거리는 것을 나는 볼 수 있었다. 병
약한 몸에 대한 위로였을까? 대리 욕망이었을까? 넘실거리는 파란
빛, 아버지는 그 그늘에서 넘실거리는 듯했다. 그때마다 아버지의
창백한 이마를, 그 위로 흘러내린 버석한 머리칼을 쓸어 올려주고
싶었다.

제가 간직해두겠어요.

청소 중이던 엄마 손에 들려 나온 것은 만년필이었다. 아버지가 어
른댔다.

어디다 쓰게, 잉크도 없는 것을?

엄마가 나를 빤히 쳐다보았다.

……상관없어요.

나는 눈초리에 힘을 주었다. 아버지의 꼬리 잘린 이야기들이 거기 유물처럼 남아 있을 것만 같았다. 만년필 뚜껑을 열면 스킨답서스, 그 줄기들이 가닥가닥 덩굴을 뻗어 빨갛게 녹이 슬어버린 대문에 파란 새 옷을 입혀줄 것만 같았다.

마음대로 하렴.

장판 위로 만년필이 굴러왔다. 나는 만년필을 집으며 엄마를 이윽히 바라보았다. 바쁜 와중에도 아버지를 위해 곰국 끓이는 일을 멈추지 않던 엄마가 그리웠다. 벌써 엄마에게 아버지는 앨범 속 흘러간 추억쯤이나 되는 듯했다. 벽장 속에 처박아둔 녹슨 괘종시계쯤인지도.

대앵 댕…….

어디선가 괘종시계 소리가 울려왔다.

대앵 댕…….

아버지 목소리도 들려왔다.

> 미장원집 여자의 가랑이 새로
> 사내들이 물구나무 서 있었네
> 처음엔 이발소집 아저씨였다가
> 세탁소집 아저씨이기도 했다가
> 안개 짙은 밤엔

구레나룻 무성한 내 남자의 얼굴이
횡단보도 건너는 붉은 달마냥 홀연했네

웨이브파마를 하고 있는 동안
거울 속에서 나온 누렁이가
여자의 가랑이 사이에서 얼쩡대는 것을
아무도 보지 못했네
큼큼대는 누렁이 코 따라 길어진
내 코가 여자의 귓불에 닿아
귓구멍 속으로 슬그머니 사라진 것을

여자의 볼우물에서 피어나는
기화요초 수풀에서 보아버렸네, 분분히
분분히 내리는 나비 비늘에
노랑 보라 초록 하양 빨강 분홍빛 세상, 나는
이제 또 한세상 무엇으로 내리려나

미장원집 여자의 가랑이 새로
도홧빛 붉은 달이 걸려 있네

시인이던 아버지였다.
대앵 댕.
괘종시계 소리도 사라졌다.

눈코 뜰 새 없이 바빠도 엄마의 돈벌이는 변변치 못했다. 학비를 제때에 준 적이 거의 없으니까. 엄마는 이발사도 아니었고 다방에서도 가오마담 노릇도 못했다. 요소요소에 종업원을 두고 카운터 일을 보면서 재정 관리를 하고 식솔들의 밥을 해 먹이는 위치에서 조금도 벗어날 줄을 몰랐다. 그래도 엄마 덕분에 우리는 그 바닥 물에서는 뒤처지게 사는 편은 아니었다. 다들 아득바득 살던 때였다. 다방과 이발소는 같은 건물 1, 2층에 있었는데, 엄마는 거길 오르락내리락거리며 호탕하게 웃고는 했다. 아버지가 돌아가시고부터 엄마의 화장이 짙어지긴 했지만 나는 개의치 않았다. 목소리도 걸걸하고 이목구비도 큼직큼직한 엄마에게 어느 남자가 꽃 같은, 과육의 향내 같은 여성을 느낄 수 있을까.

하지만, 오래지 않아 엄마에게도 남자가 생겼다. 뜻밖이었지만 그럴 수도 있을 것이었다. 아버지처럼 생긴 남자였다. 하얀 피부에 깊게 쌍꺼풀 진 눈, 호리호리한 키, 옆으로 가르마를 탄 긴 상고머리가 천생 아버지 모습이었다. 시인이래. 레지 언니들이 속삭였다. 역시 아버지 이력이었다. 다방에 들를 때마다 그 남자가 거기 있고는 했다.

애, 애. 느네 새아빠 될 사람 봤어? 멋지게 생겼더라, 애.

나는 입귀를 실룩였다.

왜? 아직 못 봤어? 응?

돼지 인물 보고 잡아먹어요?

불쑥 핏대를 세웠다.

조개!

언니가 실눈을 떴다.

오호라, 이제 보니 심통이 난 거야. 그렇지? 맞지?

언니가 흐들갑을 떨며 내 눈을 들여다보았다.

엄마 안 들어오신대?

동생과 후룩후룩 개다리소반에서 라면을 먹고 있는데 언니가 큼,
기침 소리를 냈다.

네. 전화 주셨어요.

밥이 없어? 내가 해줄까?

라면이 먹고 싶었어요. 밥은 있어요. 먹고 싶으면 남은 국물에 말
아 먹으면 돼요.

남자가 생기고부터 엄마는 종종 외박을 했다. 하지만 읍내 여관은
아닐 것이었다. 읍내 바닥에서 엄마 얼굴을 모르면 간첩일 터였다.
다방에 딸린 방은 레지 언니들이 차지할 테고 이발소 방도 당연 이발
사 아저씨가 차지할 것이었다. 달빛만이 알 수 있으려나? 다음 날이
면 일찌감치 집에 돌아오는 엄마가 나는 다행스러웠다. 요것조것 정
성 들여 밥반찬도 만들어주고 새삼스레 주전부리할 음식도 만들어주
는 것이었다.

타고난다니까.

나는 라면 올만 말아 올렸다. 가끔 엄마는 파란빛의 와이셔츠도,

흰 모시 적삼도 세탁해 다림질해 가고 속옷도 남자 양말도 세탁해 갔다. 우리들에게 주던 용돈도 줄었고 수업료 내는 날짜도 점점 더 늦어지고 있었다.

엄마 말이야.

젓가락질을 멈추고 나는 언니를 바라보았다. 내가 닭대가리인 줄 아나? 문틈으로 흘러든 달빛의 눈매가 언니의 눈빛과 닮았다는 생각이 들었다. 신경질이 났다.

아빠가 보고 싶기 때문이라구요!

정말 그럴지도 모른다. 심술이 나서 내뱉은 말끝에 섬광처럼 그게 스쳐 지나갔다. 만날 수 없는 아버지를 그 남자를 통해 만나고 있는지도. 그러나 엄마 가랑이 밑에서 물구나무 서 있는 남자가 떠오르자 빈속에 산토닌을 먹었을 때처럼 속이 메슥거려왔다. 헤실헤실 웃고 있는 언니 얼굴이 노오랗게 흔들렸다.

꽃다방 마담네 집 맞지?

달빛 탓인지도 몰랐다. 엄마가 외박하는 밤이면 문틈으로 흘러들던 그 얄궂은 달빛의 장난으로밖에 설명되지 않았다.

설 선생을 모른다고 하진 않겠지?

중년의 여자 둘이 파란 대문을 넘어오던 날, 엄마의 사랑은 벼락을 맞았다. 폭풍우가 지나간 동네 어귀의 화원 꼴이 되고 말았다.

우리는 설 선생이 홀아비인 줄 알고 있었다구요. 안 그래요, 언니?

라고 보채듯 물었을 때 엄마는 넋을 잃고 퍼더앉아 있기만 했다. 대답이 필요해서라기보다는 억울하다 보니 다짐 삼아 한마디 던져두었을 언니의 심사가 눈에 잡혀왔다. 새아빠 어쩌고 운운하던 언니의 말 속에서 나도 그것을 감지했던 터. 언니마저도 한 방 맞은 꼴이었다. 한 번씩 엄마 다방에 마실 다니던 언니 눈에도 설 선생은 영락없는 홀아비였던 것이다.

피해자는 우리 쪽인걸요.

누구에게랄 것도 없이 한 번 더 못을 박은 언니가, 검불 속 같은 엄마 머리 다발을 갈퀴손으로 빗질해주는 것을 나는 김이 오르는 저녁 밥상을 바라보듯 지켜보았다.

여전히 엄마 분 냄새는 새로웠다. 장미 향이며 잘 익은 과육의 향인가 하면 남진이나 문주란이 부르는 노래의 음계가 엄마 주위에서 흐르는 듯도 했다. 다시 누군가의 와이셔츠를 세탁해 다림질해 가고 속옷도 빨아 얌전히 개켜 갔다. 엄마가 빨아 가는 와이셔츠와 속옷의 주인이 바뀔 때마다 엄마 머리에는 새치가 늘어갔고 나는 처녀꼴이 박여갔다. 그렇게 흘렀다. 엄마도 나도 괘종시계 소리 속으로 흘러갔다.

니네 아빠를 못 잊어서야.

그사이에도 엄마의 사랑은 더러, 폭풍우 맞은 동네 어귀의 화원 꼴이 되고는 했다.

그 남자들 속에 니네 아빠가 살아 있는 거야.

언니 말대로 엄마의 사랑이 번번이 실패하는 이유는, 순전히 아빠 때문일 거라고 나도 새록새록 깨달아가던 터였다. 하필이면 아빠가 즐겨 입던 파아란 빛깔의 와이셔츠며 흰 모시 적삼을 마련해 남자들에게 입히고, 하루가 멀다 하고 때 묻은 그것들을 들고 와 세탁해 다림질해 가는 등, 심지어는 병약한 아빠의 보양식이었던 곰국 끓여다 바치는 일까지도 마다하지 않는 엄마였으니까.

그 여자들이 맹추니? 자기 남자가 번번이 세탁한 새 와이셔츠를 입고 새 양말을 신고 오는데, 어느 여잔들 눈치 못 채겠니. 아유! 내가 정말 못 말려.

엄마가 당할 때마다 애꿎은 언니 얼굴도 손톱자국으로 만신창이가 되다 보니 한 번쯤은, 엄마에 대한 부아가 치밀어 오르기도 했을 언니였을 터였다.

형님, 잣죽 끓였어요.

사랑이 끝날 때마다 식음을 전폐하며 앓아눕는 엄마를 거두는 일도 언니 몫이었다.

어서 일어나봐요오.

언니가 김이 오르는 잣죽을 수저로 떠서 호호 불어 턱밑에 들이대도, 죽은 듯이 누워만 있는 엄마였다.

한 수저라도…… 자, 어서요.

먹지도 않고, 한마디 구린 입도 떼지 않는 엄마가 얄미워서 속마음으로 눈을 흘긴 적도 있었지만, 잎이 다 진 등라처럼 혈색이 마르는 모습은 또 안타까웠다.

다녀오마.

어찌어찌 자리를 털고 일어나 다방에 나가는 엄마의 뒷모습은 이제 아무도 찾아들지 않는 마른 등나무 그늘이었다.

그러다 홀연,

이제 됐다, 됐어!

하는 언니의 호들갑 속에서 다시 분 냄새가 나고, 장미 향이며 과육의 향이 나고 문주란이 흐르고 남진이 흐르던 것은 다행이었을까, 불행이었을까.

엄마가 정식으로 재혼을 한 적은 없었다. 어쩌면 엄마는 현명한 여자인지도 몰랐다. 사랑이 무엇인지 아는 여자인 것도 같았다. 엄마의 사랑은 아버지에게 하던 그대로의 사랑 방식이었으니까. 상대를 보살피는 듯한.

그래서였을까?

나는 어머니 같은 남자를 만났다. 아버지 같은 남자가 좋았지만 그런 아버지를 내 안에 품으면 된다고 생각했다. 아버지 같은 여자가 되어 엄마와 같은 남자의 사랑을 받으면 된다고 생각했다. 엄마가 남자들에게 준 사랑을 남편을 통해 되돌려받고 싶었다. 어쩌면 그것은 엄마에 대한 위무인 동시에 아버지에게로 가는 길일 수도 있으니까.

계산 착오였을까?

차츰 남편은 변해갔다. 목욕에서부터 양말 벗기, 하다못해 손발톱 깎는 일까지도 내게 종용했다. 뚝배기처럼 투박하게 생겼음에도 그가 엄마와는 다른 유형이라는 것을 깊이 깨닫던 순간 나는, 아버지 방에서 뻗어나온 스킨답서스가 그의 얼굴로 덩굴을 쳐가다 누렇게 말라가는 것을 지켜보았다.

대앵 대앵 대앵······.

괘종시계가 울린다.

파란 대문이 닫힌다.

앉은 자리가 아늑해진다. 눈꺼풀이 무겁다. 손의 악력이 풀어진다. 투둑. 들척이다 만 잡지가 거실 바닥을 친다. 소파 등받이에 깊숙이 등을 기댄다. 어깨의 힘이 풀린다. 아까부터 어른어른 다가오는 것이 있었다. 나는 초점을 맞춘다. 아마······ 릴리스······. 문득 전화벨이 울린다. 아마릴리스. 그 실루엣이라는 것을 알아차리는 순간이었을 것이다.

신해랑이라고 해요.

네?

나는 반사적으로 반문했다.

저를 한번 만나주시겠어요?

그녀가 쟁강쟁강 전화선을 건너왔다.

누굴······ 찾으시는지요?

어어? 기천국 씨 사모님 되시잖나요?

……

로데오거리 '카페 아마릴리스'. 저는 언제나 여기 있어요.

아마릴리스…… 아마릴리스…… 흐린 실루엣 너머로, 아마릴리스 빛 입술 하나가 선연히 피어올랐다. 화인처럼, 흰 와이셔츠에 찍힌 진홍의 입술처럼. 후익후익, 어디선가 휘파람 소리가 들려온다.

아가씨 손길은 부드럽게.

이쁜이, 찐빵 사줄까?

대위님, 여기예요, 여기!

무엇이 가랑이를 타고 흘러내린다. 쑥 손을 집어넣어 그것을 헤집는다. 음습한 안락감이 고여온다. 지바고 머리, 그 여자 냄새다. 기실 나는 한 번도 그 냄새를 맡아본 적은 없다. 그럼에도 나는 그 여자를 헤아릴 줄을 안다. '아마릴리스'로, '지바고 머리'로, '분 냄새'로.

'아마릴리스'예요.

하늬바람풍의 음계도 건너왔다.

로데오거리 '카페 아마릴리스'.

찰칵. 아마릴리스도, 음계도 사라졌다. 마스카라 솔을 손에 쥔, 아마릴리스 빛 손톱의 새하얀 손가락만이 뇌수 속으로 차오르듯 고여올 때,

'아마릴리스'예요.

다시 귀를 간질이는 신해랑을 나는 좇는다. 어느 문 앞에 이른다. '아마릴리스', 타는 듯 꽃잎을 연 아마릴리스가 카페 출입문에 조각

돼 있었다. 녹색의 문에 청동의 재질로 양각된 그것은 청동기 시대의 유물처럼 고색창연하면서도 모던한 화려함이 있었다. 기억 속의 문이었다. 파란 문이었다. 홀린 듯 다가서는 시야 가득 푸른 이파리들이 넘실댔다. 아버지가 넘실댔다. 아버지 사타구니께에서 푸른 이파리들이 넘실댔다. 거기서 나는 아버지의 파란 대문을 보았다. 아버지의 문은 억만 년 전, 청동기 시대부터 거기 있었을 것이다. 아버지의 꿈이 양각된 청동의 문, 파란 문. 나는 그 문에 이윽히 뺨을 대본다.

어서 오세요.

문을 밀자, 어린 처녀가 다가와 허리를 꺾는다.

저…….

누굴 찾으시는지요?

그게, 저…….

제풀에 고개를 갸웃했던가.

'아마릴리스'에 오면 언제든…… 당신…… 을 만날 수 있다는 전화가 있었어요.

처녀도 고개를 갸웃하다 이내 태연해진다.

아, 그러시군요. 이쪽으로…….

나는 처녀를 따라간다. 칠흑의 바탕에 백색 주단이 깔린 복도. 좌우로 돋을새김된 나신의 남녀들. 청동 빛 시간이 고여 있다. 바다로 떨어지는 해의 몸 같은 갓등이 홀연홀연 떠다닌다. '파라다이스', '유

토피아', '선샤인', '로즈마리'라는 이름표가 붙은 문을 지나 '아마릴리스' 앞에서 처녀가 똑똑 노크를 한다.

손님 모시고 왔습니다.

들어오세요.

비켜선 자세로 슬그머니 문을 열어주고 처녀는 사라져갔다.

파란 조명등 아래, 남녀 한 쌍이 엉켜 있었다. 그들을 받치고 있는 소파 등받이가 새하얗게 튀어 올랐다. 여자의 희고 가는 긴 팔이 남자 목에 둘려져 있었고 여자 가랑이 사이에서 남자는 으으으 몰아지경이었다. 내 혈관 속의 실핏줄들이 으 덩달아 덩굴을 쳐가는 듯했다. 어쩌면 아버지의 거세된 성이 내지르는 신음 소리 같기도 했다. 남자의 사타구니에서 보름달이 둥싯둥싯 떠올랐다. 무수한 보름달들이 홀연홀연 차고 넘쳤다.

저런저런, 조카 가슴에 상여 꽃이 피네, 피었네. 피가 말라가는 거야. 검은 피만 보여. 색이 터부인 거야. 누누이 말했지? 자리 따로 깔고 잠자리 드는 거 잊지 마소.

당고모의 하얗게 센 눈썹 위로 회색 담배 연기가 피어올랐다. 엄마는 얼굴을 붉혔다.

푹 고아 먹이소. 마늘, 대추, 황기를 모다 넣고 푹 고아야 하네.

우물가 등나무 가지에 길게 묶인 붉은 벼슬 선연한 수탉이 파닥파닥 날개를 치고 있었다. 10리 길을 걸어온 당고모였다.

색이 터부인 게야. 아암.

그날 밤, 엄마 방 아마릴리스가 꽃잎을 열지 않는 것을 보았다.

다, 당신을 위해서라구요.

아아아. 창호지 면이 미세하게 떨리고 있었다.

나는 아직 그런 쪽으로는 건강해요. 그러니 한 번씩은 참을 수가 없는 거요.

그 순간 창호지 면이 부풀어 오르고 스킨답서스의 실루엣이 어른 댔다.

으으으으.

당신 그러다 그 자리에서 각혈하시던 기억 안 나세요? 저는 그게 두려워요.

으으으, 으.

아빠 신음 소리가 비어져 나왔다.

으으으, 으.

장지문을 사이 둔 옆방에서 나는 자꾸만 고여오는 침을 삼키며 아버지의 그 소리를 헤아려보았다. 줄기줄기 손을 내밀어 파란 대문을 타고 오르려는 스킨답서스들의 뒤척임 소리가 꿈속으로 흘러들어오기 시작했다.

아흐~!

나는 달아오르는 뺨을 양손으로 감싸 쥔다. 남자의 보름달을 견디지 못하는 것이다. 그대로 돌아서는데 무엇이 내 등덜미를 움켜쥔다.

어머! 사모님이셨군요.

신해랑이었다. 남자를 밀어내며 그녀가 다리를 꼬았다. 사선으로 흘러든 조명등 탓이었을까. 그녀의 얼굴이 입체적으로 보였고 흘깃 나는 낯익은 등 하나를 만났다. 아……!

새벽녘에 돌아온 남편은 양쪽 어깨를 길게 붙잡고 뚫어져라 나를 노려보았다. 그리고 단단한 검지로 턱을 들어 올리더니 목덜미에 입술을 박았다. 푸푸. 거친 숨소리가 온 방 안을 메웠다. 내 곳곳으로 그 숨소리가 드나들었다. 쉼 없는 두레박질에도 다시 차오르는 우물처럼 나는 오르가슴을 느끼고 또 느꼈다. 그 사이사이로 진홍의 아마릴리스가 어른댔다. 그 여자…… 지바고 머리 여자였다. 고향집 셋방에 살던 새끼손가락 언니였다. 아버지가 파란 대문 너머로 사라지자 기다렸다는 듯 외박이 잦던 엄마였다. '카페 아마릴리스' 신해랑이기도 했다. 화장술로 활짝 피어난 지바고 머리의 여자를 보자 뺨이 후끈 달아오르던 열 살 단발머리의 나이기도 했다. 오욕스런 섹스에도 오르가슴을 느끼는 나일 것이었다. 한 송이, 두 송이, 세 송이…… 아마릴리스들이 쑥쑥 꽃대를 세우고 활짝활짝 꽃잎을 피워낸다. 욕정처럼 나는 그것들을 꺾어 쥐고 싶다. 아랫도리가 간지럽다. 정수리도 손끝도 간지럽다. 나는 손을 내민다. 뚝. 아마릴리스, 그것은 파란 대문으로 뻗어오르는 아버지의 스킨답서스를 비집고 들어서는 그 무엇이었다. 뚝뚝. 나는 속도를 낸다. 여자들의 웃음소리도 뚝뚝 따낸다. 지바고 머리의 여자와 새끼손가락 언니, 어머니와 '카페 아마릴리스' 신해랑의 분칠한 얼굴들이 모호하게 나타났다가 사라지고는 한다.

나는 뒤로 나가떨어진다.

미친 계집이야.

그가 벌겋게 나를 노려본다. 잉걸불 같은 야성이 활활 타오를 듯하다. 아마릴리스 빛 잔혹이 스친다. 나는 상체를 반쯤 들어올린다. 쿵! 다시 나가떨어진다. 뒤통수가 빠개질 듯하다. 일어나라. 아버지 목소리다. 아마릴리스를 멸종시켜! 스킨답서스가 죽는다. 알겠니? 나는 다시 상체를 일으킨다. 손을 뻗는다. 손톱을 세운다. 지바고 머리, 새끼손가락 언니, 어머니, '카페 아마릴리스' 신해랑, 그 여자들의 까마귀 빛 머리에 꽂힌 아마릴리스의 꽃물이 손톱 사이에서 묻어난다. 미친 거야, 너 미쳤지? 아얏! 나는 신음을 한다. 머리 근육은 물론이며 모근에까지도 심한 통증이 느껴진다. 앞 머리채를 휘어 잡힌 것이다. 내 얼굴을 좀 봐. 미치지 않고서는 이럴 수 없는 거야. 코앞에서 그의 얼굴이 기형적으로 확대되어 일렁인다. 멈추지 마라, 아마릴리스를 싹쓸이해라. 내가 사는 길이야. 너도 사는 길이지. 보겠니? 내 아랫도리를 보거라. 아마릴리스 탓이다. 나는 창백하도록 희고 가는, 긴 손가락을 따라간다. 스킨답서스, 그 덩굴들이 줄기줄기 말라가는 빛바랜 대문이다. 녹슨 자물쇠가 대문턱에 걸린 아버지의 발처럼 무기력하게 걸려 있다. 훅 나는 숨을 몰아쉰다. 사위를 더듬는다. 무언가가 손에 잡힌다. 날이 새파랗게 느껴진다. 사과 향이 스친다. 날이 새파란 것의 손잡이를 나는 와락 거머쥔다. 그리고 꽃잎이 흩날렸다. 어느 낮 꿈속의 봄날 같은 붉은 꽃잎들이 화르르화르르 흩날렸다. 비릿한 내음이 코끝으로 스며들어왔다. 친숙했다. 아버지의 피 냄새. 아버지는 늘 청동 대야를 끼고 살았다. 각혈이 시작되면 어김없이 기침 발작이 동반됐다. 심한 기침 때문에 각혈을 하는 것인지도 몰랐다. 산책길에서 돌아오던 아버지의 흰 모시 적삼에 붉은 꽃잎들이 어룽져 있기도 했다. 스킨답서스가 덩굴을 쳐가는 파란 대문턱에 발이 걸린 채 뭉클뭉클 붉은 꽃송이들을 피워내는 아버지일 적도 있었다. 아, 아버지······.

빛이 눈을 찔러왔다. 한 뼘만큼 열린 창을 통해 금빛 햇살이 쏟아져 들어왔다. 따사로웠다. 한적한 숲 사이로 흘러든 한줄기 빛 가운데 서 있는 듯한 알 수 없는 아련함 같은 것이기도, 무엇과 단절돼 있는 듯한 막연한 불안감이 들기도 한다. 문득, 입이 쩍 벌어졌다. 아아아아. 입을 토닥인다. 잠이 들었던가. 사위를 둘러본다. 고요하다. 빛줄기가 명암을 긋고 있다. 생각들이 날카롭게 스쳐 지나간다. 꿈을 꾸었던가? 나는 갸웃 고개를 젓는다. '카페 아마릴리스'의 전경이 붕 떠오른다. 불이 꺼진 영화관의 하얀 영사막에 나타난 조도를 집중시킨 그것처럼, 녹색의 문에 청동의 재질로 양각된 아마릴리스, 그것은 아버지가 이르지 못한 파란 문이었다. 아버지의 여윈 사타구니를 무성한 잎사귀로 덮으며 덩굴을 쳐 감아 올라가던 파란 대문이었다. 처녀가 안내한 '아마릴리스 룸'에서 묘령의 여자를 보았다. 낯익은 등도. 화르르 심장이 뛰기 시작한다. 다시 사위를 둘러본다. 과일 쟁반

은 어디에도 없다. 파란 날의 과도는 또 어디에 있을까? 생각들을 곧
추세워본다. 남편의 모습을 본 지가 꽤 오래되었다. 카페 아마릴리
스. 저는 언제나 여기 있어요. 다시 고개를 갸웃한다. 한참을 아득히
앉아 있다가 주섬주섬 나는 외출 준비를 한다. 로데오거리…… 로데
오거리…… 자꾸만 입속에서 그 말들이 되뇌어지고 '파란 대문', 아버
지의 파란 대문이 어른거린다. 거기 가면 스킨답서스가 줄기줄기 덩
굴을 쳐가는 아버지의 파란 대문을 볼 수 있을까. 심장이…… 이번엔
파아랗게 뛰기 시작한다.

후익후익.

어이, 이쁜이! 호떡 사줄까, 찐빵 사줄까?

저런 저런, 이쁜이 치맛단 뜯어졌어! 궁둥이에 껌도 붙었단 말이
야!

먼…… 토요일의 거리가 일렁이고,

문득 아랫도리가 축축해져온다.

아마릴리스 꽃물이다…….

거리의 햇빛 속에서, 청동의 아마릴리스가 홀연홀연 떠다닌다. 적
의인 것 같기도, 분신인 것 같기도 한 아마릴리스 너머, 파란 대문으

로 가는 등 뒤로 후익후익 군인들이 따라붙는다.

아가씨 손길은 부드럽게.

찐빵 사줄까, 호떡 사줄까?

후익후익!

초록 뱀

초록 뱀

봄빛 따라 장다리밭까지 걸어갔다. 보랏빛 천지였다. 푸르르 날아오르는 것이 있었다. 나비였다. 노랑나비 한 마리가 다시 밭둑에 내려앉는다. 살금살금 다가간다. 팔랑팔랑 날갯짓하던 나비가 다시 푸르르 날아오른 자리에 배꼽만 한 구멍 하나가 보인다. 발로 툭 차본다. 와르르 무너지다 호리병 주둥이만큼 커졌다. 봄 빛살로 환해진 구멍 속을 수연은 거의 물구나무 자세로 들여다본다. 초록 뱀 두 마리가 이쪽을 향해 뻗어오는 복숭아나무 가지를 타고 있었다. 엄마가 섬 그늘에 굴 따러 가면 아기가 혼자 남아 집을 보다가…… 어디선가 노랫소리가 들려오고, 엄마가 섬 그늘에 굴 따러 가면…… 복숭아나무 가지에서도 흘러나오고 있었다. 엄마가 섬 그늘에 굴 따러 가면…… 머리부터 구멍 속으로 미끄러져 들어가는 수연의 실루엣이 초록빛으로 변해간다……. 그림자 하나 밭둑에 길게 남는다.

2층집은 논밭을 지나, 개천을 건너고 또다시 논밭을 건넌 마을에 있었다. 은빛이 나는 양철집이었다. 햇빛이 하얀 오후의 마루 끝에 걸터앉아, 먼 그 집을 바라볼 때면 몽롱해지는 의식 너머로부터 속살대는 소리가 들려온다.

미친년이 살아. 아니, 아침마다 쌀을 얻으러 온대. 그때마다 2층집 할머니와 실랑이를 벌이곤 해. 미친년은 쌀을 더 달라 하고, 할머니는 자주 와서 조금조금 가져가라는 거야. 미친년이라, 쌀을 흘려버리고 입으로 들어가는 게 별로 없다는 거지. 나도 보았어. 미친년이, 저 개천에서 쌀을 씻는데 반은 개천 물에 흘리지 뭐니. 그렇게 쌀을 씻어 상엿집에서 밥을 지었던 거야. 그러다가 홀라당 태워버렸지 않니, 상엿집을! 그래서 움막에 사는 거래.

"미친년이다!"

들뜬 고함 소리가 들려왔다.

"미친년이다!"

나는 살눈썹을 들어올린다.

양재기 두드리는 소리 깡통 두드리는 소리도 들려왔다. 문 없는 우리 집 대문 너머 공터로 아이들이 우우 몰려들고 있었다. 맨발의 그녀를 좇고 있었다. 어깨, 허벅지가 드러난 해진 옷에 새끼줄을 머리에 두른, 미친년의 치맛자락과 긴 머리채가 봉두난발 흩날리고 있었다.

처음부터 미친년은 아니었대.

엿장수 가위질 소리도 끼어들었다.

2층집 댁이 내리 딸만 낳아, 씨받이를 들였는데, 저 미친년이 그 씨받이라는 거야. 아들을 낳았는데, 삼칠일 만에 젖먹이를 빼앗겼다는 거야. 그 때문에 미쳐서 날만 궂으면 2층집에 찾아와 괴성을 지른다는 거야.

씨받이가 아니었대. 여고도 졸업한 훤칠한 처녀를 2층집 남자가 꼬드긴 거래. 사랑에 빠진 거지. 아들을 낳았는데, 산간을 해주던 본처가 탕약에 나쁜 약을 타 먹였던 거래.

"와와! 와, 와!"

아이들의 함성이 드높아졌다. 나는 쭉 고개를 빼 내밀었다. 미친년 얼굴이 흙탕물로 범벅이 되었다. 누군가 길 웅덩이에 괸 곤죽 같은 흙탕물을 양재기로 퍼서 뿌린 것이었다. 깡통에 부러 줄줄 오줌을 누어 뿌리는 일도 다반사였다.

"용서해줘, 때리지 마!"

미친년이 비는 시늉을 했다.

"용서해줘, 잘못했어!

엿장수 가위질 소리가 높아졌다.

아이들이 저쪽으로 몰려가고 있었다. 한판 굿거리장단이라도 맞추듯, 신명나는 아이들 너머로, 홀연홀연 넘어가는 빨간 햇덩이가 눈에 들어오자 나는 문득, 참을 수 없는 욕구로 벌떡 자리를 차고 일어났다.

조금만 기다려줘요!

나는 부엌으로 들어갔다. 찬장 수저통에서 멀쩡한 놋숟가락 하나를 꺼내 들고 장독대로 갔다. 바닥에 깔린, 해바라기 울에 걸린 잔광에 은빛으로 튀는 돌멩이에 대고 박박 숟갈을 갈았다. 지난번 흘금흘금 나를 바라보던 엿장수 때문이었다. 아닌 게 아니라 멀쩡한 숟갈로는 면목 없는 노릇이었다. 많이 주세요, 많이! 나는 혼잣말을 해보았다.

주춤주춤 엿장수에게 다가가 숟갈을 내밀었다.

공터에 지게를 받쳐두고 유유자적 가위질 소리를 내고 있는 엿장수 등 뒤로 빨간 노을이 들고 있었다. 빨간 물이 든 잠자리 몇 마리도 빙빙 가위질 소리를 좇고 있었다. 엿장수 이마에도 눈에도 노을이 들고 있었다. 나는 쳐다보지도 않고 가위질 소리만 높이는 엿장수를, 고개를 빼고 올려다보았다. 오늘도 슬쩍 가져온 거니? 엄마는 아직 안 들어오셨니? 엿장수 눈이 은근해지는 걸 나는 놓치지 않았다. 엿이나 팔면 되지, 그러니까 엿장수 똥구멍은 찐득찐득한 거래요. 석유장수는 반질반질하다던데.

"많이 주세요, 많이!"

엿장수가 나를 바라보았다. 벙어리 아니었어?

"말을 잘 하는구나."

나는 엿장수가 건네준 기다란 엿가락을 들고 들어와 또 마루 끝에 걸터앉았다. 엄마가 섬 그늘에 굴 따러 가면 아기가 혼자 남아 집을 보다가 팔 베고 스르르르 잠이 듭니다…… 엄마가 섬 그늘에 굴 따러 가면…… 노래가 끝날 때까지 엿을 먹고 싶었다. 엿을 다 먹고 나면, 노을 속을 걸어온 엄마랑 단둘이 앉아 저녁을 먹고 총총히 떠오르는 하늘 별들에게 아빠는 어느 별에 사느냐고 물어도 봐야지. 밤이 되면 왜 단수수 이파리에서 쐐쐐 바람 소리가 나는지도, 엿장수는 왜 자꾸 엄마는 아직 안 들어오셨니?라고 묻는지도…….

"수연아, 수연아!"

창포 향이 났다. 엄마 눈 속에 마루에서 잠든 내가 들어 있었다.

"방에서 자야지. 굴러떨어지면 어쩌려고."

"……."

나는 희미하게 웃어보였다.

"어휴, 이쁜 내 새끼!"

엄마가 나를 꽉 안아주었다. 나는 속으로 까르르 웃음소리를 냈다.

"배고프지? 얼른 된장에 호박 넣고 지져줄게."

나는 고개를 끄덕이며 엄마를 바라보았다. 미안해요, 엄마!

그리고 방으로 들어갔다.

"챙겨둔 점심밥은 손도 안 댔더구나."

엄마가 뚝딱 저녁상을 들여왔다.

그뿐이었다. 밥상에 수저를 놓다가 알아채지 않았을까? 언제나 엄마는 아무 말도 안 했다. 처음엔 몇 개밖에 안 되던 우리 집 숟가락이 있는데 언젠가부터 늘어나고 있었다. 아마 내일이나 모레쯤이면 내가 엿과 바꿔 먹은 하나의 놋숟갈 대신 두 개의 숟가락이 수저통에 채워질 것이었다. 한동안은 그런 엄마에게 미안해 나는 엿을 사 먹지 않았다.

"도대체 너는 아이들과 어울릴 줄을 모르는구나."

가끔 엄마가 걱정을 했다.

"심심하면 엿이라도 사 먹으면서 놀아라."

언제나 화장품을 팔러 나가는 엄마였다. 사람들은 우리 엄마를 '창포화장품 아줌마'라 불렀다. 엄마가 화장품을 팔면서부터 동동구리무 장수가 오지 않았다. 둥둥둥둥 북소리가 나면 동동구리무 장수가 왔고 동동구리무 장수가 오면 둥둥둥둥 북소리가 났다. 북소리를 들으면 나는 꿈을 꾸었다. 엄마와 내가 동동구리무 장수를 따라 어디론가 가고 있었다. 들을 지나 산을 넘고 강을 건너 어디로 어디로 가는 것이었다. 양철집과 기와집, 초가집이 있는 마을도 개울도 바다도 보였다. 은하수가 있는 밤하늘에서 보았던 또 다른 별로 가는 길이라고 누군가 속삭였다.

"어디 가는 길이니?"

길가의 꽃들이 물었다.

"다른 별을 찾아 가는 길이에요."

"쉬었다 가려무나."

언덕 위에 걸린 구름이 말했다.

"동동구리무 장수를 놓칠 수가 없어요."

그러면 둥둥둥둥 북소리가 다시 울렸다. 둥둥둥둥둥둥둥둥…….

읍내에 나갔던 엄마가 창포꽃 노란 꽃이 핀 제복을 입고 동구 안으로 들어오면서부터 둥둥둥둥 북소리는 사라졌지만 마을 처녀들은 더 예뻐졌고 엄마들도 꽃처럼 피어났다.

"여잔 가꿔야 된다니까."

화장술을 지도하는 엄마 솜씨는 놀라웠다.

"동네가 다 환해진다니까.

마을 엄마들이 이구동성으로 말했다.

엄마가 '창포화장품 아줌마'가 되고부터 나는 미친년을 곰곰 생각해보았다. 미친년과 반대되는 얼굴을, 엄마의 화장품으로 더 예뻐지는 얼굴들을. 은정이 고모, 정희 언니, 혜정 언니, 수자 엄마, 태희 엄마, 점방 아줌마 등, 그 밖에도 활짝 핀 얼굴들이 떠올랐지만 나는 그만 눈을 감기로 한다.

"말끔한 모습은 선녀 같단다."

나도 보았다. 밭둑에 핀 무꽃을 꺾어 들고 나는 나풀나풀 개천 길을 걷고 있었다.

"이년아, 이리 와아!"

"내 아가는 어딨어요?"

"가만히 좀 있어어!"

봄볕이 내리는 개천가였다. 미친년은 히죽히죽 몸을 비틀고 2층집 할머니는 그런 미친년을 붙잡아 씻기느라 진땀을 빼고 있었다.

"내가 죽으면 어떡허니. 누가 밥을 주고 쌀을 주겠니. 불쌍해서 어떡허니……. 아이고, 이년아. 정신 좀 차려어! 아이고, 부처님!"

그때 문득, 왜 내가 슬퍼졌는지는 모르겠다. 나는 무꽃 보라 꽃 목을 똑똑 따서 개천에 띄웠다. 바보 바보 바보 바보바보바보!

"내 아가는 어딨을까……?"

미친년이 휘휘 사위를 둘러보았다.

"물거울 속이나 한번 들여다보거라. 니 얼굴이 얼마나 이쁜 얼굴인지……."

나는 보았다. 할머니 손에 옷도 갈아입고 머리도 말끔히 묶어 올린 모습은 미친년이 아니었다. 엄마 화장품 생각이 났다. 그 얼굴에 분도 발라주고 루주도 발라준다면 달력에서 웃고 있는 배우보다 더 예쁠 것만 같았다.

"내 아가는 어딨어요?"

"아이고, 아이고, 부처니임! 불쌍해서 어떡헙니까?"

할머니 한숨에 똑다리가 내려앉을 것만 같았다.

"고맙습니다, 엄마."

돌연 까만 눈이 꾸벅 인사를 했다.

"배고파."

"그래그래, 어서 집으로 가자."

할머니가 미친년 손을 잡고 들꽃이 핀 논둑길을 걸어갔다. 나도 나풀나풀 따라갔다. 이삭이 패고 있는 연초록 보리 이파리들이 좌우로

앞뒤로 그림처럼 펼쳐져 있었다. 그 위로 종달새와 참새들과 목덜미 흰 제비들이 날아다녔다. 더 높은 곳에서는 흰 구름이 흘렀다.

코앞에서는 처음으로 보는 2층집이었다.

대문 앞에 지프가 세워져 있었다. 콩기름내 나는 나무 대문채에, 은빛 망새 두 마리가 마주 보며 우짖고 있었다. 수리조합이며 양조장, 읍내의 빵 공장이 다 2층집 남자 거래. 수완가래. 가는 곳마다 첩을 둔다나? 저 일대 논들이 다 그 집 거래. 머슴이 둘이나 되고 식모도 있단다.

대문은 삐거덕 열려 있었다.

"안녕히 다녀오셨어요?"

열일고여덟쯤 돼 보이는 언니였다. 머리를 질끈 뒤로 묶고 마침 유행하고 있는 월남치마를 입고 있었다. 야자수 무성한 먼 이국 나라가 떠오르자 불현듯 입안에 단침이 고여 나는 엿물처럼 찐득한 혀끝으로 아랫입술을 핥았다. 엿장수 똥구멍은 찐득찐득…… 놋숟가락 생각이 났다. 부엌으로 비쳐드는 햇빛에 노랗게 발광하는 그것을 하나 빼들고 엿장수에게로 달려가고 싶었다.

"양푼에 밥 담아 올까요?"

언니가 미친년을 바라보며 말했다.

"이따 부르면 나오너라."

할머니가 위엄 있게 말했다.

"네, 어르신 할머니."

월남치마 자락을 끌며 미친년을 흘금대는 언니 눈에 실망의 빛이
스쳤다.

"너 좋아하는 계란찜 해줄게."

할머니가 미친년의 등을 쓸며 부엌으로 들어가는 것을 나는 대문
간에 기대서서 바라보았다.

"누구니?"

후드득 양철 지붕을 때리는 빗방울 소리에 놀라 돌아보자 한 소년
이 서 있었다.

"……."

나는 똑다리가 있는 서쪽을 가리켰다. 손끝 너머로도 후드득후드
득 빗방울이 떨어졌다.

"비가 오는데 어쩌려고……."

"……."

나는 소년의 창백한 얼굴을 바라보며 고개를 저었다. 괜찮다는 시
늉이었다.

"기다려봐."

집 안으로 들어가는 소년을 스르르 고개를 틀어 바라보는데,

"금제니?"

부엌 쪽에서 할머니 음성이 들려왔고,

"다녀왔습니다, 할머니."

마루로 올라서는 소년의 등이 한 번 출렁였다. 문득 나는 등을 돌

려 후다닥 뛰었다. 빗줄기가 이마를 때렸다. 저만큼 공터에 물자세가 보였다. 대뜸 안으로 들어갔다. 어둡고 비좁았으나 아늑했다. 목초 냄새가 났다. 코를 파고 들어오는 목초 냄새에 입안에 단침이 고여 왔다. 혀끝으로 아랫입술을 핥았다. 갈증이 났다. 옹색하게 몸을 틀어 나는 밖을 내다보았다. 2층집으로 이어지는 고샅길가 울타리 없는 채마밭에 흐드러진 파꽃들과 그 맞은편 강낭콩 줄기가 넌출을 뻗어가는 싸리울 사이로 노란 지우산을 받쳐 든 소년이 둘레둘레 이쪽으로 뛰어오고 있었다. 나는 마른침을 삼켰다.

여기야, 여기!

나는 물자세 앞으로 나가 쪼그리고 앉았다.

소년의 걸음이 잰걸음으로 바뀌었다.

"여기 있었구나."

"……"

등을 먼저 나는 물자세 안으로 들이밀었다. 이리로 들어와요! 나는 소년의 눈을 놓치지 않았다. 물자세 속 어둠이 다 가릴 때까지.

"누구니?"

눈을 떴을 때 우리는 뒤엉켜 있었다. 내 두 팔은 소년의 목을 껴안은 채였고 다리 네 개는 강낭콩 넌출처럼 뒤엉켜 있었다. 다리 하나가 소년의 다리 사이로 또 하나는 소년의 다리 위로 뻗어나가다 그만 잠이 들어 있었다.

"누구니?"

다시 물어왔다.

"……."

"나는 금제……."

나는 팔에 힘을 주었다.

"너를 한 번도 본 적이 없어."

"……수연."

"이사 왔니?"

"복숭아꽃…… 복숭아꽃마을에 살아."

"아! 개천 건너 서쪽……. 예쁜 마을이야. 2층 내 방 창으로도 보이거든."

"……."

"또 보고 싶다."

"……."

이대로 아침이 오도록 잠들 수 있다면 우리의 팔다리가 강낭콩 넌출처럼 밤새 뻗어나 2층집에 가 닿을 수 있을까……. 콩기름내 나는 나무 대문을 넘어 2층집 남자도 본처도 다 감아 오르고 싶어.

"대답해줄래?"

나는 팔에 더 힘을 주었다. 친친 감아 올라 그 머리에 보라 꽃을 피울 수 있다면, 보라 꽃 화관을 미친년처럼 두른 두 사람이 아이들의 조롱거리가 될 수만 있다면, 엿장수 따위를 기다리지도 않을 테야. 아이들과 어울려 곤죽이 된 흙탕물을 두 사람의 얼굴에 뿌리면서 노

을 드는 저녁을 기다릴 테야. '창포화장품 아줌마' 우리 엄마가 수연
아, 수연아, 부를 때까지.

"수연아!"

나는 후다닥 일어나 앉았다. 아니, 소년의 목에서 팔을 빼느라 더
디 일어났다.

누구?

나는 두리번거렸다.

"수연아!"

소년이 내 어깨를 흔들었다.

아…… 꿈속 같았다. 먼 꿈속에서 듣는, 나를 부르는 소리 같았다
수연아~! 안개바람 같았다. 그 바람 속에 실려온 무엇이 깜깜한 나를
깨우는 것만 같았다. 아슴아슴 다시 자리에 눕자 2층집 언니 월남치
마 자락이 아른거렸다. 해바라기만큼 자라면 소년과 멀리멀리 떠나
야지. 야자수 그려진 월남치마를 입고 엄마가 창포화장품 아줌마가
되어 들어온 동구 너머로 훨훨 떠나야지 하는데, 수연아! 부르는 소
리에 다시 소년의 목에 팔을 감았다. 아늑했다. 스르르 살눈썹이 감
겼다. 또 한잠을 잤다.

다시 눈을 떴다.

왜 자꾸 잠이 오는 걸까.

"이런 단잠은 처음이야."

언제 소년이 나를 내려다보고 있었다.

"……."

곧 소년이 손을 내밀었고 나는 그 손을 잡고 일어나 앉았다.

"……."

눈이 마주쳤다.

"……."

발걸음 소리가 지나갔다.

"……."

누렁이 짖어대는 소리도 들려왔다.

"……."

나란히 고개를 빼고 물자세 밖을 내다보았다. 하늘 별들이 총총했다. 엄마 얼굴도 떠 있었다. 수연아! 수연아!

"데려다줄게."

소년이 따라왔다. 낯이 하얀 손톱달도 별들도 따라왔다. 때 아닌 소나기에 씻긴 미풍이 뺨을 간질였다. 똑다리를 다 건넜을 때 돌아보았다.

"……."

"……."

별빛으로 그만 돌아가라는 시늉을 해보였으나 소년은 들판을 지나 마을로 들어와 공터가 보이는 곳까지 따라왔다.

"조심해!"

뒤를 돌아보자 저만큼 소년이 손을 흔들고 있었다.

안녕!

수연아! 수연아! 엄마 얼굴이 일렁여 뜀박질을 했다.

푸른 불빛이 눈을 쏘았다.

엄마!

칸델라 등을 높이 쳐들고 있는 엄마가 왜, 유령처럼 보였을까.

"수연아!?"

엄마!

엄마가 칸델라 등을 내려놓고 달려왔다.

"……이것아!"

엄마 목소리가 출렁였다.

"어쩌자고…… 어쩌자고 이제 와아?"

엄마가 울음보를 터뜨렸다. 나도 따라 울었다. 미안해요, 엄마!

꿈속에서도 엄마는 울었고, 나는 꿈속에서도 소년과 단잠을 잤다.
금제 금제 금제 금제 금제 금제 금제 금제……. 소년의 창백한 얼굴
이 온통 꿈속을 도배했다.

"똑다리를 건너지 마라."

다음 날, 일터로 가는 엄마가 말했다.

"심심하면 맘껏 엿을 사 먹으며 놀아라."

와! 와!

아이들이 또 미친년을 놀려대고 있었다. 깡통 두드리는 소리, 양재

기 두드리는 소리가 드높아졌다. 엿장수 가위질 소리도 높아졌다. 찬장 틈새로 비껴든 잔광에 발광하는 놋숟가락이 떠올랐지만 입안에 단침이 고이지는 않았다. 아랫입술을 핥지도 않았다. 소년의 창백한 얼굴이 보고 싶어졌을 뿐이다. 슬프도록 보고 싶어서 나는 마루 끝에서 일어나 발돋움하듯 먼 2층집을 바라보았다.

"이놈들, 그만들 들어가!"

자전거를 타고 지나던 마을 어른이 아이들을 쫓았다.

비실비실 달아나던 아이들이 하나 둘 엿장수에게 몰려들었다.

미친년이 휘이휘이 똑다리 쪽으로 가고 있었다.

날이 꾸무럭해지고 있었다.

이놈들, 그만들 들어가!

마을 어른 흉내를 내다 나는 불현듯 미친년을 따라갔다. 사이가 좁혀졌다. "엄마가 섬 그늘에 굴 따러 가면 아기가 혼자 남아 집을 보다가 팔 베고 스르르르……." 신음이 나왔다. 미친년이 노래를 부른다……? 토씨 하나 틀리지 않고…… 꿈속 수연이가 부르던 노래를. 머릿속이 멍멍해졌다. 엄마가 섬 그늘에 굴 따러 가면 아기가 혼자 남아 집을 보다가 팔 베고 스르르르 잠이 듭니다 잠이 듭니다 미친년을 따라 속으로 노래를 부르는 동안 2층집 앞에 다다랐다. 오늘도 대문은 삐거덕 열려 있었다.

"쌀을 줘요, 엄마!"

대문 안으로 들어간 미친년이 말했다. 마당 빨랫줄에서 빨래를 건던 할머니가 팔 안의 빨래를 얼른 마루에 내려놓고 미친년의 손을 잡아끌었다.

"들어가자. 밥 줄게."

"쌀이 필요해요!"

미친년이 할머니 손을 뿌리치며 앙탈을 부렸다.

"또 떼를 쓰는구나."

"우리 아가 배고파요. 암죽 끓여줘야 돼."

"……"

멀거니 미친년을 바라보던 할머니가 부엌으로 들어갔다.

"더 주세요! 응? 더 줘요오."

할머니가 바가지에 쌀을 담아 건네자 미친년이 또 팔팔 앙탈을 부렸다.

"또 다 흘려버리게? 조금조금 갖다 먹도록 하자."

"우리 아가 배고파요."

미친년이 울먹였고 문득 다른 목소리가 끼어들었다.

"할머니! 더 주세요, 제발!"

소년이었다. 한 아름 마루 기둥에 반쯤 몸을 가리고 있었다.

"이리 온!"

미친년이 팔을 벌렸다. 그러자 할머니가 하얗게 질려 미친년을 막아섰고 소년은 마루 기둥에 더 몸을 숨겼다.

"이리 온!"

너무도 자애로운 목소리였다, 애틋하니. 그 순간만큼은 미친년이 아니었다.

"더 주세요, 할머니!"

다시 한 번 소년의 목소리가 들려왔다.

똑다리 쪽으로 뛰는데도 소년의 목소리가 따라왔다.

"더 주세요, 할머니!"

울고 싶었다.

"더 주세요, 제발!"

문득 엿장수 가위질 소리가 들려왔다. 공터에 아직 엿장수가 있었다. 다시 해가 들고 있었다. 부엌 창으로 비쳐드는 햇살로 발광하는 놋숟가락이 떠올랐다. 입안으로 단물이 고여왔다. 찐득찐득한 엿물 같은 혀끝으로 나는 아랫입술을 핥는다.

기다려줘요!

부엌으로 들어갔다. 잔광도 아닌 온전한 금빛으로 발광을 하는 놋숟가락을 단숨에 꺼내 들고 나는 엿장수에게로 달려갔다.

"오늘은 멀쩡한 숟갈이잖니?"

엿장수가 숟가락을 뱅글뱅글 돌리며 나를 내려다보았다. 엿이나 팔면 되지.

"많이 주세요, 많이!"

내가 성난 목소리로 말했다.

"화도 낼 줄 아는구나."

"······."

"옜다! 많이 주는거다."

엿장수가 건네는 엿가락을 낚아채 들고 바람처럼 등을 돌렸다. 엿장수 똥구멍은 찐득찐득 석유장수 똥구멍은 반질반질 엿장수 똥구멍은 찐득찐득······. 문 없는 대문간에 으그대고 서서 나는, 햇빛을 받아 눅진해진 기다란 가락엿을 돌돌 말아 입 안 가득 몰아넣고도 엿장수 골려먹는 마음을 멈추지 않았다. 손바닥에 다른 손 검지 끝을 달달 돌려대는 시늉을 머릿속에 반복적으로 그려 넣고 있었다. 엿장수 똥구멍은 찐득찐득······.

마루 끝에 앉았다. 멀리 2층집이 내다보인다.

입안 가득 단물이 녹아 흐르자 스르르 살눈썹이 내려앉는다. 엄마가 섬 그늘에 굴 따러 가면 아기가 혼자 남아 집을 보다가 팔 베고 스르르르 잠이 듭니다 팔 베고 스르르르····· 나는 미친년을 따라가고 있었다. 좀 더 걸어가자 뿌연 안개 속에서 소년이 걸어 나와 미친년의 손을 잡았다. 그들의 걸음이 늦어졌고 이윽고 미친년이 다른 한 손으로 내 손을 잡았다. 우리는 짙어지는 안개 속을 향해 걸어갔다. 엄마가 섬 그늘에 굴 따러 가면 아기가 혼자 남아 집을 보다가 팔 베고 스르르르 잠이 듭니다 팔 베고 스르르르 잠이 듭니다. 노래를 마친 미친년이 아래를 내려다보았다. 소년도 나도 내려다보았다. 벼랑 끝이었다. 문득, 미친년이 몸을 날렸다. 잘 자라야 한다!! 땅이 진동하는 소리 같았다. 소년이 울부짖었다. 뛰어내릴 태세였다. 안 돼! 나는 소년을 잡아챘다. 어디서 그런 힘이 나왔는지 몰랐다. 질질 끌어 완만한 곳으로 데려갔다. 뒤늦게 나는 부르르 몸을 떨었다. 나 혼자 남아 어떡하라고…… 나는 흑흑 느껴 울었다.

"수연아, 수연아!"

창포 향이 났다. 엄마였다.

"무슨 낮 꿈을 그리 깊게 꾸니?"

엄마가 나를 안아 일으켰다. 또 마룻바닥이었다.

"생갈치 사왔단다. 곧 감자 넣고 지져 올게."

부엌으로 가는 엄마에게 물었다.

"나는 누구한테서 왔어요?"

"……"

엄마가 노을 든 눈을 껌벅였다.

아니 아니…….

나는 고개를 저었다. 엄마한테 미안했다.

"……"

엄마가 부엌으로 들어갔다.

나는 어디서 왔어요?

곧 부엌에서 칼질 소리가 들려왔다.

저녁을 먹고 나면 하늘 별들을 올려다보다가 엄마 무릎에서 나는 또, 잠이 들 것이었다.

어디선가 노랫소리가 들려온다.

희붐한 안개가 걷히고 복숭아나무가 보인다. 그 꽃그늘 아래 소년과 내가 나란히 누워 있다. 나는 곧 무릎베개를 만들어 소년의 머리를 안아 무릎에 얹고 노래를 따라 부르기 시작한다. 아기가 혼자 남아 집을 보다가 팔 베고 스르르르 잠이…… 후드득 빗방울이 떨어지자 나는, 소년을 흔들어 깨운다. 함께 일어나 두리번거린다. 저 멀리 물자세가 보이자 뛰어간다. 물자세 앞에 다다라 문득 뒤를 돌아보는데, 꽃잎이 흩날리고 있다. 연분홍으로 흩날리고 있는 그 아래 꽃무덤 하나, 점점 크게 쌓여간다. 마주 바라보는 우리의 눈에서 주르륵 눈물이 흘러내린다.

그 꿈을 꾼 다음 날이면 소년이 공터에 와 있었다. 엿장수 가위질 소리 생생한 그 자리에 와 있었다. 그때마다 엿장수는 오지 않았다. 멀리 다른 동네에서 내는 가위질 소리를 어쩌면 나는 듣고 있는지도 몰랐다.

수연아!

나는 뛰어갔다.

"복숭아밭으로 가."

소년을 잡아끌었다. 마을 끝에 있는 복숭아밭으로 갔다. 꿈속에서처럼 우리는 그 그늘 아래서 단잠을 자기도, 무릎베개를 만들어 소년의 머리를 안아 눕히고 나는 노래를 부르기도 했다. 처음 복숭아밭은 꽃이 피었고, 좀 더 지나자 흠흠 콧속으로 스며드는 단내에 두 손을 맞대고 깊숙이 서로의 눈을 바라보기도, 부둥켜안기도 하며 어쩔 줄 몰라 했다. 집으로 돌아와서도 엄마가 차려온 밥상의 국그릇 속이며 밥그릇 속, 콩기름내 나는 방바닥, 벽이며 천장, 엄마 얼굴에서도 소년의 얼굴이 복숭아꽃잎으로 아른거리는 꿈속이었다.

"잘 놀았니?"

저녁을 먹으면서 엄마가 물었다.

똑다리를 건너지 않았어요, 엄마!

나는 힘차게 고개를 끄덕였다.

"별을 보고 자지 않으련?"

"……."

수저를 놓을 때는 고개를 저었다. 이제 엄마 품에서 잠을 자지 않았다. 소년과의 꿈속을 살고 있었다.

"……."

엄마가 나를 찬찬히 바라보다가 빈 저녁상을 들고 부엌으로 나갔다.

엄마가 복숭아밭에 나타난 건 꿈이 아니었다. 단꿈을 꾸고 있는 우리 앞에 나타났다. 그때부터 나는 온통 꿈속을 살았다.

　이상한 일이었다.

　우리 집 앞에 2층집 지프가 세워져 있던 그 다음 날로 우리는 도시
로 떠났다. 엄마는 단번에 '창포화장품 아줌마'도 그만두고 나를 데리
고 먼 도시로 떠났던 것이다.

*

　엄마가 섬 그늘에 굴 따러 가면 아기가 혼자 남아…….

　노랫소리 들려오면 소년과 내가 복숭아밭에서 단꿈을 꾸고 있었
다.

　"너, 너희들…….."

　문득 하얗게 질린 엄마가 나타난다. 딱 반쪽만 노을 든 엄마 얼굴
이다.

　"……."

　우리는 엉거주춤 일어난다. 손을 꼭 잡은 채다.

　"안 된다!"

　엄마가 내 손을 잡아끌었다. 나는 소년을 놓치지 않으려고 버둥댄

다. 힐끔 쳐다본 소년의 창백한 얼굴이 더 창백하게 질려 있다.

"너희들은…… 안 된다."

"나는 금제하고만 놀 거예요!"

"……."

엄마가 눈을 크게 뜨고 나를 뚫어져라 바라본다.

"가자!"

기어이 엄마 손에 끌려가면서도 나는 자꾸 뒤를 돌아다본다.

수연아~!

엄마 서슬에 속으로만 나를 부르는 소년의 음성을 나는 다 듣고 있는 것이다. 수연아~!

금제 금제!

복숭아나무를 껴안고 이쪽을 바라보는 소년의 모습이 노을처럼 보인다. 금제 금제 금제! 안간힘으로 팔을 뻗어도 소년은 희미해져만 간다. 이윽고 노을로만 남은 복숭아나무 그늘을 견딜 수 없어 나는 울음을 터뜨린다. 엄마가 달래지만 소용이 없다. 끝없이 운다.

그때부터 울었다.

멀리 똑다리가 보이고 그 다리를 건너온 소년이 복숭아밭으로 가고 있다. 손에 잡힐 듯 복숭아밭은 가까운데 나는 갈 수가 없다. 엄마가 쳐놓은 금줄 때문에 한 발짝도 옮길 수가 없는 것이다.

나는 운다.

문을 열어주세요!

울음 끝에 정신을 차리고 보면 한밤중에 홀연히 바람벽을 두드리고 있었다.

복숭아밭으로 가는, 문을 열어주세요!

대답 없는 바람벽에 대고 또 울음을 터뜨리다가 축 늘어져, 집 둘레를 빙빙 돌았다. 문을 찾는 것이었다. 소년에게로 가는 문을. 날이 환해지고 나서야 혼몽한 잠 속으로 빠져 들어가느라, 흐득흐득 잔울음을 물다가도 꿈속 소년을 다시 보면 나는 또 울기 시작하는 것이었다.

울면서 해바라기만큼 자랐다.

*

옛길도 똑다리도 사라졌지만 여전히 길과 길은 이어져 있었다.

미친년이 죽었대. 할머니 돌아가시자 굶어 죽고 말았대. 움막에서 꽁꽁 동태가 되었다고도, 굶어 죽었다고도 해.

2층집 남자가 대문 밀고 들어오는 미친년을 작대기로 쫓아냈던 거래. 할머니 안 보이자 슬퍼진 미친년이 우우 괴성을 지른 탓이기도 하대. 2층집 본처 또한 미친년 양재기에 밥이라도 퍼주고 쫓았어야지. 아아, 어쩌면 좋아. 어쩌면 좋아.

학교에 들어간 금쪽 같은 2층집 아들에게, 미친년! 미친년! 너는 미친년 아들, 씨받이 아들이란다!라는 조롱이 줄창 따라다녔던 거야.

중학교 때 목을 맸어. 얼굴 창백한 미소년 금제는 그렇게 죽어갔대.

왜 나는 그 집 앞을 서성이는 것일까?

미친년이 아들딸 쌍둥이를 낳았다네. 딸은 곧바로 엎어 죽였다고도, 어디선가 꽃 같은 처녀가 되었다고도 하네.

이제 은빛 나는 2층집이 아니었다. 은빛도 아닌 갈색 녹이 슨 2층집은 퇴락할 대로 퇴락해져 있었다. 어떻게 양철 지붕에 풀포기가 다 자라고 있었다. 대문채에서 우짖던 망새 두 마리도 간곳없었다. 밑동부터 썩어가는 나무 대문 등허리로 개미 떼들이 까만 줄을 긋고 있었다. 집 둘레를 한 바퀴 돌았다. 높다란 시멘트 담장을 덮고 있는 덩굴장미 이파리들이 누렇게 말라가고 있었다. 그 가파른 눈높이에서 붉은 장미 한 송이가 하얀 햇살을 향해 목을 빼고 있었다. 아직은 9월이었다. 삐걱거리는 대문 새로 들여다보이는 너른 마당엔 화초와 풀꽃들이 뒤엉켜 잡초밭인지 꽃밭인지 가늠하기 어려웠다. 며칠째 2층집 앞을 서성이고 있었다. 소문으로만 들었던 아름다운 딸들은 그때나 이제나 보이지 않았다.

잘된 딸들이 없단다. 부모 업으로 다들 못산단다. 이혼을 했거나 독신이거나 지지리도 가난하다거나 그 예쁜 딸들이 고생고생을 하며 산다는구나. 상습 폭행을 일삼던 남편 심장에 시퍼런 칼을 꽂아 옥살이하는 꽃 같은 딸도 있다는구나.

내가 알고 싶은 것은 그게 아니었다.

얼굴 창백한 소년이 보고 싶었다. 가슴 탁탁 막히도록 생각나서 숨쉬기조차 곤란할 지경이었다. 먼 길 마다 않고 찾아온 것은 그 때문이었다. 소년이 목을 맸다는 소식을 듣는 순간 하늘이 다 노래졌었다. 가슴이 아렸다. 아린 상처에 소금물이 닿은 것처럼 쓰라렸다. 평생을 그럴지도 모르겠다. 내가 복숭아꽃마을을 떠나지 않았다면, 엄마와 함께 도시로 떠나지 않았다면 소년은 살아남을 수도 있지 않았을까…….

꿈속을 풀어야 했다.

"누구요?"

안으로부터 모기만 한 목소리가 들려왔다. 뜻밖이었다. 이레째 되는 날이었다. 조심스레 대문을 밀고 들어갔다. 마루에 올라 방문을 열자 백발의 노파가 나타났다. 긴 머리 탓으로 남자인지 여자인지 분간이 되지 않았다. 귀신의 모습과 다르지 않았다.

"누구요?"

오물 냄새가 코를 찔렀다.

"……금제를……."

"……."

노파 얼굴에 그림자가 생겼다.

"금제를 만나러 왔어요."

"……."

"어디 있나요?"

노파 얼굴의 그림자가 짙어졌다.

"……물자세 속에 들어 있을 거요."

나는 턱 숨이 막혀왔다.

"물자세 속에서 목을 맸다우."

"……!"

전율이 일었다. 전율하는 너머로 노파 얼굴이 일그러져가고…….
머리 꼭지에서부터 등줄기를 타고 발끝까지를 적시던 명징하고 날카
로운 무엇이 몸 밖으로 흘러나가 줄기줄기 넌출을 뻗어가기 시작하
는 것이었다. 푸른빛 나는 강낭콩 넌출이었다. 놀라운 건 소년과 내
가 꿈의 단잠을 잤던 물자세 속으로 뻗어갔다가 거기를 휘돌아 다시
2층집의 대문턱을 넘어와 백발 노파의 목을 휘감는 것이었다. "물을
좀 주시오." 타들어가는 노파의 목소리가 들렸으나 나는 노파의 목을
조이며 친친 휘감는 푸른 강낭콩 넌출이 누렇게 타들어갈 때까지도
꼼짝하지 않았다. 노파가 축 늘어졌다. 엄마가 섬 그늘에 굴 따러 가
면 아기가 혼자 남아 집을 보다가 팔 베고 스르르 잠이 듭니다 팔 베
고 스르르 잠이 듭니다 엄마가 섬 그늘에 굴 따러 가면…….

2층집 전체가 누렇게 타는 강낭콩 넌출로 뒤덮일 때까지 나는 미친년이 부르던 자장가를 흉내 내고 있었다.

그 너머로 새끼줄을 두른, 긴 머리채를 봉두난발 흩날리는 미친년이 아이들한테 쫓겨 이리로 오고 있는 것을 보자 나는 또, 푸른 강낭콩 넌출이 무성히 자라나는 팔을 길게 길게 뻗어 손을 내미는 것이었다.

더 멀리서는 소년이 오고 있었다.

강낭콩 넌출 무성한 팔을 흔들어 소년에게 가는 내게로 소년도 꼭 나만큼의 보폭으로, 물속 물고기처럼 오고 있었다. 또 한 마리 물속 물고기처럼 나도 푸른 지느러미를 흔들어 이윽고 소년을 둥그렇게 안았다. 복숭아밭이었다. 꽃잎이 흩날리고 있었다. 그대로 춤을 추었다. 뱅글뱅글 춤을 추다 한 몸으로 쓰러진 우리는 죽음과도 같은 단잠에 빠져 들어갔다. 엄마가 섬 그늘에 굴 따러 가면 아기가 혼자 남아 집을 보다가 팔 베고 스르르르 잠이 듭니다 팔 베고 스르르르…… 어렴풋 해바라기 키 수연은 단잠 속을 빠져나가고 있었다. 우리가 잠든 복숭아나무 그늘, 봉긋 솟아오른 꽃무덤을 나가 푸르르 날아오른 허공중에서 아래를 내려다보는 것이었다. 연분홍 꽃잎이 하염없이 흩날리고 있는 복숭아밭을, 꽃잎들, 하염없이 쌓여 무덤 하나 둥그렇게 솟아오르는 내 꿈속 복숭아나무 그늘을 내려다보고 있었다.

하얀 집이 떠올랐다.

햇볕에 하얗게 타는 은빛 나는 2층집이었다. 2층 창밖으로 손을 흔드는 소년의 뺨은 복숭아 빛이었다.

똑다리 개천에서 보았던 달력 속, 배우 같던 여자가 하얀 집으로 나 있는 길을 걸어가고 있었다. 연분홍 복숭아꽃이 수놓아진 양산을 받쳐 들고 소년의 머리에 어울릴 성싶은 흰 야구 모자를 훠이훠이 흔들며 창포꽃, 노란 꽃길을 걸어가고 있었다. 창포꽃 노란 꽃들도 수런수런 여자를 따라가고 있었다.

하늘 강에 두둥실 떠 있던 순백의 연꽃들이 또, 둥둥둥둥둥 여자를 따라가고 있었다. 둥둥 두둥둥 둥둥둥 떠가고 있었다.

둥둥둥둥둥둥······ 동동구리무 장수 북소리가 울리고 있었다.

봄빛 따라 장다리밭까지 걸어갔다. 보랏빛 천지였다. 푸르르 날아오르는 것이 있었다. 나비였다. 노랑나비 한 마리가 다시 밭둑에 내려앉는다. 살금살금 다가간다. 팔랑팔랑 날갯짓하던 나비가 다시 푸르르 날아오른 자리에 배꼽만 한 구멍 하나가 보인다. 발로 툭 차본다. 와르르 무너지다 호리병 주둥이만큼 커졌다. 봄 빛살로 환해진

구멍 속을 수연은 거의 물구나무 자세로 들여다본다. 초록 뱀 두 마리가 이쪽을 향해 뻗어오는 복숭아나무 가지를 타고 있었다. 엄마가 섬 그늘에 굴 따러 가면 아기가 혼자 남아 집을 보다가…… 어디선가 노랫소리가 들려오고, 엄마가 섬 그늘에 굴 따러 가면…… 복숭아나무 가지에서도 흘러나오고 있었다. 엄마가 섬 그늘에 굴 따러 가면…… 머리부터 구멍 속으로 미끄러져 들어가는 수연의 실루엣이 초록빛으로 변해간다……. 그림자 하나 밭둑에 길게 남는다.

천년 동안

천년 동안

*

웅크리고 앉은 그니 뺨 위로 눈물이 흘렀네. 억수 같은 비가 그니를 적셨네. 폭풍이 불어왔고 그니 정원 푸른 나무들이 뿌리째 뽑히기도 했네. 누렁이마저 홀연 그니 울을 떠났네. 오래 몰아치는 폭풍우 때문이었네. 제 발이지 울 너머 환한 햇빛 속을 걸어보고 싶었네. 머리에 등에 따듯한 빛을 간절히 감촉하고 싶었네. 빛 한줄기 흘러들면 그 빛 따라 울 밖으로 나가리라는 소망이 그니를 견디게 했네.

어느 날 그니 울안으로 빛 한줄기 희미하게 흘러들었네.

남자를 처음 본 순간 나비를 보았던가. 나비를 보는 순간 남자를 보았던가. 결 나쁜 구레나룻이 귀밑을 다 덮은 남자의 팔뚝에서 한 마리

나비가 파닥이고 있었다. 한적한 전동차 안이었다. 퍼런 정맥이 드러난 여윈 팔로 승객용 손잡이를 잡고 서 있는 남자가 흔들릴 때마다 희미한 우렛소리 같은 것이 들려왔다. 먼 곳으로부터 들려오는……. 태양이 낮달처럼 떠 있던 그런 날엔 여우비가 내리고는 했었다.

우르릉우르릉.

스르르 고개를 비틀어 저편을 돌아다본다. 어둠살 속에 웬 검은 상자 하나 놓여 있다……. 이상도 하지……. 그게 깜박깜박 제 몸을 바꾸고 있는 것이었다. 색동저고리나 색동 고무신 필을 내는 그런 빛. 아마도 색동 종이를 입힌 색동 상자쯤으로 보면 될 것 같다. 우르릉우르릉 점점 가까워지는 소리 이쪽으로 붉은 번갯불이 번쩍이고…… 하늘 갈라지듯 스르륵 흰 줄 하나 그어지는 것을 숨이 턱까지 차오르록 지켜본 수 초 후, 우르릉 쾅! 하는 우렛소리를 나는 들었다. 다음 순간이었을 것이다. 도…… 도옹…… 혀끝이 어눌하게 놀려지고…… '봉담역입니다'라는 멘트가 흘러나올 때 아직 개폐되지 않은 전동차 유리문에 난데없는 호랑나비 한 마리가 커다랗게 달라붙어 있는 것이 보였다, 포스터처럼. 다시 쾅! 소리에 나는 눈을 감았다 떴는데 이번엔 웬 교회당 종탑 위에 또 한 마리 호랑나비가 물색 좋은 날개를 화알짝 들어 올리고 있는 것이었다. 남자가 전동차 문을 통과한 건 그 순간이었다. 나비 두 마리 홀연 사라진 것도. 꿈속인 듯 나도 전동차 문을 통과했다. 철로 변을 지나고 둥그런 풀밭을 지났다. 언덕을 넘기 전엔 파아란 바다가 부침하듯 떠올랐으나 곧 온데간데

없이 사라졌다. 비닐하우스에 홀렸던 것이다. 다시 나비 한 마리가 나타난 건 그 순간이었다. 팔랑팔랑 이마 밑을 간질였다. 남자의 팔뚝에서 날아왔는지, 전동차 유리문에서 날아왔는지, 교회당 종탑에서 날아왔는지는 나중 일이었다. 동술이 고추는 물고추……. 까르르 웃음소리가 터져 나왔다. 색동 상자 속에서 터져 나오고 있었다. 동술이 고추는 물고추 맹탕맹탕 물고추 된장에다도 못 찍어 먹는 맹탕맹탕 물고추……. 색동 상자 뚜껑이 휘이익 바람결에 날아가고 한바탕 아이들 소리가 아침 새소리처럼 끼어들었다. 동술이 고추는 물고추……. 돌림노래 형식으로 이어지고 있었다.

이마 밑을 간질이던 나비가 방향을 틀었다. 팔랑팔랑 남자를 따라가고 있다. 나도 어디로 가고 있다. 동술이 고추는 물고추 된장에다도 못 찍어 먹는……. 소리의 세기가 한풀 뒤로 물러나면서,

둥둥둥둥둥…….

멀리 동동구리무 장수 북소리가 울리고,

"장다리꽃에 노랑나비 앉았다!"

누가 장다리밭 사이 길을 떠가는데,

"킥킥킥킥킥."

숨죽인 아이들 웃음소리가 들려온다.

"호랑나비, 하양나비도 앉았다!"

지게를 진 우리 큰아버지다. 허공중에 작대기를 휘두른다.

"호랑나비 앉았다!"

꽃잎에 앉은 나비들을 훼방하는 시늉만 한다.

"킥킥."

큰아버지 꽁지에 따라붙은 아이들이다. 저희끼리 마주 보며 허공에 동그라미를 그린다. 뭐라뭐라 온통 눈짓 발짓을 한다.

"허우대가 아깝지."

소리 죽인 수다 소리도 들려온다. 감자밭 아낙들이다.

"장남 자리도 빼앗기고……."

"어미 힘이 얼마나 막강한 것인데…… 초년에 그리 되었으니 어떻게 아들 뒤를 닦아주고 갔겠어."

"아, 그 불쌍한 어린 동술 씨를, 은천양반 툭하면 집 앞 냇가에 밀어 넣어 물을 먹였다는 거여. 머리끄덩이째 끌어다 담금질을 했대잖어."

제풀에 숨소리 고조되었다가,

"그래…… 놀래 경기를 하다 그리 된 것이래잖어."

노오랗게 간질거리는 살눈썹 너머로 남박모자가 어른댄다. 꽃잎 뒤에 숨은 나비처럼 보였다 안 보였다를 반복한다. 할아버지라고 불러본 기억 없는 남박모자로만 남은 은천양반을 나는 아슴아슴 뒤좇는다. 노란빛 속으로 빨려 들어간다. 장다리꽃 천지다.

둥둥둥둥둥 두둥 둥…….

남박모자가 노란 물결 위를 떠가고,

"구리무 장수다!"

아이들이 우우 저쪽으로 몰려간다. 동동구리무 장수 북소리 드높아진다.

둥둥 두둥둥 둥둥둥둥둥둥…….

저만큼 구리무 장수를 뒤따르는 아이들 어깨가 들썩인다.

"왜 그렸을까? 지 자식을……."

나는 살금살금 큰아버지 꽁지에 따라붙는다.

"글쎄…… 당신보다 스무 살이나 어린 각시와 살다 보니 제풀에 미안했던 모양이여. 꽃 같은 각시 앞에서 죽은 전처 아들 구박이라도 해야 염치가 섰나 비여어."

"쯧쯧, 친부가 돼가지고, 알다가도 모를 소갈머리 않고."

"돌아가신 은천양반, 그 죄업을 다 어쩐대여."

"누가 아니래여. 생전에 못 풀고 가면, 애먼 후손이 다 물려받는다는디."

숨죽인 침묵이 흐르고,

"처복이라도 있었으면 얼마나 좋았을까이."

"동술 씨가 물고자만 아니었어도……."

소리 죽인 웃음소리 끝에 날아드는,

"소금장수 따라갔다지이?"

문득 큰아버지 작대기가 날카로운 바람 소리를 낸다. 나는 발소리를 죽인다. 감자밭은 길기도 했다.

"아, 그 길로 살림 날 때 받아간 논도 집도 노름으로 다 날려버리지 않았겠어. 알고 보면 동네 제일 가는 부잣집 장남이 제 집에서 머슴 반, 더부살이 반 신세로 전락한 거잖고 뭐겠어."

다시 혀 차는 소리 끝에 감자밭 호미질 소리 빨라진다.

그때부터였다.

나는 아버지의 닭개장 국그릇 속에서 살코기를 슬쩍슬쩍 건져 큰 아버지 국그릇 속에 넣어주곤 했다. 내가 기억하는 한 엄마는 닭개장만 끓이면 한결같이 살코기는 아버지 국그릇 속에, 껍질과 내장은 큰아버지 국그릇 속에 넣고는 했으니까.

"너희 아버지는 입이 짧으니까."

국그릇들을 쟁반에 받쳐 들며 빤히 당신 얼굴을 쳐다보면 눈도 안 맞추고 엄마는 그랬다.

무슨 날이 되면 특히 제사가 많은 우리 집은 툭하면 시루떡을 넉넉히 하고는 했는데, 그때마다 동네방네 넙죽넙죽한 시루떡을 두 쪽씩이나 돌리는 인심을 쓰면서도 왜 큰아버지에게는 그리 인색했는지 모를 일이었다.

"큰아버지더러 닭 한 마리 잡아라 해라."

엄마의 전갈에 큰아버지는 잽싸게 마당에서 노는 닭들을 워이워이 닭장으로 몰아 넣고, 꼬꼬댁거리는 닭들 중 한 마리를 붙잡아 목을 비틀었다. 그리고 우물가에서 배를 갈라 똥내 나는 내장까지도 밀가루와 소금에 박박 문질러 손질하는 내내 콧노래를 불렀다. 닭 잡을 때만 들을 수 있는 큰아버지의 유일한 콧노래 소리였다.

"하하, 오늘은 고깃국을 먹겠구나."

그러나 언제나 닭개장을 먹는 방 안 풍경은 변함이 없었다.

갈수록 나는 닭 잡는 날이 싫었다.

밥상 앞의 큰아버지는 건너편 아버지 국그릇 속을 힐끔힐끔 넘겨다보고, 아버진 손수건으로 정신없이 콧물을 닦으며 당신 몫의 닭개장을 다 먹어치우고…… 나는 주춤주춤 등 뒤로 방을 나가려다 말고 그 광경을 다 지켜보기 때문이었다.

꽃이 하얀 감자밭을 다 지났다. 나는 숨을 고른다.

"큰아버지!"

큰아버지가 뒤를 돌아다본다. 멀끔한 낯빛이다.

"……"

나는 감자밭으로 오이밭으로 풀밭으로 팔랑대는 나비들을 가리킨다.

"나비 잡아줘, 큰아버지."

"……흠흠."

콧바람 소리 끝에 큰아버지가 빈 작대기를 서너 번 휘두른다.

"노랑나비 앉았다!"

"하양나비 앉았다!"

"호랑나비도 앉았다!"

언제나 그랬다. 나비들의 단꿈을 작대기로 슬쩍 훼방하는 시늉만 하는 것이었다.

"나비 잡으면 벌 받는단다."

"……!"

"나비 비늘이 눈을 멀게도 한단다."

"……잡았다 놓아주면 되잖아."

"사람 손독이 오르면…… 비늘이 떨어지면 기어이 죽고 마는 나비란다."

그리고 큰아버지는 웃었다. 감자꽃처럼 하얗게 웃었다.

"……."

더 이상은 큰아버지를 조를 수가 없었다. 감자꽃을 볼 때처럼 싸한 무엇이 밀려왔기 때문이었다. 나는 팔랑대는 나비들만 멀리 바라보았다.

"이따 나비 그려줄게."

문득 큰아버지 목소리가 들려왔고 나는 부러, "그래, 큰아버지!" 하고 호기롭게 대답했는데 하필이면 그때 아이들 소리가 끼어든 건 얄궂은 일이고말고였다. "동술이 고추는 물고추 맹탕맹탕 물고추 된장에도 못 찍어 먹는……" 소리에 나는 그만 손으로 입을 가리고 한쪽으로 돌아서고 말았던 것이다. 사실은 조금 전 귀를 쪼아대던 감자밭 아낙들의 수다 소리로 이제 나는 막 울 밖으로 나가는 껍질을 까내고 있는 중이었다. 내 손가락에 나를 걸고 다시는 아이들과 어울려 '동술이 고추는 물고추……'를 부르지 않겠다는 다짐을 하는 터이고 보면 낭패스러운 일이 아닐 수 없었다.

지나가던 언니들이 말했었다.

"동요처럼 부르는구나."

"아니 아니, 마치 동요 같구나."

그때부터였다. 아이들이 부르는 그것이 나에게 '우리들의 동요'가 된 것은. 어처구니없게도 마을 아이들처럼 나 역시 '우리들의 동요'를 부르며 철들어갔지만, 오랫동안 큰아버지를 빗대는 놀림조의 그것인지는 미처 몰랐다. 딱히 큰아버지를 코앞에 두고만 부르는 '우리들의 동요'도 아니었으니. 저만큼 지나가는 큰아버지 어름에서 부른 적도 있었지만 대부분, 한바탕 뛰놀다 주저앉은 아이들 중 누군가 더는 심심해 견딜 수 없다는 듯 홀연 일어나 손뼉을 치고 한 발을 탁탁 구르며 '우리들의 동요'를 불렀고, 곧 너도 나도 일어나 화음을 맞추며 선두에 선 아이 뒤를 따라 빙빙 원을 그리는 일이 다반사이던 것이었다. 때문에 마을 아이들이라면 누구나 전래동요처럼 부르는 동요 아닌 그 동요는, 지금은 처녀 총각이 된 언니 오빠들에게서 전래된 우리 마을만의 '우리들의 동요'일지도 모른다는 어처구니없는 생각이 언니들의 지나가는 말 속에서 불쑥 떠오른 터라 편의상 나는 '우리들의 동요'라고 이름 짓게 된 것이었다.

'너만은 그러면 안 되지. 불쌍한 너희 큰아버지 두 번 세 번 죽이는 일이 되는 거지.'

마을 어른 누구도 내게 이렇다 할 제제를 가한 이는 없었다. 심지어 엄마마저도. 얄궂은 아이들 속의 나를 발견하고도 저녁밥상 머리에서 두루뭉술 눈을 흘기는 정도였으니. "가시내가 곱지 못하게스리……."

큰아버지, 큰아버지, 미안, 미안해…….

"와! 나비다!"

큰아버지는 가끔 내 치마폭에 나비들을 불러들였다. 팔랑팔랑 날아와 마침내, 광휘 속으로 날아가는 호랑나비를 당신의 팔뚝에도 그려 넣었다. 농한기나 들일 없는 날이면 헛간 딸린 당신 방에서 노동으로 질박하게 불거진 갈색 팔뚝에 들녘의 나비들을 불러들였다. 도시로 간 오빠들이 방학 때마다 내려와 두고 가는 자투리 그림물감을 이용하는 게 대부분이었지만 때로는 어떤 경로로 구했는지 모를 염료를 물에 개어 이용할 적도 있었다. 그림 붓 역시도 마모되어 털이 빠진 채 굴러다니는, 오빠들이 쓰던 것이었다. 거침없는 터치인가 하면 어느 순간, 땀을 뜨듯 한 땀 한 땀 붓질을 해가는 큰아버지 곁에서 나는 언제나 숨을 죽였다. 새집의 지붕 귀나 문살이며 처마 등에 문양을 새기던 떠돌이 목수만큼이나 진지해 보였다. 한 마리, 두 마리, 세 마리…… 마침내 큰아버지 팔뚝에서 온통 호랑나비가 나풀대면 나는 탄성을 터트리고는 했다. 떠돌이 목수보다 못난 게 없는 큰아버지였다. 큰아버지가 반편이라고? 그렇게 말하는 사람들이 반편이었다. 정녕 큰아버지는 반편이 아니었다. 착하고 유순했을 뿐이었다. 어딘지 주눅 든 사람처럼 보이는 게 흠이었을까.

"왜, 큰아버지는 나비를 그려?"

"……글쎄다…… 아마 꿈을 꾸는 걸 거야."

"……?"

이마 밑이 까칠한 큰아버지를 바라보며 나는 생각했다. 호랑나비를 불러들이는 큰아버지의 행위는, 당신의 잃어버린 날개의 흔적 위에 새로운 날개를 다는 작업이며 그리하여 호랑나비 날개처럼 물색 좋은 날개로 푸르르 세상을 한번 날고 싶은, 반편 동술이가 아닌 근육질의 남자가 되는 꿈을 꾸는 일이라고.

"봄부터 가을까지 들일을 하고 말이다, 따뜻한 날 쌀 한 말을 등에 메고 사슴 목장으로 가…… 녹용 자르는 사슴 피 한 사발만 마셨으면 참 좋겠구나. 그러면 나도 퍼드득 날 수 있다는구나. 어깻죽지에서 새 날개가 돋아난다는구나."

학교에서 돌아오는 길이었다.

"이 환장할 인간아! 왜 남의 공사에 껴들어 초칠을 하느냐고!"

란도셀을 고쳐 메고 나는 다가갔다. 큰아버지가 떠돌이 목수에게 당하고 있었다. 마을 사람들이 몰려와 있었고 하나 둘 또, 모여들고 있었다. 잔뜩 반짝이는 눈빛들이었고, 개중에는 검지로 허공에 동그라미를 그려 보이다가 마주 보며 낄낄대기도, 뭐라 뭐라 수군수군대는 이들도 있었다.

"저게 뭐냐고!"

나는 목수의 손끝을 따라갔다. 교회당 종탑에 십자가보다 커다란 호랑나비 한 마리가 물색 화려한 날개를 올리고 있었다. 푸르르 언제 가장 높은 곳으로 날아간 큰아버지 팔뚝의 그것이, 세상 모든 것들 위에서 마악 군림할 것만 같은 위상이었다. 어제 내리던 봄비 속에서 무수한 이파리들이 너붓너붓 돋아나 종탑에 넝쿨을 올리는 수다한 아우성이 들려왔고, 이유를 알 수 없는 짜릿한 쾌감으로 나는 부르르 부르르 전율을 했다.

큰아버지! 큰아버지!!

나는 두 손을 드높이 흔들었다. 호기롭게 흔들었다. 문득 어떤 목소리가 들려왔다.

"사탄이야!"

"아암, 사탄이고말고!"

"귀신 들린 거야!"

권사님, 집사님, 장로님으로 불리는 교회당 어른들이었다. 손에 손에 몽둥이를 들고 있었다.

"귀신을 몰아내야 해!"

그러고는 큰아버지에게 달려들었다.

"사탄아! 물러갈지어다!"

"귀신아! 물러갈지어다!"

누구도 말리지 않았다. 성자 차림의 목사님은 아멘! 아멘! 소리로 추임새만 넣고 있었다.

큰아버지!

피투성이가 돼가는 큰아버지를 나는 막아섰지만 광란하듯 날뛰는 어른들을 감당하지는 못했다.

"사탄아, 물러갈지어다!"

"귀신아, 물러갈지어다!"

큰아버지가 축 늘어지자 하나 둘 자리를 떴다.

"큰아버지이."

나는 큰아버지 곁에서 속수무책 훌쩍였다.

호랑이 피 묻은 수수깡(전래동화 속 수수깡)을 씹는 듯한 그 생각에 미치면 현기증처럼 노오란 장다리밭이 어른대고,

"노랑나비 앉았다!"

"하양나비 앉았다!"

"호랑나비 앉았다!"

소리에 나는 화들짝 눈을 뜨지만 노란 장다리꽃도 나비도, 작대기를 휘두르던 큰아버지도 보이지 않는다. 아이들도 보이지 않는다. 감자밭 아낙들도 가뭇없다.

팔랑팔랑 남자를 따라가는 나비를 나는 놓치지 않았다. 구릉을 다 넘고 마을로 들어서는 나비를 따라간다. 햇살이 내리는 늪지 같은 마을 어귀, 키 작은 꽃들이 정겹다고 생각되는 순간, 나비가 사라졌다. 남자는 또 어디로 갔을까……. '우리들의 동요'도 가뭇없다.

"봄부터 가을까지 들일을 하고 말이다, 따땃한 날 쌀 한 말을 등에 메고 사슴 목장으로 가…… 녹용 자르는 사슴 피 한 사발만 마셨으면 참 좋겠구나. 그러면 나도 퍼드득 날 수 있다는구나. 어깻죽지에서 새 날개가 돋아난다는구나."

"사슴 피를 마셔야 돼!"
뭇매 사건 이후 한동안 앓아누웠던 큰아버지였다. 그런 큰아버지가 자리를 털더니 맨 처음 입에 올린 말이었다.
"붉은 피를 마셔야 돼!"
자나 깨나 되풀이했다. 비장하게 들리기까지 했다. 닭장 속의 닭들이 한 마리씩 죽어간 것도 그즈음부터였다. 아침이면 예리한 칼로 목이 따진 채 발견되곤 했다.
"이상도 하지……."
엄마가 고개를 갸웃했다.
"왜, 칼을 들이대도록 닭들이 조용한 거지?"
엄마는 당신의 궁금한 속내를 내게 소곤대듯 말했다. 검찰청에 출근하는 아버지 대신이었다. 아버진 집안일에 대해서 모르쇠로 일관하는 허울뿐인 가장이었지만 큰아버지가 간절히 원하는 사슴 피까지도 마음만 먹으면 어느 때고 마실 수 있는 특권을 누리는 우리 집의 권력자였다. 당신의 봉급으로 살림을 꾸리는 것도 아니었다. 순전히 엄마가 큰아버지를 뒤세우고 일꾼들을 사서 지은 벼농사 수확으로 도시로 간 오빠들의 학비를 대는 실정이었지만, 그렇다고 엄마가 바가지를 긁는 것도 아니었다. 가장 좋은 것, 귀한 것은 언제나 아버지 몫으로 챙겨두거나 내놓는 엄마가 나는 신기했다. 농번기에도 휴일이면 낚시를 하거나 마작을 즐기는 아버지를 누구도 탓하지 못하는 것은 물론이었다. 그러나 마작을 하느라 외박을 하고 들어온 아버지 입술에 묻은 빨간 사슴 피의 흔적을 눈치챈, 큰아버지의 한숨 소리까지는 어쩌지 못했다. 그때마다 한풀 더 꺾이던 큰아버지 어깻죽지를 나는 감자꽃을 보듯 또, 하얗게 바라보아야만 했으니.

"죽어 나자빠진 닭 속에 피가 한 방울도 없는 건 또, 뭐지?"

나는 바짝 정신이 들었다.

"……백 년 묵은 여우가 동화책에서 나와 닭 간을 빼먹은 거야, 엄마."

내가 소곤거리자 엄마가 흰자위를 드러내며 눈알을 굴렸다.

"지랄하고……."

"내 간도 홀라당 빼먹으면 어떻게 해?"

"아, 저리 가야!"

이번엔 팔을 내저었다.

"엄마, 아버지 주려고 담근 녹용주 있잖아, 호리병 속에 든……."

나는 목소리를 가다듬었다.

"광에 숨겨둔 녹용주 말이야, 그거 빨리 큰아버지 다 마시게 해. 그래야 빈 호리병 속에 내 간을 빨갛게 감춰둘 수 있잖아아. 안 그래, 엄마?"

요술할멈 목소리가 나왔다. 복화술 같기도 한…….

"네끼!"

엄마가 한 발을 탁 굴렀다. 나는 더 오기가 생겼다. 몸을 웅크리는 시늉 끝에,

"밤마다 잠이 안 와. 백년 묵은 여우가 내 간을 홀라당 빼먹을까 봐, 잠이 안 온단 말이야."

하고는 냅다 손톱을 세워 엄마에게 달려들었다.

"어이구, 요망도 해라!"

엄마가 뒷걸음질 치며 진저리를 쳐댔다.

"낄낄……."

나는 묘한 쾌감으로 엄마를 지켜보았다. 분노인지 슬픔인지 모를 감정의 기포들이 명치끝에서부터 뽀글뽀글 올라오고 있던 것이었다.

"세상에나…… 어쩌니…… 미친 거야, 미쳤어!"

엄마가 꼴딱 뜬 눈으로 닭장 앞을 지킨 다음 날 아침이었다.

"미쳤어."

엄마가 토방을 왔다 갔다 하다가, 부엌으로 들어가서는 부엌을 또, 왔다 갔다 하며 혼잣말을 했다.

고추 먹고 맴맴 담배 먹고 맴맴.

마당 가운데서 매암을 돌던 나는 갸우뚱, 토방을 지나 부엌으로 들어갔다.

"왜 그러는데, 엄마?"

엄마가 내 앞으로 돌아섰다.

"그게 글쎄⋯⋯."

하다가 내 눈높이께로 쑥 얼굴을 내밀었다.

"간밤에 엄마가 창호지 문구멍으로 밤새 닭장 앞을 지키지 않았겠니?"

잠결에 나도 보았다. 검지 깊숙이 침을 바른 엄마가 창호지 문에 구멍을 내던 것을.

"니 큰아버지가⋯⋯ 닭장 속으로 들어간 큰아버지가 말이다, 한참이나 있다 나오더니 입가를 쓰윽 닦으며 나오는 거야. 달밤이라서⋯⋯ 눈 내린 달밤이라서 환히 보이고도 남더구나."

몸서리치는 시늉 끝에,

"눈앞의 광경이 하도 믿기지가 않아서⋯⋯ 엄마가 슬그머니 방문을 열고, 니 큰아버지 얼굴에 냅다 후래쉬를 비추지 않았겠니? 세상에나 이걸 어쩌니⋯⋯? 니 큰아버지가⋯⋯니 큰아버지 입가가 온통,

시뻘건 피로 물들어 있는 거야."

이제 엄마는 오들오들 팔까지 떨어 보였다.

"봄부터 가을까지 들일을 하고 말이다. 따뜻한 날 쌀 한 말을 등에 메고 사슴 목장으로 가…… 녹용 자르는 사슴 피 한 사발만 마셨으면 참 좋겠구나. 그러면 나도 퍼드득 날 수 있다는구나. 어깻죽지에서 새 날개가 돋아난다는구나."

"쏘는 후래쉬 불빛에 기함을 한 너희 큰아버지가 대문 쪽으로 막 튀지 않겠니? ……그 길로 니 큰아버지가 안 보이는구나."

낯선 마을이네.

저기 상엿집이 보이네. 나는 다가가네. 어머! 큰아버지가 얼어 죽어 있네. 불쌍한 우리 큰아버지…… 사방에 널브러진 죽은 닭털을 덮고 한 줌 새우등으로 누워 있네. 엉거주춤 나는 내려앉네. 큰아버지를 쓸어내리네. 저릿저릿 전율이 오네. 한 줌 큰아버지가 저려오네. 얼얼 가슴 저려와 나는 허깨비처럼 일어나네. 둥둥 나비춤을 추네. 둥둥 무릎 춤을 추네. 큰아버지를 돌고 도네. 동술이 고추는 물고추 된장에다도 못 찍어 먹는 맹탕맹탕 물고추 맹탕맹탕 물고추 된장에다도 못 찍어 먹는 맹탕맹탕 물고추……. '우리들의 동요'를 부르네.

이제는 홀로 부르네. 큰아버지를 돌고 도네. 된장에다도 못 찍어 먹는 맹탕맹탕 물고추……

　나는 하늘을 우러르네.

　아아, 썩을 동아줄을 호랑이에게 내린 당신이여, 정의로운 당신이여! 기도송 리듬을 타네. 팔랑팔랑 춤추다 나는 다시 하늘을 우러르네. 이제는 낮잠만 주무시나? 쿨쿨 코고는 소리 들리네. 여기까지다 들리네. 잠꾸러기 당신이시여! 하늘 우러러 나는 팔을 벌리네. 은희도 날개를 잃었네. 호랑이에게 잃었네. 성희롱 사건에 말려들었네. 상사의 은밀한 '거짓 증언' 청탁을 묵살했네. 15년 보직을 박탈당했네. 하루아침에 대오에서 밀려났네. 책상마저 치워진 일터로 출근하면 동료들이 '뻑유, 뻑유뻑유뻑유'를 연발했네. 중지를 불쑥 내밀어 '뻑유'를 연발했네. 한 발을 성큼 내디딘 채로 나는 중지를 내미네. '뻑유'를 흉내 내네. 무수한 중지들이 바싹 코앞으로 들어왔네. 하루 이틀 지나 또 하루, 또 하루가 지나갈 때 현실인지 꿈속인지 은희는 분별할 수 없었네. 그때부터 울었네. 발작적으로 울었네. 이제 큰아버지를 등 뒤에 두네. 팔랑팔랑 어디론가 나는 가네. 뺨 위로는 줄줄 눈물이 흐르네. 옛날부터 울었네. 상엿집에서 발견된 큰아버지 때문에 처음 울었네. 폭포수처럼 울었네. 밀라시프란, 로라제팜 없이는 폭포수 울음을 나는 멈출 수가 없네.

　가도 가도 세상은 무섭다 못해 공포스러웠네.

나는 눈을 비비네.

저녁 어스름이네.

나비는 어디로 갔을까……. 후후, 불안 초조감이 밀려드네. 어스름처럼 밀려드네. 후, 나는 거푸 날숨을 뿜어내네. 길게 또 길게. 현기증이 몰려오고 멀미 같은 구역질이 올라오네. 집으로 돌아가고 싶은데…… 한 발자국도 나는 옮길 수가 없네. 발작적인 무력감 때문일 것이네. 언제나 이것은 기습적으로 나를 괴롭히네. 빛이 사라진 탓일 거네.

나비가 되고 싶어!

돌연 나는 악을 쓰듯 손등을 물어뜯네. 피를 내면 막힌 어디가 뚫릴 것만 같아 자주 나는 이러네. 송곳으로 가슴을 찌른 적도 있는데 여긴 아무 도구도 없는 낯선 곳이네. ……어어, 비린내가 나네……. 나는 손등을 핥네. 쪽쪽 빨아대네. 막힌 혈아, 흘러라. 콸콸 흘러라. 붉은 피의 기운이면 나는 살 것만 같네. 머리가 깨질 듯 아파오네. 어지러워 견딜 수 없네. 구역질이 올라오네. 나는 쓰러지네.

나비 한 마리 아른거리네. 아른아른 노란 장다리밭이네. 가물가물 나는 손을 내미네. 손에 잡히는 건 어둠, 캄캄한 어둠뿐이네.

끝없는 수렁이네. 더 이상 내려갈 곳 없는 천 길 수렁에서 나는 소리 없는 신음을 하네. 신음마저 나오지 못하는 이 지독한 무력감이 고통스러워 견딜 수 없네.

비칠비칠 나는 일어나네.

나비가 되었으면……!

"총각무가 넉 단에 만 원! 만 원!"을 외치며 손뼉을 치고 발을 구르던 어느 해 질 무렵의 채소전 아낙이 떠오르네. 가끔 나는 그니 흉내를 내곤 했네. 때론 비법이 되었네. 총각무가 총각무가…… 소리가 되지 못하네. 총각무가…… 마음속 소리마저 잦아드네. 최악이네. 나는 비질비질 울면서 다시 시도하네. 만 원! 만 원! 총각무가 넉 단에 만 원! 만 원…… 그니처럼 손뼉을 치며 발을 굴러야 하는데…… 총각무가 넉 단에 만 원! 만 원!을 외쳐야 하는데…… 그럼 전율이 오고 나서…… 으싸으싸 어깨춤도 나오고 부러진 날개가 다시 돋아날 것만 같은데…… 간질간질 어깻죽지에서 새순이 돋아날 것만 같은데…… 그리하여 큰아버지 나비처럼 교회당 종탑에서 물색 화려한 날개를 올려야 하는데…… 손가락 하나 까닥할 힘이 내겐 없네. 지독한 무력감이네.

동술이 고추는 물고추 된장에도 못 찍어 먹는 맹탕맹탕…….

'우리들의 동요' 소리 들려오네. 나는 허깨비처럼 몸을 일으키네. 동술이 고추는 물고추 된장에도 못 찍어 먹는……. 저기 어스름 속 나비 한 마리 날아오네. 동요적 리듬 타고 날아오네. 문득 나를 인도 하네. 어느 집 쪽문 턱을 넘어가네. 나는 따라가네. 또 다른 내가 발을 구르며 손뼉을 치네. 총각무가 넉 단에 만 원! 만 원! 동술이 고추는 물고추 된장에다도 못 찍어 먹는 맹탕맹탕······.

낯선 문이네. 문간방 앞이네. 나비는 간데없네. 방문이 열리면서 남자가 나타나네.

"······."

물끄러미 나를 건너다보네. 남자의 팔뚝에서 호랑나비 한 마리 파닥이네. 볼륨 죽인 티브이 화면의 그것 같네. 오른팔이네. 방금 사라진 나비인지도. 전철 안의 나비 같기도 하네. 안간힘으로 파닥이네. 나는 울컥 목울대가 뜨거워지네. 남자가 손을 내미네.

동술이 고추는 된장에도 못 찍어 먹는······.

화르르 나는 방문턱을 넘네.

동술이 고추는 물고추 된장에도 못 찍어 먹는 맹탕맹탕 물고추······.

훅 물감 냄새 끼쳐오네. 비좁은 방엔 완성, 미완성의 그림들과 한 편을 다 차지하고 있는 이젤과 또 다른 화구들로 뒤섞여 있네.

나는 방바닥에 내려앉네.

"……."

남자가 잔을 내미네. 유리잔이네. 붉은 나비 한 마리 그려졌네. 나는 그러모아 쥐네. 나비 한 마리 그러모아 쥐네.

"……."

남자가 잔을 채워주네. 물끄러미 나를 바라보네. 나도 바라보네.

"……."

내 잔에 붉은빛이 찰랑대네. 우물 깊은 유리잔이네.

"……."

남자가 잔을 부딪쳐오네.

"……."

이름 모를 술이네. 붉은 술이네. 붉은 술에 익어 나는 나비를 좇네. 남자의 팔뚝이 움직일 때마다 나비는 더 화려한 물색 옷을 입네. 호랑나비 날아드네. 남자의 팔뚝으로 또 다른 나비들 날아드네. 붉은 술에 익어가는 내 눈에 또 다른 눈들이 생겨나네. 여러 개의 눈들이 온통 나비만을 좇네. 쿵쿵 귓속이 또 요란해져. 나와 동거하는 악마들의 발소리네. 잠 깨어나 나를 또 괴롭히려 드는 거네. 내 안의 감옥에서 올라온 악마들이네. 나를 삥 둘러싸네. 손발이 또 와들와들 떨리네. 나를 동댕이치네. 아아, 육중한 주먹과 발이 마구 나를 가격하네. 아아, 아아아! 그만, 그마안! 나는 잔을 떨어뜨리네. 우하핫핫핫핫핫…… 저 악마들의 웃음소리…… 귀를 나는 틀어막네. ……불빛은 왜 이래. 노래졌다, 하얘졌다, 까매졌다, 현란하게 눈을 찔러오네.

"나비 잡으면 벌 받는단다." ……가만…… 은희 손에 묻어나던 나비 비늘인 걸 미처 몰랐네. 쏘는 불빛 되어 찔러오네. 눈을 찔러오네. 노랑 하양 호랑나비 그 아름다운 더듬이마저 날카로운 바늘이 되어 내 눈을 찌르네. 찔러. 그만, 그만! 그마안!! 엑스자로 나는 손을 내젓네. 된 숨과 함께 꾸욱 감았던 눈을 뜨네. 이번엔 캐리커처화된 얼굴들이 둥둥 나를 에워싸네. 빙글빙글 나를 도네. 호랑이 상사 얼굴이네. '빽유'를 연발하던 얼굴들이네. 와들와들 떨며 웅크려 앉은 나를 돌고 도네. 큰아버지에게 뭇매질을 가하던 교회당 어른 얼굴들이네. 둥둥 떠다니네. 빙글빙글 나를 도네. 둥둥둥둥둥 구리무 장수 북소리도 아닌 북소리가 고조되어 들려오네. 둥둥둥둥둥둥둥둥둥둥둥둥둥둥 둥둥둥…….

더 멀리로는 남박모자와 엄마, 사슴 피를 마시는 아버지가 보이고 그 앞에는 또 다른 내가 폭포수처럼 울고 있네.

"나비를 그려줘요!"

"……?"

"당신의 나비를 내 어깨에도 가슴에도 그려줘요, 제발!"

나는 가슴을 쥐어뜯네. 머리를 쥐어뜯네. 빙글빙글 방 안의 것들이 돌아가네. 남자가 물구나무서네. 막힌 혈을 뚫어야 해. 콸콸 피가 솟구쳐야 해. 저기 술병 옆에 사과. 사과 옆에 과도가 보이네. 나는 다가가네. 손을 뻗네.

"……!"

뒷걸음질 치는 남자의 눈이 제 얼굴을 다 차지하네. 하얗게 까뒤집어지네.

"……."

남자가 돌아서서 막 달아나네. 나비 한 마리 사라지네.

"……."

둥둥 춤을 추네. 둥둥 무릎 춤을 추네. 나는 어깨춤을 추네. 막힌 혈아, 흘러라. 콸콸 흘러라. 춤추다 칼을 꽂네. 가슴에 나는 칼을 꽂네. 막힌 혈아, 흘러라. 콸콸 흘러라. 솟구쳐라!

둥둥둥둥둥둥…… 북소리 사라져가네.

아른아른 보랏빛이네. 물결처럼 오네. 이제 푸른 강물로 흐르네. 저만큼 백색의 강물이 오고 있네.

저기 큰아버지가 보이네. 깃발처럼 손을 흔드네. 큰아버지! 나는 다가가네. 큰아버지가 달아나네. 큰아버지! 나는 큰아버지를 따라가네. 상엿집으로 들어가네. 웬 죽은 닭들이 이리 많아, 큰아버지? 사슴 피가 필요했단다. 큰아버지……. 붉은 피면 다 통할 거야. 큰아버지……! 은희야, 저기, 저기를 좀 보거라. 물색 좋은 빛으로 날아오는구나. 나비들이네. 호랑나비네. 내 치마폭에서 푸르르푸르르 날아오르던 큰아버지 나비들이네. 암, 암. 큰아버지가 어깻짓을 하네. 나비처럼 팔랑대네. 팔랑팔랑 나도 춤을 추네. 어깨춤을 추네. ……큰아버지 졸려……. 이젠 졸려……. 자꾸 졸리네. 비칠비칠 큰아버지 쪽으로 나는 쓰러지네. 큰아버지가 나를 받네. 하나 되어 쓰러지네. 모로 길게 쓰러지네. 가만, 이상도 하네. 저기 저, 어둠살 속에서 깜박깜박 색동 상자였다가 검은 상자였다가 하는 것이 보이네.

동술이 고추는 물고추 된장에다도 못 찍어 먹는 맹탕맹탕 물고추 동술이 고추는…….

'우리들의 동요' 소리, 검은 상자 속으로 깜박깜박 들어가네 사라져가네. 우렛소리 귀를 찢고 지나가네.

우르릉 쾅!!

큰아버지 큰아버지, '우리들의 동요' 소리 들려오면 나는 신 침이 고여왔네. 으싸으싸 어깨춤도 나왔네.

*

그 언젠가 나는 나비 몸을 입었네. 노랑 하양 호랑나비 중에서 하나를 입었네.

하늘 높은 청명한 날이네.

큰아버진 마실을 가고 나는 홀로 울 밖으로 나왔네.

노오란 장다리밭이네. 옛 마을이네. 저만큼 아이들이 오고 있네. 나비채를 흔들며 오네. 나비 잡으면 벌 받는단다. 사람 손독 오르면 기어이 죽고 마는 나비란다. 큰아버지 목소리로 나는 말해주고 싶네. 나비 비늘이 눈을 멀게도 한단다. 마음의 창을 멀게 하는 거지. 돌고 돌며 울게 된단다. 로라제팜, 밀나시프란 없이는 살 수 없는 은희가 되고 동술 씨가 태어나고 남박모자가 있어 슬픈 은희가 태어나고 사슴 피를 마시던 아버지는 동술 씨로 태어나기도 한단다. 몸을 바꾸고 바꿔 천년 동안이나 돌고 돈단다.

하늘 높은 청명한 날이네.

그 언젠가 이슬 먹은 풀숲에서 눈을 떴네.

처음 내려다본 골짝 물속에 호랑나비 한 마리, 물색 화려한 날개를 올리고 있었네.

나비 날개로 나는 노래를 부르네. 그 옛날 보았던 뮤지컬 배우처럼 손을 내밀고 발을 내밀어 노래를 부르네. 나비 비늘이 나비 피인 것을 미처 몰랐네. 은희 손에 묻은 나비 피가 폭포수 눈물 되어 흐른 것도 미처 몰랐네. 당신만을 원망했네. 저 아래 골짝 물속에 단발머리 은희 모습이 얼비치네. 길게 팔을 벌렸다 둥그렇게 머리 위로 모아 갸웃 갸웃 무릎을 구르네. 팔랑팔랑 나비춤을 추네.

하늘 높은 청명한 날이네.

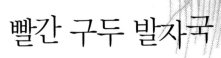

빨간 구두 발자국

빨간 구두 발자국

빨간 구두가 지나간다. 백구두가 지나간다. 흰 나팔바지 자락을 펄럭이며 빨간 구두를 따라간다. 소올~솔솔 오솔길에 빨간 구두 아가씨 또옥~똑똑 구두 소리 어딜 가시나…… 오솔길이었다가, 내를 다리를 건너 강을 바다를 건너면 군홧발 소리로, 어느 정글을 헤치는 군홧발 소리로 빨간 구두는 오는 것이다. 백구두는 오는 것이다. 꿈결인 듯 나를 스쳐가는 것이다.

나보다 아홉 살이나 많은 제우를 나는 '오빠'라고 부르지 않았다.

꼬꼬댁, 꼬꼬댁!

제우가 날더러 닭장 속 닭을 잡아오라 했다. 북청색 티셔츠에 흰 나팔바지를 입고 거울 속 길쭉한 얼굴을 삐뚜름히 비추어보며 재촉을 하긴 했다. 펜팔로 알게 된 빨간 구두 아가씨와 일요일 하루를 보내기 위한 자금을 마련하는 것이라는 것을 알긴 알았지만, 그렇다고 제우가 하나, 둘, 하고 셋을 다 세기도 전에 나는, 그 길고 날카로운 부리와 발톱을 가진 수탉의 공격을 필사적으로 막아내기 시작했던 것이다. 얼굴 높이로 두 팔을 쭉 뻗어 엑스자로 포갠다든지, 두 손바닥을 어긋하게 세우고 수탉에게 달려들어 마침내 왕관 모양의 빠알간 벼슬 달린, 그놈의 날개를 새끼줄로 단단히 묶기에 이르렀던 것이다. 다음엔 누군가 빨간 사과를 담아왔던 왕골 가방에 꾸욱 꾹 집어넣어 마당 가운데 고이 놓아두던 것이었다.

그러면 수탉은 마침내, 제우가 백구두를 신고 오기까지 무지개 빛깔 나는 주황빛 날개를 파드득대지 못해 제자리걸음으로 꼬꼬댁꼬꼬댁 해대며 뜀박질을 하고는 했는데, 그때마다 왕골 가방도 귀신 들린 무엇처럼 들썩였기 때문에 "은우야, 노올자!" 하며 나무 기둥만 있는 우리 집 대문간을 넘어오던 요요는 또, 까르륵대는 것이었고 그 때문에 나는 대수롭지 않은 일에도 배꼽을 잡는 요요가 이름처럼 요요한 기생 노릇을 하면 명기가 될지도 모른다는 터무니없는 생각을 해보기도 했다.

요요는 간드러지는 목소리, 길고 가는 목과 낭창한 허리로 떠오르고는 하는데, 학예회 때마다 황진이 흉내를 내던 요요를 나는 또 어쩌면 딱 그 과라고 손바닥을 치던 기억도 있는 것이다. 이상한 건 요요의 그 예쁜 얼굴에 슬그머니 심술이 날 때도 있었는데, 특히 제우 앞에서 간드러지는 요요를 보면 어느 순간 오줌보가 확 터져버릴 듯

한 지경에 이르곤 했다. 그럼에도 툭하면 요요가 "은우야, 노올자!" 하는 것처럼 "요요야, 노올자!"를 반복하는 나를 나도 어쩌지는 못하는 것이었다.

"오빠 다녀오마."

마침내 제우는 수탉이 든 왕골 가방을 들고 휘파람 소리를 내며 한길 쪽으로 나갔는데, 저녁 무렵 돌아온 제우의 흰 나팔바지와 백구두는 소나기로 엉망진창이 되어 있었다. 황톳물에 곤죽이 되어 있었다. 로션을 듬뿍 발라 시원스레 뒤로 넘기고 나간 머리는 비 맞은 생쥐의 그것처럼 볼품없이 찰싹 내려앉아 있었다. 요요가 그 모습을 본다면 또 배꼽을 잡고도 남을 지경이었다. 나 역시 깔깔 배꼽을 잡을 지경이었으나 한편으론 그런 제우에게 짠한 마음이 드는 건 웬일인지 몰랐다.

빨간 구두 아가씨와 화창한 하루가 되긴 된 것일까?

다음 날부터 제우는 더욱 휘파람을 불었다. 빨간 구두 아가씨 혼자서 가네…… 어쩌고저쩌고 하는 노랫말을 코러스처럼 넣어가며 휘파람 노래를 불렀다. 빨간 구두 아가씨 혼자서 가네 혼자서 가네…… 쉰소리가 나도록 불렀다.

"니 오빠 어떠니?"

제우가 또 거울 앞에 삐뚜름히 서서 나를 귀찮게 하기 시작했다. 새 나팔바지를 맞춰 입고 와서는 거울 면이 다 닳아빠지도록 요리조리 폼을 잡아보는 것이었다.

"어때?"

티끌 하나 묻지 않은 나팔바지였다. 눈처럼 흰 나팔바지였다. 그것을 부단히 탁탁 터는 제우가 나는 얄미웠다.

"트위스트 킴 같네, 뭘."

"요게?"

제우가 이빨을 악물고 한쪽 손을 번쩍 쳐들었다. 언제나처럼 내 머리통을 또 한 대 쥐어박는 시늉을 해보이는 것이었다.

"때려봐, 때려봐아!"

나는 독 오른 뱀처럼 빳빳이 목을 세웠다.

"그 나팔바지도 쌀 퍼다 해 입은 거잖아. 엄마 몰래 내게 늘 쌀독 쌀을 자루에 담으라고 했잖아! 그런 심부름만 시켰잖아! 때려봐, 때려보라고오!"

이번엔 뿔난 송아지 흉내를 냈다. 냅다 머리통을 제우에게 들이밀었던 것이다.

"하이고, 은우야. 좀 봐다오, 봐줘!"

비로소 죽을상으로 제우가 능청을 떨기 시작했다. 구봉서가 나오고 서영춘이 나오고 있었다.

"깔깔······."

"낄낄······."

그런데 걸리는 게 있었다.

급한 거 있으면 언제든 쌀로 대신하거라.

들일로 바쁜 제우 엄마가 나도 있는 데서 제우에게 이른 말을 생각 못 한 것은 아니었지만 나는 또 기어이 제우 꼬랑지를 잡고 흔든 게 쪼끔 미안했던 것이다. 그럼에도 또 기회만 오면 나는 다시 제우 꼬랑지를 잡고 흔들고 말 것이었다. 제우야, 노올자!

제우가 온다…….

백구두 소리로, 빨간 구두 소리로 온다. 군홧발 소리로, 어느 정글을 헤치는 군홧발 소리로 간밤에도 제우는 오는 것이었다. 꿈결인 듯 나를 스쳐가는 것이다. 빨간 구두 소리 따라 다시 멀어지는 백구두 소리를 나는 다 듣고 있다. 어디쯤에서 군홧발 소리 다시 들리면 가시덤불 엉킨 정글이 홀연 눈앞으로 다가왔다가, 내가 두 손 들어 반기면 정글은 저만큼 멀어져가는 것이다. 그때부터 죽어라 나는 군홧발 소리를 좇는 것이다. 바스락대는 소리인가 하면 저벅저벅 왔다가 멀어지는 군홧발 소리를 꿈속을 돌고 돌며 나는 좇게 되는 것이다.

……빨간 구두 아가씨 혼자서 가네/혼자서 가네……

눈 뜨면 제우는 〈빨간 구두 아가씨〉를 불렀다. 불러내 졸졸 따라다녔다. 또옥~똑똑 소리로 오는 빨간 구두 뒤를 좇았다. 대입에 낙방하고 군 입대를 앞둔 제우였지만 그런대로 행복해 보였다. 무언가에 들떠 있었다는 표현이 옳을지도. 니 오빠 어떠니? 배우 같니, 가수 같니? 남진, 신성일 폼 나지 않아?

작열하는 태양이 내 꼭뒤에서 심통을 부릴 때, 제우는 나무 기둥만 있는 우리 집 대문 너머로 걸어갔다. 나팔바지 자락 쓰윽쓰윽 스치는 백구두 소리를 내며. 〈빨간 구두 아가씨〉도 갔다. 천만에! 펜팔로 만난 빨간 구두 아가씨를 따라간 건 아니었다. 제우 휘파람 노래 속, 빨간 구두를 따라간 것이다. 이 순간도 또옥~똑똑 오솔길을 걸어가는 빨간 구두 소리를, 백구두 소리를 나는 다 듣고 있다. 정글을 헤치는 군홧발 소리를 나만은 듣고 있다. 빨간 구두 따라가는 제우를 나는 좇고 있다. 손에 잡힐 듯 거리가 좁혀와 제우! 하고 부를라치면 얄궂게도 언제 저만큼 제우는 앞서 걷고 있다. 빨간 구두와 제우와의 거리도 마찬가지다. 내 앞의 제우가 아가씨! 하고 부를라치면 언제 빨간 구두는 저만큼 앞서 가고 있었다. 아가씨! 하는 몸짓으로 제우가 한 손을 들라치면 당나귀 귀 내 귀로 아가씨! 하는 제우의 목소리가 들려오고 빨간 구두는 저만큼 앞서 걷고 있는 것이다. 제우야, 노올자!

S대 연극영화과만을 고집하던 제우였다. 두 번이나 입시에 낙방한 이유였다. 길쭉한 얼굴에 간짓대처럼 길고 마른 체형이라면 차라리 개그맨학과를 지망했어야 옳지 않았을까, 싶을 만큼 제우의 그것은 개그에 가까운 그 무엇이었다. 요요가 알면 또 배꼽을 잡고 웃을 일

이었을지도. 배우 지망생은 요요 같은 얼굴이어야 옳지 않을까.

소올~솔솔 오솔길에 빨간 구두 아가씨/또옥~똑똑 구두 소리 어딜
가시나/한번쯤 뒤돌아볼 만도 한데/발걸음만 하나 둘 세며 가는지/
빨간 구두 아가씨 혼자서 가네/혼자서 가네

날이면 날마다 제우는 담 너머로 〈빨간 구두 아가씨〉를 불렀다. 불
러내 졸졸 따라다녔다. 그럴 때는 예쁜 아가씨만 꼬드기려는 날건달
처럼 보이기도 했다. 로션 바른 머리를 귀 뒤로 시원스레 빗어 넘기
고, 흰 나팔바지에 물빛 고운 북청색 티셔츠 차림으로 달달 무릎을
흔드는 포즈에 때로 나는, 무릎을 칠 때도 있었으니. 노랫말로 부를
적도 있었지만 대개 휘파람으로 불렀다. ……또옥~똑똑 구두 소리
어딜 가시나…….
　제우가 온다.
　가시덤불을 헤치며 오는 까만 낯꽃을 본다. 검은 눈에 반딧불 같은
파란 불을 켜고 이리로 오는 군홧발 소리를 나는 듣는다. 열대의 커
다란 거미며 도마뱀이 득시글거리는 덤불을 헤치는 군홧발 소리에
당나귀 귀처럼 커지는 내 귓속으로 휘파람 소리 들려온다. 빨간 구
두 소리 들려온다. 백구두 소리 들려온다. 그 백구두 등에 통이 넓은
흰 나팔바지 자락 스치는 소리가 쓰윽쓰윽 들려온다. 그 소리에 당나
귀 귀 내 귀에서도 파란 불이 켜지는 것을 나는 문득 안다. 깜박깜박

수많은 반딧불이 뿜어져 나오는 그곳이 어쩌면 내 눈인 것을 또한 안다. 아니, 제우 눈에서 뿜어져 나오는 파란 불을 나는 착각하는 것인지도.

"아아, 시간이 너무도 안 간다."

〈빨간 구두 아가씨〉를 부르다 제우는 그랬다.

"답답해. 너무도 나른해."

"도시엔 꿈이 있단다."

트위스트를 추다가도 그랬다. 내리 도시물만 먹은—중고등학교를 도시에서 다닌—제우였다. 대학을 포기하고부터 펜팔에 가요에 혼자 발끝으로 방바닥을 비비며 트위스트를 추던 것으로부터 시작해, 불쑥 백마부대 용사로 월남전에 참전한 것 역시도 나른함을 견디지 못한 돌발 충동이 아니었을까.

"월남에서 편지 왔어요!"

집배원이 싱글싱글 편지를 던져놓고 갔다.

국제우편 봉투를 열자 아오자이를 입은 여자가 툭 떨어져 나왔다. 나는 먼저 깡마른 허리에 눈길이 갔다. 제우 때문이었다.

"깡마른 허리만 보면 나는, 안아주고 싶은 충동을 느낀단다."

굴러다니는 주간지를 뒤적이다 아오자이를 입은 여자가 나타나자 제우가 히죽 말했었다.

"속이 시커매서 그렇지, 뭐!"

"내가 배우라면 수많은 깡마른 허리들을 안아볼 수도 있을 텐데……."

"이, 날건달 같으니라고!"

"모든 남성들에게 여자 허리는 뮤즈란다."

"빨간 구두가 아니고?"

하마터면 제우와 한통속이 될 뻔했다. 그 저항감으로 나는 "이 바람둥이! 날건달!"이라며 고래고래 소리를 질러댔다. 그러면서도 내내 궁금했다. 알고 싶었다. 빨간 구두는 뭐지? 제우에게 빨간 구두는.

"여자는 몸가짐을 잘해야 된단다."

그런 말이나 안 하면 좋을 제우였다. 나보다 아홉 살이나 많은 제우를 나는 한 번도 오빠라고 부른 적이 없었지만 제우는 우리 담장 밑을 지나는 휘파람 소리에도 발끈하곤 했다. 먼저 퉤퉤 양손바닥에 번갈아 마른침을 뱉고는, "이 오빠가 손봐주고 올 테니 기다려라!"라는 말을 남기고 불끈 쥔 두 주먹을 휘두르며 문 없는 우리 집 대문간 너머로 뛰쳐나가는 의리를 보여주곤 했다. 그럼 마당 가운데서 빨랫줄을 받치고 있던 대나무 간짓대가 갑자기 돌돌 말아 숨긴 다리를 길게 늘어뜨리고 건들건들 대문 밖으로 나가는 것처럼 보여서 나는, 까르륵 배꼽을 잡고는 했으니. 어쩌면 나도 모르게 요요 흉내를 내고 있었는지도.

눈 익은 제우 필체가 흰 지면을 메우고 있었다.

낮 동안 전우를 세 명이나 잃었다. 우리 부대는 전쟁으로 폐허가 된 베트남 땅에 집을 짓고 학교를 짓고 관공서를 짓는 등등의 일을 하는데, 우리의 건설 현장에 적의 기습 폭격이 있었던 거야. 민간인마저 상당한 피해를 입었단다. 옷에 불이 붙어 죽어가던 현지 꼬마를 끝내 살려내지도 못했다. 잃어버린, 꼬마의 집을 지어준 게 아니라, 그 자리에 꼬마 무덤을 만들고 만 셈이지. 알 수가 없어. 나는 왜 여기 전쟁터로 왔을까, 하는 스스로에 대한 의문에 이어, 우리는 왜 이 전쟁을 해야만 하는가, 라는 회의가 물밀듯 밀려들기도 한단다. 그래도 별은 빛나고 폭격으로 전기마저도 끊긴 이 하늘 아래서 나는, 은우에게 편지를 쓴다…….

전시만 아니라면 여긴 낙원인 게 분명하다. 어딜 가도 야자수가 늘어서 있고 은우가 한 번도 먹어본 적이 없었을 바나나가 지천으로 널려 있는 곳이기도 하다다. 나무에 매달린 채 숙성된 달콤하고 부드러운 그것을 한 입, 또 한 입 베어물 때마다 은우 생각이 몹시 나고는 한단다. 바나나 향처럼 나고는 한단다. 바다색은 또 얼마나 야리야리 파란지 몰라. 흰 천을 담그면 온통 파란 물이 들 것만 같지 않겠니. 그 바다를 바라보고 있으면 여기가 전쟁터인가? 하는 덧없는 의구심이 들 정도란다. 그 때문에 깜박 현실을 잊기도 하지만, 어김없이 포성은 다시 울리고 나는 또 총대를 쥔 손에 악력을 가하게 되지.

……온다……. 두 주먹을 불끈 쳐든 전투 태세로 온다……. 문 없는 우리 집 대문간을 넘어 나갔던 제우가 돌아오는 소리 들린다. 씩씩대는 숨소리에 슬몃 이불깃을 올리면 언제 제우는 푸른 제복의 백

마부대 용사로 행진하듯 이쪽으로 걸어오고 있다. 그 뒤를 자전거를 탄, 깡마르고 까무잡잡한 아가씨들이 흰 아오자이 자락을 펄럭이며 뒤따르고, 그 뒤를 또 삿갓도 아닌 요상스런 모자의 베트콩들이, 콩만 한 까만 베트콩들이 총부리를 겨누며 따라오고 있다, 검은 물결처럼. 탕! 총소리에 소스라쳐 일어나 앉으면 하얀 게, 아니 하얗게 모두지워져버리고 다시 막이라도 오르듯, 새벽빛 해쓱하게 밀려오는 유리창 너머에서 또옥~똑똑…… 빨간 구두 소리, 빗방울 소리처럼 들려와 나는 또 당나귀 귀를 기울이는 것이다. 요리조리 빨간 구두를 찾는 것이다. 그러다가 다시 군화발 소리를 듣는 것이다.

편지는 계속됐다.

요즘은 연일 게릴라전이다. 베트콩 특유의 수법이다. 공병은 여간해서 총을 들지 않는 군인이라고도 하는데 현재 우리는 전시 상황이 나빠져 총을 들지 않는다면 순식간에 주검으로 변한 우리 위에, 잘하면 누군가 봉분을 만들고 그 무덤 위에 꽃 한 송이 얹어두고 떠나겠지, 하는 자조 어린 한숨 끝에 총대를 쥔 손에 부르르 또 악력을 가하곤 한다.

여백 끝에 제우는 또 쓰고 있었다.

속절없다는 생각이 든다. 이 전쟁도 내가 여기에 온 것도. 그런

데 문득 이마를 스치는 게 있다. 구두 때문에 나는 여기까지 오게 된 거라고. 포성이 울리는 전쟁터에서 아침 종소리처럼 울릴 것만 같던 내 군홧발 소리를 듣고 싶어 여기까지 온 거였다는. 구두 소리는 다른 세계로의 진입을 가능케 하는 도구라는 생각을 언제부터 나는 한 것일까. 빨간 구두 소리를 들으면 꿈을 꾸고는 했다. 백구두 소리를 들으면 희망이라는 열차를 타고 더 넓은 신세계로 달려가는 것만 같았다, 이 오빠는.

지면을 바꿔 편지는 계속됐다.

정글 속에 갇혀버렸다. 적의 공습으로 참호가 파괴되고 적에게 쫓기다 부상당한 동료 장병을 부축해 숨어들었는데…… 나 혼자만 남았구나. 총상이 깊었던 탓이다. 앞으로 옆으로, 뒤로 가도 정글인 것이 절망적이다. 도마뱀과 이름 모를 동물들이 득시글거리고 독사일지도 모르는 뱀들이 어슬렁어슬렁 나뭇가지를 기어오르는가 하면 발아래서 뭉클 걸리기도 한다. 잠자리보다도 더 커다란 거미며 개미들이 살 속을 파고들듯 피를 빨아먹기 일쑤여서 여기저기 빨갛게 부풀어 오르거나 물집이 생기고 그 자리가 몹시 따가워서 죽을 맛이지만, 밤이 되면 반딧불이들의 출현으로 축제의 밤이 열리는 듯도 해 충동적으로 나는 팔을 흐느적거리기도 한단다. 춤을 추는 거지. 하나, 춤이 되는 게 아니라 공포의 그것에 딱 한 번 저항하는 몸짓에 불과한 것인 줄을 나는 곧 알고 말지. 공포로 경직된 팔이 제대로 움직여줄 리 없잖니. 그러니까 그 언젠가 춤을 추던 구봉서랑 서영춘은 울고 있었던 거야. 바보처럼 웃으면서 울었던 거야. 대롱대롱 눈물방울 매단 채 길고 삐뚤게 입을 벌려 웃던 구봉서들이, 떠오르는 밤이다. 사랑한다, 은우야. 자꾸 니 이름을 부르고 싶단다. 트위스트를 추고 싶지만 몸이 말을 안 듣는다. 〈빨간 구두 아가씨〉를 부르고 싶지만 소리가 되어 나오지 않는다……

반딧불이 온다. 정글로부터 온다. 도마뱀이 보이고, 거미며 온갖 벌레들이 어깨에 찰싹 달라붙은 제우가 온다. 파란 불을 켜고 온다. 반딧불이 온다.

마지막 장이었다.

어쩌면 여긴 정글의 끝자락인 것만 같다. 긴 강이 눈앞에 가로놓여 있거든. 손에 잡힐 듯한 강 건너, 저 푸른 섬으로만 건너가면 아군의 진지가 있을 것만 같은데…… 보트는커녕 낡은 나룻배한 척 보이지 않는다. 어? 이상하다……! 강 가운데서 웬 푸르스름한 기운이 뿜어져 나오는 게 아니겠니. 아, 아마도, 짙어가는 저녁 이내를 나는 보고 있는 거야. 그래, 그럴 거야. 악어와 온갖 뱀들이 서식하리라 짐작되는 저 강으로, 정처 잃은 저녁 이내가 몰려드는 걸 거야. 두렵지만 저 강을 건너야만 하는데…… 저 강을 건너면 은우를 다시 만날 수 있을 것만 같은데…… 하지만 나는 지금 꿈을 꾸고 있는지도 모르겠다. 왜 저 강물 위로 빨간 구두 한 짝이 떠 있는 거니? 둥둥 오래 익숙한…… 낯익은 신발인 것만 같은 빨간 구두가 왜, 저기에 떠 있는 거니?

그로부터,

6개월 만에 구두가 왔다. 정글 냄새 나는 제우의 구두가 왔다…….
저벅저벅 소리 멀리서 들려오다 가까워지는. 정글을 헤치는 군홧발
소리가, 구두 속에 담긴 편지도, 목에 걸었던 군번도 함께 왔다. 행
불이 되기 전 제우가 남긴 물건이 누군가의 손을 거쳐 보존된 채 국
방부로부터 배달되어 왔다.

나는, 무릎 사이에 얼굴을 묻, 는, 다.

빨간 구두가 지나간다. 백구두가 지나간다. 흰 나팔바지 자락을 펄
럭이며 빨간 구두를 따라간다. 소올~솔솔 오솔길에 빨간 구두 아가
씨 또옥~똑똑 구두 소리 어딜 가시나……. 오솔길이었다가, 내를 다
리를 건너 강을 바다를 건너면 군홧발 소리로, 어느 정글을 헤치는
군홧발 소리로 빨간 구두는 오는 것이다. 백구두는 오는 것이다. 꿈
결인 듯 나를 스쳐가는 것이다.

고개를 들어 올린다.

해쓱한 새벽빛 속, 제우 구두가 윗목에 놓여 있다. 군화 한 켤레 놓
여 있다. 구두 속에서 〈빨간 구두 아가씨〉가 들려온다. 제우 목소리
가 들려온다. 나팔바지 자락 쓰윽쓰윽 스치는 백구두 소리도 들려온
다. 나는 구두 소리를 따라간다. 발소리 죽여 따라간다. 어디쯤에서
둥둥 신발 한 짝이 어른거린다. 살눈썹 너머, 어디에서 간질간질 시

야를 간질인다. 어린 계집아이가 신는 빨간 구두다. 그 빨간 구두가 나는 낯설지가 않다.

강가에 이르렀다.

앞서가던 구두 소리가 멎는다. 나도 멈춘다. 문득, 눈앞이 하얗게 흔들리고…… 저녁놀이 밀려온다. 치잣빛이다가, 주홍이다가, 불그스름하다가, 빨간 기운이다가, 깊어지는 빨강, 점점 더 빨강으로 그러데이션을 이루는 하늘빛에 나는 넋을 놓는다. 그 농담을 차례차례 받고 있는 어린 계집아이 하나…… 왠지 낯설지 않다. 저녁놀이 계집아이인지, 계집아이가 저녁놀인지 헷갈릴 만큼 둘은 일체가 되어 보인다. 또각또각 엄마 하이힐 소리, 또옥~똑똑 빨간 구두 소리, 나팔바지 자락 쓰윽쓰윽 스치는 백구두 소리, 저벅저벅 또는, 바스락거리는 정글 숲을 헤치는 군홧발 소리가 이르는 곳은 어디일까.

구두 소리 다시 들린다.

소올~솔솔 오솔길에 빨간 구두 아가씨 또옥~똑똑 구두 소리 어딜 가시나…… 오솔길이었다가 내를 다리를 건너, 강을 바다를 건너면 군홧발 소리로, 어느 정글을 헤치는 군홧발 소리로 빨간 구두는 오는 것이다. 백구두는 오는 것이다. 꿈결인 듯 나를 스쳐 가는 것이다.

나는 소스라친다.

빨간 구두 한 짝을 본 것이다. 둥둥 강물에 떠내려가고 있다. 나는 발을 구른다. 동동 발을 구른다. 한 걸음 또 한 걸음 나는 뛰기 시작한다. 강물 따라 흘러가는 빨간 구두를 따라간다. 강을 낀 마을을 지

나고 또 다른 마을을 지나고 어디쯤에서 노을이 강물을 적신다. 하늘
도 땅도 온통 놀빛이다.

나는 문득 강물 속을 들여다본다.

맨발이다. 한쪽 발만 신발을 신었다. 빨간 구두다. 와락 나는 여기
저기 나를 만져본다. 내가 어린 계집아이였구나……! 이곳은 희망이
없단다. 팔베개 속에서 엄마는 향기로운 입김을 뿜어댔다. 다음 날
아침 엄마는 보이지 않았고, 머리맡엔 빨간 구두 한 켤레가 놓여 있
었다.

이윽고 노을 든 하늘이 지워진다.

푸르스름하다가 검푸르다가 어둑어둑 땅거미가 밀려오고 나는 와
락 울음을 터뜨린다. 집으로부터 너무 멀리 와버렸다는 것을 깨달은
것이다. 뒤를 돌아본다. 강둑을 타고 끝도 없이 이어진 강줄기가 까
마득해 보인다. 제 몸을 뒤척이는 강물 위로 아빠 얼굴이 시퍼렇게
일렁인다. 빨간 구두 없이는 돌아갈 수 없다는 생각이 든 것이다.

"더 크면 빨간 구두를 신을 수 있게 된단다."

그러나 정작 아빠는 내 발이 빨간 구두 속에 들어갈 만큼 자랐어도
구두 신는 것을 허용하지 않았다. 애초 내 방 윗목에 있던 그것을 당
신 방 윗목으로 옮겨놓고는 손도 대지 못하게 했다. 빨간 구두를 신
고 요리조리 폼을 잡다 들키면 무차별 매질을 가했다. 말을 몰 때마
다 쓰는 가죽 채찍을 휘둘렀다. 엄마의 하이힐 때문일 것이었다. 나
들이 갈 때마다 엄마는 하이힐을 신었다. 또각또각 마당을 울리고 고

삶을 울리면서 엄마는 마을을 빠져나가곤 했다. 하이힐 때문에 엄마 궁둥이에 바람이 든 거라고 굳게 믿는 아빠였다.

"엄마 뒤좇아갈 거니?"

다음 날이면 아빠는 내게 새 운동화를 사주었다. 온몸에 화인처럼 새겨진 검푸른 멍자국에 연고를 발라주며 미안하다는 말도 반복했다.

"미안하다, 내 아가야. 어떻게 내가 너에게 이리 매질을 할 수 있다니."

나를 부둥켜안고 펑펑 울 적도 있었다. 그러나 곧 단호했다.

"빨간 구두만은 안 된다."

나는 참을 수 없었다. 아빠가 오래 집을 비울 때면 기어이 빨간 구두를 신고는 했다. 거의 아빠 방에서만 걸어보는 게 고작이었지만. 길쭉한 거울 속에 비친 구두 신은 빨간 발을 보면 나는 행복했다. 내가 가장 좋아하는 빨간 사과를 먹을 때보다도 행복할 수 있었다. 만약 발에서도 신 침이 나온다면 빨간 구두를 신은 내 발에서야말로 무진장한 신 침이 나오고도 남을 것이었다. 거기엔 묘한 활기가 있었고 야릇한 호기심 같은 게 있었고 꿈이 있었다. 더 넓은 세계로 가는 꿈. 빨간 구두를 신으면 우월해지는 것도 같았다. 자존감이 높이높이 솟아오르는 것도 같았다. 그런 기분에 취해 그날, 빨간 구두를 신은 채로 아빠 방을 나와 강가까지 걸어간 게 화근이었다.

나는 울음소리를 높인다.

"누구니?"

문득 한 목소리가 들려왔다. 나는 돌아보았다. 키가 간짓대처럼 큰 소년이었다.

"……."

"길을 잃었니?"

"……."

나는 뚝 울음을 멈추었다. 고개를 끄덕였다.

"저런!"

나는 다시 울음소리를 높인다.

"나는 제우라고 한단다."

제우가 내 손을 잡았다. 그의 한쪽 무릎이 땅에 닿았다.

"한쪽 발이 맨발이구나. 등에 업힐래?"

다시 뚝 울음을 멈추었다.

강가를 다 떠나도록 강물 뒤척이는 소리가 따라왔다.

"이제부터 너는 '은우'가 되는 거다."

나는 제우의 동생이 되었다.

"너는 강에서 다시 태어난 내 딸이다."

제우 엄마의 딸도 되었다.

"작년 이맘 때 너를 데려온 강에서 내 여동생을 잃었단다."

제우가 속삭였다.

"……!"

"강물에 놓친 구두를 잡으려다 그만 익사한 거란다."

"……."

문득 제우가 단발머리 내 앞머리를 흔들어주었다.

제우의 엄마는 늘 들에서만 살았다. 꿀벌처럼 부지런하게 일하는 분이었다. 그런 분을 나는 곧 사랑하게 되었다. 방학이 끝나면 도시로 가는 제우 때문에 안타까웠지만 나는 평화로웠다. 새로 생긴 빨간 구두를 신고 마음껏 뛰놀아도 탓할 사람이 없었다. 가죽 채찍을 휘두르는 아빠가 없어 나는 행복했다. 뿐만 아니었다. 비 오는 날이면 집 안에 들어앉아 재봉틀을 돌리는 제우 엄마 손에서 요술처럼 만들어지는 꽃무늬 원피스로 나는 나날이 예뻐졌다. 새 원피스를 입을 때마다 보는 눈들이 찬사를 보냈다. 요요도 그중의 하나였다. 제우의 동생이 되고부터 알게 된 요요였다. "은우야, 노올자" 하며 먼저 알은체를 해온 요요였다. 마을 어른들의 눈길도 따뜻했다. 주말이나 방학 때만 볼 수 있는 제우이긴 했어도 그가 있어 나는 더욱 행복할 수 있었다. 아무것도 아닌 일에도 제우 꼬랑지를 잡고 늘어지며 나는 웃음소리를 냈고 제우 또한 그만한 눈높이로 나를 받아주었다. 응석받이 나를 다 받아주었다. 그러나…… 머리가 커질수록 내가 태어난 집에서와는 달리, 응석이라도 부려야 은우가 굴러들어온 돌이 아닌 박힌 돌인 것만 같은 게, 고민거리라면 고민거리였으므로 되도록 나는 응석받이 은우이고 싶은 것도 있었다. 강에서 새로 태어난 '은우'라는 사실을 아주 잊을 수는 없으므로. 제우와의 가족애적인 유대감을 '응석받이 은우'를 통해서라도 나는 확인하고 싶었다. 그런 내 갈망 때문인지, 아니면 워낙 따뜻한 품성의 제우 엄마 때문인지, 그도 아니면 제우 엄마나 제우에게 드리워진, 강에서 잃어버린 은우 그림자 때문인지는 몰라도 우리의 가족애적인 유대감은 나날이 깊어갔다.

비밀도 공유하게 되었다.

동구 밖 외딴집 앞이었다.

"……월요일에 가면 안 될까?"

도시로 가는 버스를 기다리던 제우가 말했다. 전날인 토요일 오후에 내려온 제우였고 나는 그런 제우를 배웅하는 중이었다.

"말이라고!"

나는 펄쩍 뛰었다. 제우 엄마 때문에도 안 될 일이었다. 제우는 우리 집 기둥이니까. 제우가 잘돼야 우리 가족이 다 행복할 수 있다는 것을 나는 알고 있으므로.

"전주행 버스가 오네. 제우! 어서 타!"

"아이고, 배야!"

문득 제우가 근처 보리밭으로 뛰어갔다.

"배가 틀어야, 육시럴하게 틀어야."

막차가 끊기도록 제우는 차에 오르지 않았다. 노을 든 눈을 껌벅이다가 결정적인 순간엔 보리밭으로 뛰어들곤 했다.

"알 수가 없네."

내가 구시렁대자 제우가 변명을 했다.

"배탈이 난 거야."

"이젠 차도 끊겨버린 거 알지?"

집 근처에 다다랐을 때 느닷없이 제우는 발길을 돌렸다. 후다닥 집 앞 보리밭 속으로 뛰어들었다. 얼결에 나도 제우 뒤를 따랐다.

"너도 알지? 이렇게는 차마 엄마 얼굴을 볼 수 없다는 걸."

제우가 머리를 긁적였고, 나는 새치름히 눈을 흘겼다.

"아이고, 출출해!"

제우가 배고픈 시늉을 했다.

"설마 이 오빠, 굶기지는 않겠지?"

"배탈 난 거는 어디 가고?"

물론 나는 제우 머리 꼭대기에 올라 앉아 있는 터였다.

"다 암시롱!"

제우가 한쪽 눈을 찡긋 감아 보이다가 구봉서처럼 코를 벌름댔다.

"엄마한테 다 이를 거다!"

"맙소사! 봐줘라, 좀 봐줘."

봐주고말고였다. 사실은 제우가 곁에 있어 나는 좋았지만 내색할 수는 없었다. 안 그런 척 시치미를 떼는 수밖에.

"잘났어요, 제우! 또 한 번 그러면 엄마한테 다 이를 테야."

"낄낄……."

"깔깔……."

나도 배꼽을 잡았다. 간드러지게 웃으면 요요처럼 예쁘게 보일지도 몰라서 나는 오래오래 배꼽을 잡아보았다.

어둑어둑해지고 나서야 보리밭으로 다시 갔다.

"제우, 여기……."

나는 솥에 남은 찐 감자까지도 다 긁어 제우에게 갖다주었다.

다음 날 아침이었다.

"에구머니나! 밥도둑이 다 들었나 보네!"

부엌으로 나간 제우 엄마가 소리쳤다.

이불 속에서 늑장을 부리던 나는, 낄낄 목을 밀고 올라오는 그것을 꼭꼭 밀어 넣을 수밖에. 미안해요, 제우 엄마!

나는 아직 속으로는 '제우 엄마'라고 불렀다. 내 머리맡에 빨간 구두를 사놓고 집을 나간, 나를 낳은 엄마와 제우 엄마 사이에서 어질어질했으므로.

제우가 온다.

군홧발 소리로, 백구두 소리로 온다. 빨간 구두 소리로 온다. 흰 나팔바지로 얼쩡댄다. 니 오빠 어떠니? 배우 같니, 가수 같니? 남진, 신성일 폼 나지 않아? 눈처럼 흰 나팔바지 자락을 부단히 탁탁 털다 스르르 등을 보이는 제우를 나는 뒤좇는다. 소올~솔솔 오솔길에 빨간 구두 아가씨…… 울안을 휘돌고 나가는 바람 소리 같은 그 소리를 뒤좇는다. 스르르 방문을 밀고 대문간을 지나는 빨간 구두를 좇는다.

백구두를 좇는다. 백구두 등을, 쓰으쓰으 스치는 흰 나팔바지 자락 언뜻언뜻 보이는 오솔길을 지나, 도마뱀이 보이고 독사와 독거미가 빨간 불을 켜는 정글을 헤치고 강가에 이른다. 문득, 제우 발소리 간 곳없고 노을 든 하늘이 밀려온다. 그 하늘 떠 있는 강물 위로 빨간 구두 한 짝 떠가는 것을 홀연 나는 본다. 둥둥 손을 뻗는다. 길게 길게 손을 뻗는다. 돌아치던 물살이 일격을 가해온다. 나는 출렁 물속 웅덩이로 미끄러진다. 와와 물풀들의 손이 함성처럼 나를 간질인다. 너울너울 푸르게 간질인다. 발목을 지나 종아리를 지나 허벅지를 지나 웅숭깊은 곳과 궁둥이를 지나 배꼽과 허리를 지나 목을 간질인다. 너울너울 물풀들의 오솔길로 나는 미끄러진다. 물속 오솔길로 미끄러져간다. 둥둥 빨간 구두 한 짝 손에 닿을 듯 멀어진다. 소올~솔솔 오솔길에 빨간 구두 아가씨 또옥~똑똑 구두 소리 어딜 가시나…… 제우 휘파람 소리가 들려온다. 너울너울 돋아난 푸른 손들이 나를 휘어 감는다. 발목을 감고 종아리를 감고 허벅지를 감고 웅숭깊은 곳과 궁둥이를 감고 배꼽과 허리를 감고 목을 감아 물풀들의 오솔길로 천 길 나를 잠기게 한다. 까무룩 나는 물고기가 된다. 가슴지느러미를 흔들고, 날개지느러미를 흔들고 꼬리지느러미를 흔들어 빨간 구두에게로 간다. 제우에게로 간다. 문득, 트위스트 춤을 추는 제우가 일렁인다. 구봉서처럼 코를 벌름대는 제우가 일렁이고, 서영춘처럼 삐뚜름하게 웃는 푸른 군복의 제우가 일렁인다. 떠도는 꽃내 같은 향기로운 입김이 감촉된다. 여긴 희망이 없단다. 다음 날 아침 내 머리맡엔 빨간 구두 한 켤레가 놓여 있었다. 그때부터 빨간 구두만 보면 신 침이 고여왔다. 소올~솔솔 오솔길에 빨간 구두 아가씨…… 제우의 휘파람 노래가 좋았다. 저만치 빨간 구두 한 짝 떠간다. 재우가 둥둥 떠간다. 너울너울 돋아난 푸른 지느러미 손을 흔들어 나는 다가간다. 더 깊고 깊은 물속 오솔길로 나는 미끄러진다. 소올~솔솔 오솔길에 빨간 구두 아가씨…….

또 까무룩 꿈을 꾸었다.

나는 일어나 앉는다. 등 뒤의 벽에 머리를 기댄다.

소올~솔솔 오솔길에/빨간 구두 아가씨/또옥~똑똑……

빨간 구두가 지나간다. 백구두가 지나간다. 흰 나팔바지 자락을 펄럭이며 빨간 구두를 따라간다. 소올~솔솔 오솔길에 빨간 구두 아가씨 또옥~똑똑 구두 소리 어딜 가시나…… 오솔길이었다가 내를 다리를 건너, 강을 바다를 건너면 군홧발 소리로, 어느 정글을 헤치는 군홧발 소리로 빨간 구두는 오는 것이다. 백구두는 오는 것이다. 꿈결인 듯 나를 스쳐가는 것이다.

새벽빛 속,

제우 구두가 해쓱해 보인다.

나는 두 팔을 벌린다. 제우를 안는다. 가슴에 꼬옥 안는다. 저벅저벅 멀리서 들려오다 가까워지는 군홧발 소리, 정글을 헤치는 군홧발 소리 들려온다.

강가로 간다.

여명이 오고 있다.

이윽고,

가슴속 제우를…… 강물에 풀어놓는다. 눈물처럼 반짝이는 강물 위로 군화 한 켤레 떠간다. 아침빛 머금은 강물 위로 제우가 떠간다. 꿈속 빨간 구두 한 짝도 보낸다. 둥둥 보낸다.

그만 나는 등을 돌린다.

저만치 감색 성장 차림의 요요가 걸어오고 있다. 백구두…… 를 신었다. 나와 마주친 요요가 눈웃음을 친다. 소리 없이 웃는다. 도시의 무슨 예술학교에 입학했다는 풍문을 들었다.

"안녕."

"안녕."

요요가 내 곁을 스쳐 지나갔다. 요요는 도시로, 나는 마을을 향해 걸어간다. 이제 다시는 나와 제우를 사이에 두고 까르륵까르륵대는 요요를, 간드러지는 요요를 보지 못할 것이다. 울컥 목울대가 뜨거워진다.

아랫배가 아파온다.

마당으로 들어서자 감기몸살을 앓는 제우 엄마의 기침 소리가 들려온다.

엄마!

눈을…… 나는, 꾹 감았다가 뜬다.

이제 속으로도 '엄마'라고 불러야지…….

콜록대는 엄마 기침 소리를 들으며 내 방으로 들어갔다.

아랫배가 더 아파온다.

옷을 갈아입다가야 알았다.

초경이었다.

빨간 구두 발자국이었다.

갈치 총각

갈치 총각

"갈치요, 갈치! 맛좋은, 싱싱한 생물 갈치가 세 마리에 오천 원, 오천 원!"

오늘도 갈치 총각은 입에 침도 안 바르고 거짓말을 한다. '생선 장수'라고 부르자 '미스터 갈치'라거나 '갈치 총각'이라고 부르든지 하라고 엉너리를 쳐왔다. 너만 한 딸이 있단다. 귀여운 것. 나도 갈치 총각만 한 아빠가 있다고요. 서울에서 살았단다. 나도요. 엄마 심부름으로 사게 된 생갈치 아가미에 사람 어금니 같은 것이 박혀 있지만 않았다면……. 그놈의 수입 갈치가 문제였다. 엄마와 나는 몇 날을 그거 먹어치우려 고생하다 결국 음식물 쓰레기통에 처넣고 말았다. 나만 당한 게 아니었다. 직사게 외쳐봐라 손뼉 쳐봐라. 어디 팔리기나 하나. 그런 식으로 장사하면 안 돼요, 안 돼. '원미과일집' 아줌마도 씨근댔다.

"이거 국산 갈치 맞아요?"

빨간 물을 잔뜩 처들인 빠글빠글 아줌마가 묻는다.

'옛날엔 술집 여자들이나 저 모양이었어.'

'시장국밥집' 할머니 혀 차는 소리가 날아들 것만 같다

"그럼요. 맛좋지요, 값싸지요, 자, 오천 원어치? 에이, 그냥 만 원어치 사 가세요. 소금 살짝 뿌려뒀다 구워도 튀겨도 먹고, 밥 위에 쪄서도 먹고 해보세요. 밥 한 공기가 게 눈 감추듯 싹 사라져요, 싹! 이런 갈치 어디서 못 삽니다, 못 사. 자, 두 무더기?"

빠글빠글 아줌마 대답도 듣기 전에 갈치 총각은 갈치 두 무더기를 도마 위에 올려놓고 가위로 자르기 시작한다. 저거 봐라, 순 약아빠졌어. 여느 생선 장수들은 나무 등걸 같은 목도마 위에 생선을 올려놓고 활처럼 휜 생선 칼로 턱턱 내리치는 수고를 아끼지 않는데 저게 뭐야, 꼭 게으른 사람들의 작태인 거야. 어? 이번엔 반찬가게 아줌마 잔소리잖아. 육시랄 하네.

"한 마리만 더 주지, 써비스루다가."

"에이, 멋쟁이 아줌마가 촌스럽게 굴기는……. 세 마리 중에 한 마리 댕강 자른 반 토막 남는 장사여요. 이문이 영 없어요. 저도 먹고살게 해주세요."

"……."

"소금 칠까요?"

"반은 생으로, 반은 소금 살짝 쳐줘요."

"오늘 빠글빠글 아줌마네 저녁 망쳤네!"

"어? 뭐, 뭐라구?!"

홱 고개를 비트는 빠글빠글 아줌마…….

언제 아줌마 꽁지에 찰싹 붙어 있었는지 나도 모를 일이다.

"아니요, 맛있겠다고 그랬는데요?"

얼결에 뒤로 밀린 나는 차렷! 자세로 터무니없는 대답을 하고 만다.

"그거 되게 맛있어요. 어제도 우리 감자 넣고 지져 먹었거든요. 우리 엄마가 또 해준댔어요. 생갈치는요, 감자나 호박을 넣고 지져야 제맛이 나요. 왜냐하면요, 갈치의 비린 맛을 감자 속에 든 녹말 성분이 제거해주기 때문이래요. 반찬용 노란 감자보다는 속이 뽀얀 남작 감자가 더 제격이래요. 또 생갈치에 풋호박이 어우러지면, 마루 밑 멍멍이까지도 회가 동해 환장을 한다잖아요. 비린 매운탕 맛, 죽여주거든요."

청국장 실 같은 군침이 질질 혀끝을 감아온다. 입으로 요리를 하다 보니 청국장 맛에 버금가는 생갈치 매운탕 생각이 간절해진 것이다. 다 외할머니 집에 얹혀살면서 길들여진 입맛이다. 내가 좋아하는 것은 사탕이나 초콜릿이 아니다. 어른들이 좋아하는 찌개 종류이다.

경기도 부천.

원미시장.

원미뷰티방.

월세 30만 원.

분필로 낙서하듯 한 번씩 차례차례 머릿속에 써보곤 했다. 싼 점포를 얻으려다 보니 여기까지 오게 된 것이란다. 서울 강남에서 배우고 익혀온 우리 엄마 미용 기술이다. 사실은 외할머니가 여간 고마운 분이 아니라는 것을 나는 다 안다. 엄마에게 미용 기술을 배우게 한 것도 '원미뷰티방'을 차려준 것도 외할머니였다. 내게 '원미시장'을 알게 해준 사람도 당연 외할머니라는 이야기가 되는 것이다.

"……!"

어머나! 빠글빠글 아줌마 하 입을 벌리고 있네. 나를 내려다보네. 어쩌지? ……에라, 모르겠다.

"우리 엄마는요, 자디잔 새끼 감자로 감자조림을 또 얼마나 맛있게 만들게요. 알이 큰 감자는 쓱쓱 채 썰어 볶기도 하고, 넓죽넓죽 썰어 먹음직한 감자튀김도 해주는걸요. 또 있어요. 저번에는요오……."

"야! 꼬맹이 촉새, 저리 가지 못할까!"

갈치 총각이었다.

"……그래요. 저리 갈게요. 근데요……."

나는 재빨리 허리춤에 손을 얹는다.

"갈치 총각, 양심 불량인 거 알기는 해요?"

김, 팍 새버리게 한 분풀이였다.

"이게 지금 누구하고 놀자는 거야, 뭐야?"

"누가 늙은 총각하고 놀재? 허!"

턱을 쑥 내밀고 나는 무릎을 한 번 굴렀다.

"예끼! 저리 못 비켜?"

갈치 총각도 한쪽 발을 탁 굴러보였다.

"내롱!"

볼우물에 검지를 찔러 보이고 돌아서는데,

"아유! 쬐끄만 게 발랑 까졌네."

소리가 뒤통수에 달라붙는다. 그렇게 말하지 마, 빠글빠글 아줌마 ~ 그렇게말하지마 걱정돼서말해준걸 고맙다고는 못해도 아유쬐끄만한게발랑까졌네발랑까졌네, 소리는 지나치잖아그렇잖아~ 그냥한 번웃어주면뭐가뭔지몰라도상쾌해질텐데 군이 그럴 필요까진 없잖아 ~ 어깻죽지와 궁둥짝을 흔들면서 나는 치킨, 김밥, 떡볶이, 꼬치 국물 냄새 폴폴 어우러져 붐비는 시장거리를 지나 '원미뷰티방'으로 간다. 근데 말이다, 말은 바르게 해야지. 빠글빠글 아줌마를 위하고 싶은 것은 아니었잖아. 그렇잖아. 심통이 났던 거야. 갈치 몇 마리에 양심 팔아먹은 그치가 얄미워서였지. 어? 어쩜 개미 새끼 한 마리도 안 보여. 다들 낮잠들 주무시나? 몽땅 나들이들 갔나? 엄마만 횡하니 소파에 앉아 구겨진 세팅용 종이를 펴고 있다.

"학교 다녀왔습니다."

슬그머니 나는 유리문을 밀었다.

"어서 와."

등에 멘 책가방을 풀어 소파 한쪽에 놓았다. 엄마 옆에 바짝 붙어 앉는다.

"저도 할게요."

엄마 앞의 그것을 내 앞으로 한 움큼 집어왔다.

"점심은 먹었어?

"오므라이스!"

쓰윽 나는 어깨를 올린다.

"다행이구나. 이젠 급식을 먹게 돼서……."

"대통령이 그거 하나는 잘했대요."

"또……."

하얗게 눈을 뜨는 엄마다.

"쓸데없는 말 안 하기로 했지?"

"그 말은 은비 엄마가 했는데요? 저는 듣기만 했어요."

나는 말끔히 엄마를 쳐다본다.

"……내가 못 이기지."

봉긋이 열리는 엄마 입술이 꼭 새빨간 딸기만 같다. 눈은 머루포
도처럼 은은한 검정이고요. 저렇게 예쁜 우리 엄말 두고 도망간 아빤
어떤 사람일까?

천하에 둘도 없이 나쁜 놈, 처갓집까지도 쑥대밭을 만들고서…….
새끼 불쌍해서라도 제 마누라 살 궁리는 해놓고 줄행랑을 놓아야 할
게 아니야. 죽일 놈, 죽일 노오옴! 외할머니가 그랬다. 한밤중에 깨어
나 가슴팍을 치며. 다음엔 뻐끔뻐끔 줄담배를 피워댔다. 내가 쿨쿨
자는 줄 알았겠지만 천만의 말씀이었다. 오줌이 마려워 눈을 떴다가

할머니 한숨 소리에 침을 눌러 삼키던 것이었다. 내 애초에 그놈 눈 딱지 노란 게 영 마음에 걸리더라니. 머리는 웬 고수머리……. 처음부터 아니었어, 아니었어. 애꿎은 내 딸 신세만 망쳤지. 금지옥엽 키워냈더니만 그놈 아구지에 창창한 인생 다 털리고. 게다가 뭐 계집까지 꿰차고? 허, 귀신은 뭐해? 법은 또 뭐하고. 엄마는…… 어디 그게 아랑 애비 탓이기만 한가……. 이제 그만 잊으세요. 언제 적 얘기라고……. 여자 이야기야 그저 풍문일지도 모르고요. 언제 적? 그놈 생각만 나면 잠결에도 사열이나, 사열이! 열녀 났어요. 시앗을 보면 돌부처도 돌아앉는다는데……. 그놈 생각만 나면 내, 죄 없는 아랑이까지도 미워져! 콜드크림 범벅된 엄마 얼굴이 전신거울 속에 들어 있었다. 언제나 그맘때야 자리에 드는 엄마다. 가게 문을 닫고도 수건이며 파마 롤을 세탁해 들통에 찐다거나 락스에 담갔다 건지는 일하며 뷰티숍 바닥을 쓸고 닦고, 벽면 앞뒤의 전신거울을 투명하게 닦아놓는 일들 때문이다. 죄송해요, 엄마……. 하지만 윤재 씨, 천성이 나쁜 건 아니잖아요. 운이 없었던 거지요. 은행에서 그런 식으로 몰아붙이지만 않았다면…… 문득 가는 한숨 소리가 새어나오고…… 시간여유만 주었더라면 거의 해결할 수 있는 일이었다고 봐요. 알고 보면 윤재 씨…… 속죄양인 거예요. 엄마 목소리가 잦아들었다. 할머니가 새 담배에 불을 붙였다. 가장 큰 피해자는 윤재 씨인지도 몰라요. 탁! 방바닥 내려치는 소리가 났다. 찔끔 오줌이 나올 뻔했다. 할머니 눈이 흰 바둑알 빛으로 돌아갔다. 나는 내내 실눈을 뜨고 있었다. 움

찔 들어간 자라목을 풀고 나서 엄마가 덧붙였다. 동업자가 몽땅 챙겨 도주하는 바람에 윤재 씨가 뒤집어쓴 거라고요. 윤재 씨, 몸만 빠져 나갔을 거예요. 동업자 찾으러……. 언제든 우릴 데리러 올지도……. 지금 나타나 봐요. 옥살이밖에 더 해요. 경제사범들 줄줄이 쇠고랑 차는 거 티브이서 못 보셨어요? 그러니 봐주세요, 엄마. 아……! 나는 뜨겁게 눈을 감고 말았다. 오줌 마려운 것도 어디로 달아나고 입안이 파삭파삭 말라왔다. 부창부수라더니, 원. 할머니가 콧바람 소리를 내 며 돌아앉았다. 컥컥. 나는 마른기침을 해댔다. 돌연 담배 연기가 견 딜 수 없었다. 비척이며 일어나 엄냐 엄냐, 혀 짧은 소리를 내며 화장 실로 들어갔다. 변기 위에 걸터앉았다. 스타만화방에서 빌려 보던 성 인만화 속에도 아빠 캐릭터가 들어 있었지, 아마. 아빠는 도망자 역 할을 하는 만화 속 주인공이거나 오락 게임 속 불운한 패자일까. 오 줌은 끝도 없이 졸졸거리며 나오고 있었다.

그때부터였을까. '촉새', '불여시', '불여우'로 불린 건.

"애늙은이가 들어앉았어."

"불여시가 들어앉았다니까."

"촉새! 촉새도 저런 촉새는 없다니께!"

"불여우야 불여우야, 내~롱!"

빠끔히 눈을 뜬 또 하나의 내가 머리 위에서 새파란 세상을 내려다 보게 된 것이다. 예쁜 옷 사달라고 엄마 치맛자락 붙잡지도 않았고 운동화 바닥이 다 닳아빠져도 나는 새 운동화를 마다 했다. 신던신발이좋아요. 내발내몸에길들여지지않은새옷새신발은불편해서싫어요, 영 싫어요! 으싸으싸! 랩을 타는 시늉으로 엄마를 요리하고는 했다.

"근데 엄마, 갈치 총각 또 거짓말 쳐. 맛좋지요, 값싸지요, 소금 살 짝 뿌려뒀다 구워도 튀겨도 먹고 쪄 먹기도 하면요오, 밥 한 그릇이 게 눈 감추듯 싹이에요, 싹! 하고 또 노가리 푼다니까요."

"왜, 갈치 총각하고 그렇게 앙숙이니?"

"수입 갈치를 국산 갈치로 둔갑시킨대요."

"그이 자신도 그걸 몰라서 그럴 수도 있잖니. 사는 게 팍팍해서 그 럴 수도 있겠고……."

"피! 구제 불능 양심 불량자일 거예요. 아깐요, 날더러 '촉새'라고까 지 했어요.

"……."

"엄마도 한번 보세요. 사기꾼같이 생겼어요."

"어어, 언젠 착하게 생겼다고 하고서언."

"처음엔 그랬어요. 하지만 얼마 전 우리 집 밥상도 수입 갈치로 물 들였잖아요."

"아, 그 아저씨이?"

"갈치요, 갈치! 맛좋은, 싱싱한 생물 갈치가 세 마리에 오천 원, 오 천 원! 하고 떠벌리는 바로 그 아저씨요."

동시에 드르륵 출입문 소리가 나는가 했는데,

"하이고, 우리 아랑이, 숨도 안 쉬고 또또또 주워 삼키는 것 좀 보게나."

소리가 끼어들고,

"어, 김 경사?"

나는 홀라당 종이 펴는 일을 던져버리고 김 경사 목에 매달린다.

"하하하하하."

"히히히히히."

김 경사 목에 매달려 한 바퀴 휘익 돌았을 때,

"얌전히 굴라 했지?"

은근한 목소리가 들려왔다. 돌아보니 엄마 속눈썹이 꼿꼿하다. 슬그머니 나는 김 경사 목에 두른 팔을 떨어뜨린다.

"괜찮아괜찮아."

나를 내려놓고 쪽 소리 나게 볼에 뽀뽀를 해주고는 엄마를 슬쩍 보는 김 경사다.

"손님이 없군요. 이래서야 어디, 우리 아랑이 맛난 거나 사주겠습니까?"

"……."

대꾸 없는 엄마 대신 김 경사는 나를 향해 환히 웃어 보인다.

"히히히히히."

"하하하하하."

자그만치 10년이래야, 10년! 내도 그런 사랑 한번 받아보면 여한이 없을껴. 벽제납골당에 아직도 꽃을 들고 찾아간다는 김 경사. 보기

드문 순정파야. 순애보라니까. 시장 아줌마들 수다 속에서 김 경사는 목련화로 피고 졌다. 복사꽃으로 피고 질 적도. 그때마다 아빠가 떠올랐다. 아니아니, 슬픈 음악 같은 엄마 얼굴이었는지도. 엄마 얼굴을 보면 슬픈 음악이 떠오르고, 슬픈 음악 같은 엄마 얼굴이 떠오르면 아름다운 시가 떠올랐다. 강보에 싸인 신생아실의 나를 안아보지도 못하고 사라진 아빠 얼굴은 언제나 슬픈 음악 같은, 아름다운 시 같은 엄마 얼굴로 떠올랐던 거야.

좋아 좋아 나도 좋아. 김 경사가 아빠라면 나도 여한이 없을껴. 에이, 또 만화 속 사투리가 나왔다. 아니다, 시장 아줌마들 말소리다. 제발 아이답게 말하라고, 경망스럽다고, 서울 말씨 그대로를 쓰라고 엄마에게 종아리 맞아가며 다짐 받은 게 엊그젠데……. 나도 몰라몰라몰라! 툭하면 시장 사람들 말소리 아니면 만화 속 등장인물들 말투가 절로 나오는 걸 난들 어떡해. 불여우, 불여우! 친구들은 나하고 싸울 적마다 어김없이 그 소리를 꼬리에 달고 외할머니는 불여시야 불여시…… 제 아비를 닮았는지 원, 이라며 조금 크게 웅얼거림을 할 때도 있는데, 그게 다 이런 내 버릇 때문인 것을 나도 안다. ……김 경사 같은 순정파라면 엄마가 또 버림받을 일은 없지 않을까. 어서 생과부라는 놀림에서 자유로워졌으면. 얼마 전에 스타만화방 언니가 물었다. 구청 위생과 이 주사가 왜, 니네 엄마 못살게 굴어? 어떤 사이니? 니네 뷰티방에 갈 때마다 이 주사가 나와 이빨 까던데……? 나도 몰라요. 살래살래 고개를 저었지만 천만의 말씀! 시장 아줌마들

말마따나 생과부인 데다 자그만 체구, 머룻빛의 커다란 눈. 남자 손님들의 눈길은 언제나 그런 엄마를 훔치곤 했다. 이 주사는 한술 더 떴다. 트집이라도 잡아 엄마와 커피라도 마실 기회를 노렸다. 영업 정지 당하고 싶어요? 내일 허가증 가지고 구청으로 나와요. 출발 전에 꼭 전화 한 통 주도록 하고요. 저 불여우! 새치름히 나를 쏘아보는 언니 눈길이 따가웠다. 나도 살뜰한 아빠가 그리워. 아빠 등에서 이랴랴 말타기도 하고 싶고…… 꿈속에서라도 행여 내가 아빠 어깨 위에서 목말을 타봤을까? ……은지네는 주말이면 여행을 떠나. 주말이면 더 고단한 우리 엄마. 소나기 손님은 언제나 엄마 혼을 빼놓고 말아. 그때마다 나는 만화방에 가는 대신 엄마 일손을 돕는다. 구겨진 세팅용 종이를 편다든지 롤을 집어준다든지. 으싸으싸! 그럴 때면 나는 리듬을 타, 랩을 해. 으싸으싸으싸! 엄마 일 도울 때마다 카세트에서 흘러나오는 동방신기, 타블로의 랩을 나는 따라 하곤 하는데 그게 버릇이 되어 툭하면 랩을 타곤 한다. 슬픈 것 같기도 즐거운 것 같기도 한 그 음률이 나는 묘하게도 좋아 좋아 으싸으싸!

"커피 한 잔 타주련?"

"설탕 넣고요?"

김 경사 품을 빠져나오며 물었다.

"믹스된 거 있지? 간편한 걸로 줘."

쪼르르 주방으로 들어간 내가 또르르 커피를 내오자 김 경사는, "어, 커피 맛 좋다!" 하면서 또 엄마를 슬그머니 본다. 아빠도 저랬을까……? 엄마 앞에만 서면 마흔한 살이 아닌 스물한 살의 총각이 되는 김 경사다.

"김 경사! 아니, 아저씨!"

목소리가 턱없이 높아졌다.

"왜 언니는 한 번도 안 보여요?"

나도 또 슬그머니 엄마를 본다. 이제 엄마는 마네킹 머리를 만지고 있는 중이다. 세팅용 종이 펴는 일은 아직 남아 있다. 공연히 다른 일에 손대는 엄마 마음속을 나는 열두 번도 더 들어갔다 나온 기분이다. 저 손놀림을 좀 보아. 자꾸 헛손질만 하고 있잖아.

"언니, 보고 싶어?"

"이따만큼요!"

나는 한 아름 팔을 벌린다. 시장 아줌마들 수다 속에서 처음 나는 언니를 알았다. "아랑이랑 닮은 언니가 이있지"라던 김 경사의 말은 나중에야 들었다. 그 뒤로 내가 얼마나 언니와 친해지고 싶어 하는지 김 경사는 아마 모를 거다.

"언제면 좋을까……. 엄마 손잡고 나와줄 수 있겠지?"

"……!"

나는 눈짓으로 고갯짓으로 대답한다. 그럼요그러고말고요얼마든지그럴게요그러고말고요히히히히히 김경사라면얼마든지환영하고말고요히히히히히.

입이 귀까지 찢어지는 김 경사, 콧구멍도 벌름벌름한다.

"엄마, 뭘 도와드릴까요?"

얼결에 나는 딴청을 부렸다.

"……."

엄마 손이 하르르 떨린다. 나풀나풀 모양을 낸 마네킹 머리도 하르르하르르 어쩔 줄을 모른다.

*

"양파랑 감자 주세요."

'양파와 감자를 좀 사다주렴.' 엄마 말소리가 그대로 나오려는 것을 꾹 눌렀다.

"얼마치 주랴?"

"이만큼요."

나는 오천 원권 한 장을 팔랑여 보인다.

"하이고! 암팡지게 이쁘게도 생겼다."

예전 아줌마를 의식한 제스처라는 걸 모를까 봐. 치! 샐쭉 나는 입을 비튼다. 이 쌍년! 곰탱이 같은 년, 죽어라 죽어! 아저씨의 기습적 폭행에 머리통이 터지기도 코피가 터지기도, 눈두덩에 퍼런 밤송이가 열리기도 머리 다발이 뭉텅 뽑혀 나가 있기도 하던 아줌마…….

어느 날 불쑥 시장 사람들 입질 속에서 아줌마는 뇌암에 걸려 죽었고 벽제화장터에서 한줌 재가 되어 용미리 공동묘지 자락에 뿌려졌다. 죽자 사자 고생만 하고⋯⋯ 착해봐야 다 소용없다니께. 그이 을매나 착했나, 거. 저승사자가 말이여, 착한 사람 먼저 잡아가는 모양이여, 거. 아직도 시장 사람들은 끌끌 혀를 찬다.

"우리 이쁜이 하나 더 줘야지."

감자 한 알로 아줌마가 또 꼬리를 친다. 치! 불여시다, 불여시. 에이, 하필 우리 할머니 말소리네.

"어이, 들어가 밥 먹어."

새신랑이다. 입가에 뻘건 김칫국물이 묻어 있다. 치! 김 경사하고는 비교도 안 돼요, 안 돼.

"안 먹어도 배가 불러유."

아이고 어쩌! 잘하면 시장 아줌마들 또 한바탕 배꼽을 잡겠네유. 옷고름짝 배배 꼬아 물고 몰라몰라 하겠네유. 살짝 붉어지는 아줌마 볼을 나는 놓치지 않았다. 치! 누구는 좋겠네. 너도 이제 그만 새로 시작해야지. 끝내 수절할 셈이 아니거든 더 이상 세월 보내지 마라. 늙어갈수록 울타리가 필요한 게야. 엊그제 할머니가 또 타령을 했다. 사흘거리로 강남에서 내려오는 할머니다. 재혼이 뭐 쉬운 일인 줄 아세요? '원미야채집' 좀 보렴. 얼마나 깨가 쏟아지나. 몰라서 그래? 그거야 뭐, 특별한 경우죠. 특별하긴 뭐가 특별해. 전 부인에게는 허구한 날 매질만 하던 김 씨 아니었냐. 오죽하면 맷독에 그리 됐다는 구설수에 오르기도 했잖어. 지금 그 댁하고는 궁합이 맞아 잘 사는 게야. 원미시장 사람들 속내까지도 난전에 내걸린 굴비두름 꿰듯 하는 할머니다. 애초부터 그놈은 니 짝이 아니었다. 말끝마다 아빠를 들먹이는 할머니를 나는 빤히 바라보았다. 어디 한번 볼 테냐? 탄탄한 중소기업 사장이라는데, 딸이 하나 있다는구나. 아랑이랑 언니 동생 하며 오순도순 지낼 수도 있을 거구. ……어떠니? 그만두세요. 시큰둥한 엄마 얼굴 위로 김 경사 얼굴이 겹쳐졌다. 으싸으싸 잘한 일이야 엄마엄마엄마~ 손, 팔, 어깨 순으로 배배 웨이브를 말고 싶은 것을 나는 지그시 눌렀다.

"수고하세요, 아줌마!"

"어이, 잘 가!"

이제 제발 그녀 미워하지 마아~ 잠시 한번 웃어주면 좋은 일이잖아~ 우리 모두 행복해야잖아 그렇잖아~ 엄마가 만드는 꼬부랑 머리처럼 두 손에 배배 웨이브를 쥐가며 '원미과일집', '황소정육점', '바다생선가게', '서해건어물', '해동방앗간', '소문난순대국집'을 지나 김밥집, 치킨집, 떡볶이집, 반찬가게, 옷가게, 기름집, 신발가게 등속을 더 지나 시장 코너의 '천년꽃집'을 왼편으로 끼고 돌아 나는 '원미뷰티방'으로 돌아온다. 겉치레로 수고하세요! 하자, 어이! 하던 늙은 새댁 아줌마의 티 없는 인심을 더 이상은 깔아뭉갤 수 없을 것 같다.

드르륵 유리문을 밀었다.

"엄마엄마, 양파랑 감자랑 사 왔는데요?"

잡지 모델 같은 언니가 거울 앞에 앉아 있다.

"주방 조리대 위에 올려놓으려무나."

"아랑이 좋아하는 감자조림 하려는 거죠?"

"……."

쿨하게 한 번 웃어보이고 하던 일에 다시 코를 박는 엄마다. 히야! 엄마 손 새로 초록 머리칼들이 물결치네. 나는 윙크하듯 미소를 보낸다. 신기하네 엄마 손 닿을 적마다 초록 물결치는 손님 언니 머리 다발 신기해 신기해 신기해 신기해 엄마 손 거치면 깜장머리 초록머리 되고 빨강머리 노랑머리 되고 보라머리 깜장머리 되네 금물 은물 들게 하는 울 엄마 손~ 손~ 세상에서 제일 재주 많은 울 엄마 손~ 초록 노랑 빨강 깜장 보라 초록~ 팔을 비틀어 나는 또 배배 웨이브를 만든다.

뷰티방 쪽문을 밀면 주방이다. 그 너머는 살림방, 엄마와 나의 유일한 공간이다. 빨강 노랑 깜장 보라 초록 머리칼들이~ 머리칼들이~ 반찬 속에 껴들지만 않는다면 아주아주 행복한 공간 공간인걸~ 아바라다사가나차 아바라다사가라라라차~사가라라라차~

엄마, 훈장이야. 김 경사는 재바르게 부추전에 떨어진 머리칼을 집어냈지. 그러고 더 맛나게 남은 부추전을 먹어줬던 거야. 비를 피하다 유리문에 코를 뭉개던 김 경사를 불러들인 게 바로 나였던 거야. 들어오세요, 김 경사! 그때부터 오며 가며 들르던 김 경사다. "엄마, 훈장이야." 그 말 때문에 나는 김 경사가 좋아졌을까.

"벌써벌써 맛난 냄새 나요, 엄마엄마엄마~"

흔들흔들 나는 엄마에게 다가간다.

감자조림 냄새가 아니었다.

"아랑이 빨리 뷔페 가고 싶어요 엄마엄마엄마~"

짬 없이 손을 놀리는 엄마 미간이 모아진다.

"오늘은 즐거운 날 외식하는 날 뷔페 가는 날~ 김 경사랑 뷔페 가는 날 잊으셨나요~ 엄마엄마엄마~ 이따가 뷔페 가기로 했잖아요~ 근데 엄마!"

나는 돌연 꾹 침을 눌러 삼킨다.

"결혼하면 미장원 안 해요?"

"......!"

엄마가 멈칫, 검지를 입에 댄다.

아차! 나는 손님 언니를 바라보았다. 언니는 꾸벅꾸벅 조는 중! 다행이었다.

"조금 부자가 될 때까진……."

엄마 손이 다시 재바르게 움직인다. 이젠 볼연지를 안 해도 발그레지는 엄마 얼굴을 나는 까막까막 바라본다. 조금 부자가 될 때까진……. 그게 왜, 목에 걸릴까. 아름다운 것 아니면 슬픈 무엇으로 비치는 엄마……. 엄마엄마엄마~ 나는 다시 흔들흔들 어깻죽지, 궁둥짝을 흔들어대기 시작한다. 슬퍼도 기뻐도 춤을 춘다, 노래를 한다, 랩을 한다, 엄마엄마엄마~

언젠 꼭 수절할 것만 같더니만……. 뜻밖에도 할머니는 시큰둥했다. 아랑이가 무척 따라요. 좋은 아빠가 되어줄 것 같아요. 제게도 버팀목이 필요하기도 하고요……. 그 중소기업 사장이라는 사람, 좀 좋을까. 네 눈에 맞은 인연은 어째 다 그리 을씨년스럽냐. 손등에 로션을 바르는 잠옷 차림의 엄마를 나는 푸르르 바라보았다. 병에 든 로션을 한 번 더 손등에 묻혀 비벼대는 엄마 모습이 등신대 거울 속을 다 차지하고 있었다. ……잘 살게요, 엄마. 방 두 칸짜리 전세 아파트 산다는 이유로 할머니 눈 밖에 난 김 경사다. 치! 할머닌…… 어디 김 경사만 한 사람 있으면 데려와보시지. 사람됨이 최고지 돈이 최곤가, 뭐. 시장 아줌마들 수다 소리 속에서 나는 다 들어 아는데.

드르륵. 초록머리 언니가 유리 밀문을 나가고,

"아랑아!"

김 경사가 들어왔다.

"어, 김 경사!"

아차! 또 엄마 속눈썹이 꼿꼿해진다. 매번 까먹는다. 아저씨!

"가자!"

김 경사가 나를 번쩍 안았다 내려놓았다.

"와! 신난다!"

내가 손뼉을 치고 나서 엄마가 말했다.

"저…… 일곱 시쯤에나……."

"……맞습니다. 가게 문, 너무 일찍 닫는 것도 보기 안 좋을 겁니다."

히히, 김 경산 언제나 깍듯해. 열중쉬어! 차렷! 선창하는 우리 반, 반장 같아. 히히, 사랑하는 마음들은 어디서 생겨나는 걸까. 언제였을까, 나는……? 그게 효식이었어. 바람나 집 나간 엄마 대신 시골서 올라온 할머니가 아무리 챙겨줘도 효식인 마냥 꾀죄죄한 거야. 헛발질만 해. 그 언젠가 떡볶이집에서 아랑이 떡볶이를 효식이 접시에 덜어준 것도, 아랑이가 샤프심을 필통에 넉넉히 넣어두고 다닌 것도 다 그런 효식이 때문이었던 거야. 그 때문이었던 거야. 얼레리꼴레리 효식이랑 아랑이 연애한대~요! 얼레리꼴레리 애인이래~요! 나는 개의치 않았다.

"언니는요?"

김 경사를 올려다보며 물었다.

"오늘은 어렵겠는걸. 지금 학원에…… 열한 시나 돼야 오거든."

"대신 언니한테 맛난 거 사다줘요, 아빠!"

"오오, 아빠라……!"

냉큼 나를 안아 올리는 아빠 어깨에 슬그머니 이마를 기댄다. 꿈속에서 맡아본 아빠 냄새가 난다……. 솔솔 내려앉는 눈꺼풀을 올리려 푸드덕 이마를 들었다가 나는 눈살을 모은다. 저게 누굴까……. 아까부터 자꾸 오락가락하잖아. 치, 손님인지도 몰라, 밤손님. 할머니가 밤손님은 조용히 보내야 후환이 없는 거라 했는데……. 아니, 치한인지도 몰라, 치한. 이래서 아빠가 있어야 한다니까. 자다가 일어나 문고리 확인하는 일도 이제 종치는 거야. 아저씨들 농 속에서도 자유로

워질 울 엄마 파이팅! 아랑이도 파이팅!

"와! 근사하다."

우뚝우뚝 치솟은 빌딩들이며 고층아파트들이 서양 나라의 그것 같아. 아랑이 키가 자꾸자꾸 작아지고 몸집도 졸아드는 듯한, 그런 희한한 느낌인 것도 특별해.

"기분 좋아?"

"넘 좋아요!"

나는 아빠 손을 잡고 폴짝거린다. 상동 신도시까지 나를 데려온 아빠다. 지난번엔 아빠 손 잡고, 엄마 손 잡고 해리 포터를 보았다. 반지의 제왕도. 고마워요 사랑해요 아빠아빠아빠~

'세이브존 뷔페'로 들어갔다.

"우리 아랑이 많이 먹어라."

갯가재도 먹고 스파게티도 먹고 별의별 걸 다 먹는다. 아빠가 있어 좋은 건 바로 이런 걸까. 이젠 부럽지 않아, 은지네가……. 주말마다 여행을 갈 거야. 오늘처럼 외식도 할 거야. 화창한 봄날엔 원미산에 갈 거고. 원미산, 놀이공원에서 아빠랑 마주 보며 놀이기구도 탈 거야. 원미산 진달래꽃처럼 화르르화르르 웃을 거야. 복사꽃처럼 웃는 엄마 얼굴도 찰칵! 아빠 카메라에 담고 싶어. 아빠 손은 마이더스의 손. 만화 속에 나오는 황금의 손. 행복을 잡았습니다, 찰칵!

"아빠, 잘 먹었습니다."

'세이브존 뷔페'를 나왔다.

"……행복했어요."

집 앞에 이르러 엄마가 말했다.

"더 행복하게 해줄 테야."

아빠가, 엄마와 내 어깨를 모두어 안는다.

"잘 자."

아빠도 행복해 보였다.

"아빠, 안녕!"

두 손을 다 흔들어 보이고 '이화학원' 건물 뒤로 사라지는 아빠 옷 자락이 한 번 펄럭였다. 빨갛게, 노랗게도 빛나는 네온 불빛들 사이 사이, 불 꺼진 창들이 야야야야야 잠투정처럼 고사리손들을 까부른다. 아아아아아 하품하는 아랑이 입을 아아아아아아 나는 또 투덕거린다 아아아아아아.

덧문 올라가는 소리가 나고,

"들어가자!"

외등이 번쩍 켜지고 날아갈 듯한 엄마 목소리에 나 홀로 미소 짓는 순간이었을 것이다.

"수, 수경아."

화들짝 고개를 틀었다, 엄마도.

"……?!"

'수경', '이, 수, 경', 엄마 이름인데……? 어? 어마, 저게 누구……?

갈치 총각…… 늙은 총각, 양심 불량자, 갈치요, 갈치! 맛좋은, 싱싱한 생물 갈치가 세 마리에 오천 원, 오천 원! 그치가…… 그치가, 오늘은 갈치 안 파나?

"수경아!"

갈치 총각 눈길을 따라갔다.

"……."

형광 불빛 아래 엄마 얼굴이 밀랍처럼 굳어간다.

"……피지에서 돌아왔어. 그 친구 찾아 거기까지 가게 됐던 거야. 그게 우리가 살 길이라는 생각밖에 없었거든. ……어쩌다 보니 쭉 거기 머무르게 됐어. 돌아오고 싶었지만 뜻대로 되지 않았어. 전에 살던 서울 그 동네 가봤지만 이사를 해서……. 내놓고 찾을 수도 없는 처지라서……. 떠돌다가 그만……. 당신을 찾고 나서 걸어 들어가고 싶었는데……. 한 번도 잊은 적이 없었어. ……핏덩이였던…… 우리 아기 이름은 뭐라 지었니?"

"……."

유리 밀문에 기대인 엄마 모습이 흔들려 흔들려.

"한 번도 잊은 적이 없었어. 그것이…… 여직 죽지 못하고 살아온 내, 이유였어."

귀울음이 인다. 쇠파리 울음소리 같기도……. 사이렌…… 아빠도 타고 다니던 경찰차의 경광음 같기도……. 꿈속인지 만화 속인지 가물가물해진다.

"이제 갑시다."

다른 목소리가 끼어들었다.

나는 눈살을 모은다.

바바리코트가 갈치 총각의 한 팔을 끼고 있다. 흔들려 흔들려 나도 흔들려.

"……."

"……."

갈치 총각의 젖은 눈길이 나에게 오래 머물렀다.

야꼬맹이촉새저리가지못할까? 갈치총각양심불량인거알아요몰라요? 네끼저리가지못할까? 누가늙은총각하고놀재? 허! 나는 배배 손을 비틀고 싶어 견딜 수 없어진다. 그렇게말하지마제발그를욕하지마제발이젠욕하지마. 그누구보다내겐소중한사람이니까. 잠시나마웃어주고싶어그러면덜슬프겠어. 맛좋지요값싸지요자오천원어치? 에이그냥만원어치사가세요소금살짝뿌려뒀다 구워도튀겨도먹고밥위에쪄서도먹고해보세요~ 밥한공기가게눈감추듯싹사라져요싹~ 이런갈치어디서못삽니다, 못사~ 자, 두무더기? 헤이~헤이~헤이~헤이~에이~ 갈치 총각이 사라지자 불 꺼진 창도 네온 불빛도 다 사라져버렸다. 소리 죽인 흐느낌 소리만 뷰티방 쪽에서 가느다랗게 새어나오고 있었다. 헤이~헤이~헤이~헤이~에이~

헤이~헤이~헤이~헤이~에이~

꽃신 한 짝

꽃신 한 짝

1

"은희야!"

삼촌은 꽃신을 손에 들고 흔들었다. 등기소에서 퇴근해 오는 길이었다. 삼촌 주위로 노을이 붉게 달아오르고 있었다. 자전거 옆에 삐뚜름히 서 있는 삼촌의 눈과 이마가 놀빛에 말려들고 말 것만 같았다. 고추 먹고 맴맴, 담배 먹고 맴맴. 마당 가를 빙빙 돌던 나는 어지러운 이마를 한 손으로 누르며 삼촌에게 달려갔다.

"사사, 사암촌!"

저녁답이면 자전거 짐칸에 노을을 싣고 와 마당에 부리는 삼촌이었다.

"고고마워요, 사암촌."

나는 삼촌이 내민 꽃신을 꾹, 가슴에 품었다.

"어서 신어봐. 문수가 맞는지."

꽃신은 맞춤했다. 나는 깨금발을 딛고 또르르 삼촌 코앞에 섰다.

"우리 뙤뙤뙤는 좋겠네."

삼촌은 기분이 좋을 때면 나를 '뙤뙤뙤'라 불렀다. 친구들도 한번씩 나를 '뙤뙤뙤뙤'라 부르고는 하는데 그 이유는 내가 말더듬이기 때문이다. 그러나 삼촌의 '뙤뙤뙤'와 친구들의 '뙤뙤뙤뙤' 또는 '뙤뙤뙤뙤이뙤'는 달랐다.

클려고 그래. 이제 키가 한 자는 자랄 거란다.

내가 말을 더듬기 시작하자 삼촌이 그랬다. 나는 삼촌이 한 말을 친구들에게 열심히 설명해주었지만 때로 친구들은 혀를 날름거리며 다시 한 번 '뙤뙤뙤뙤이뙤' 했다. 하지만 삼촌의 '뙤뙤뙤'를 들으면 나는 배시시 웃음이 나왔다. 삼촌의 '뙤뙤뙤' 속엔 어머니 젖무덤에서 나 날 것 같은 달큰한 냄새가 났기 때문이었다.

"스승우 거것은요?"

'사내가 어디 꽃신을 신더냐?'

어디선가 어머니 목소리가 눈을 흘기며 날아들 것만 같았다. 사내 자식과 계집애의 경계를 엄격히 긋는 어머니였다. 심심한 나하고 놀아주는 승우를 보고도 어머니는 "사내가 부랄 떨어지게시리……" 하며 눈살을 찌푸렸다. 가위바위보놀이를 하다 진 죄로 승우를 내 허리에 둥둥 두둥둥 태우고 다녀도 어머니는 땀을 뻘뻘 흘리는 내 궁둥이만 빗자루로 후려쳤다.

가시내 망년이 어디 함부로 치마 속을 들이보여?

말머리가 아니면 말꼬리마다 가시내란 토를 달지 않는 법이 없었다.

쪼그려 앉은 자세로 아궁이에 불을 때다, 수수 빗자루에 궁둥이를 걸치고 숨을 돌려도 벼락이 떨어졌다.

어여 일어나지 못혀? 이 집안 말아먹을 가시내야!

다음엔 탄식을 덧붙였다.

그렇게 이르는디도 가시내가 해필이면 수수 빗자루만 찾어 앉네. 너그 아버지, 그래서 돌아가신 것이여. 칠칠맞은 쌍둥이 누이 달거리가 묻은 수수 빗자루가 장대 같은 국방색 도깨비로 둔갑해, 날 궂은 밤마다 집안 곳곳을 삐뚜름히 걸어 다니던 해었어. 기차 소리가 나도 듣지 못하던 귀머거리, 당신 누이 구하려다…… 시상에! 그런 억장 무너지는 쌍초상이 또 으디 있을꼬오…….

나는 어머니의 그 진실을 다 진실로만 받아들일 수는 없었지만 사실무근이 아니라는 것 또한 믿어야 했다.

아이고 무셔라, 아이고 무셔. 어제 신새벽에 말이라오, 날 궂은 틈을 타고 아 도깨비들이 거꿀로 세운, 시커먼 수수 빗자루 모냥으로 뒤안을 삐두름히 걸어 다니는디…… 아이고 으쓸으쓸혀라, 아이고 무셔!

언젠가 빨래터에 나온 수자 어머니도 그랬고, 다른 어른들도 하나 둘 그와 같은 증언을 해오던 터이었다. 어머니는 도깨비가 국방색의 장대 모양이라고 했고 수자 어머니는 거꾸로 세운, 시커먼 수수 빗자루 모양이라고 했으며 또 다른 어른들의 도깨비도 대개 우리 어머니와 수자 어머니 사이의 그것을 크게 벗어나지 못했다. 중요한 건, 한결같이 날이 밝으면 도깨비가 나타난 자리에 몽당 수수 빗자루가 딩굴더라는 것이었다. 그런 연유로 어른들은 도깨비 본 일을 두고 허깨비에 홀렸다는 말로 바꾸어 말하기도 했다.

"이제 우리 뛰뛰뛰도, 꽃신 신고 맘껏 뛰놀 수 있겠네."

삼촌이 대답을 건너뛰었다.

"……"

어디선가 어머니 눈총이 따라붙는 것 같았지만 나는, 폴짝폴짝 꽃신을 신고 뛰어보았다. 버선코처럼 살짝 머리가 들린 꽃신 바탕에는 숲 속의 푸른 이끼 사이사이를 비집고 피어난, 뒷산의 가지가지 기화요초가 만발해 있는 듯했다. 깨금발로 뒤를 돌아보기도 하고 종종걸음을 쳐보기도 하며 갖은 요사를 다 부려보았다. 그러고 나는 또 마당가를 빙빙 돌았다.

"옜다! 은희야."

재봉틀 앞에 앉은 어머니가 내민 것은 손질한 헌 내복이었다. 남루가 물씬했다. 삼촌의 헌 내복일 것이었다. 아침 햇살에 지붕에서도 짚가리에서도 서리꽃이 창창히 피던 날, 저녁답이었다.

"스스스스 스스스 스, 스승우 거거건요?"

나는 또 승우를 들먹였다. 내 몫의 무엇을 보면 불쑥 승우 것을 확인하고픈 궁금증이 언제나 마른침을 삼키게 하는 것이었다.

"승우 것은 저번 장날에 새로 장만해두었다이."

나는 울컥, 부대 자루 같은 내복을 건네받아 그대로 반닫이 깊숙이 찔러 넣었다.

"썩을 년!"

등 뒤에서 어머니가 다시 손재봉틀을 달달 돌리기 시작했다.

계집애일수록 속곳을 제대로 입혀야 하느니, 그래야 이담에 서방 복 있는 거란다.

언젠가 외할머니가 한 말을 어머니는 끝끝내 까먹은 눈치였다.

"은희야아, 노올자아!"

수자 목소리가 날아들었다.

"들어와."

수자가 꺼먼 누비 통치마를 깡충 입고 있었다. 그 아래로 분홍빛 비스름한 내복 바지가 드러나 보였다.

"울 엄마가 장에서 사 오셨다!"

"……!"

나는 무릎에 손을 짚고 갸웃이 수자 통치마 밑을 들여다보았다.

"앙고라 내복이야. 눈 속에서 뒹굴어도 까딱없어."

수자가 호기롭게 덧붙였다.

"부분홍색이니? 피, 피핑크색이니?"

나는 수자의 내복 바지를 발목 어름에서 까보다 탄성을 질렀다.

"어어마! 꼭 유, 유융단 같다!"

안쪽도 바깥쪽의 화사함과 맞물려 삼촌의 하모니카 싸개와도 같은 융단 모양이었던 것이다.

"진한 분홍색……? 뭐랬더라…… 그래, 맞다!"

고개를 갸웃하던 수자가 별안간 손뼉을 쳤다.

"울 엄마가 꽃분홍색이랬어. 지난번 건 빨간색이었는데…… 이게 더 예쁘지? 그치?"

"참! 고, 고곱기도 하하다."

나는 무심결에 뺨을 갖다 댔다.

"비켜! 코 묻어."

수자가 매정하게 나를 밀어냈다. 슬그머니 나는 무릎을 세웠다.

일순, 사위가 고요해지고 어머니의 날 선 목소리가 날아들었다.

"갈피 사넙다! 딴 방에 가서 놀거라이."

다시 달달달 재봉질 소리가 높아졌다.

"우, 우리 건넌방에서 노놀자."

수자와 함께 건넌방으로 가다가 광으로 숨어들었다.

"자, 머먹어봐. 꾸, 꿀이야. 울 어, 어어어머니가 스승우에게만 먹이는 거야."

나는 승우가 내게 하던 대로 수자 입에 꿀을 한입 넣어주었다.

"꿀맛이다. 되게 맛있다. 한입만 더 줘."

수자가 입을 더 바짝 내밀었다.

'꿀이니까 꿀맛이지.'

그러나 엄마 얼굴이 우리 앞을 가로막았다.

"가, 가가슴속이 바방망이질 쳐. 그금방, 벼락이 떠떨어질 것만 가같아."

"들키면 찍찍 생쥐 소리를 내줄게."

다시 한 번 수자 입에 꿀을 떠 넣어주는 손이 달달거렸다.

"여기서 빨리 나가야 돼."

건넌방으로 들어서자마자 참았던 말이 튀어나왔다.

"수, 수자야, 아, 아앙고라 내복 하한번 이입어보면 아안 돼?"

"……."

수자가 눈을 깜빡깜빡하다가 눈살을 찌푸렸다. 머쓱해진 나는 엉거주춤 주머니 속에서 까만 실핀들을 줄줄줄 쏟아내었다.

"우, 우우리 피, 피피핀치기나 하하자."

"자, 만져봐. 입는 대신 맘껏 만져봐."

"아아냐, 돼됐어."

나는 갑자기 앙고라 내복에 대한 집착을 꿀떡 삼켜버렸다.

"니네 엄마는 어쩜 맨날 승우만 챙기니? 너는 주워 온 자식이래?"

"꼬꽃신도 사사줬는데?"

"피, 삼촌이 사준 거랬잖아?"

"……그거나 이거나…… ."

나는 말꼬리를 흐렸다.

"그거 우리 동네서 니가 꼴찌로 신은 거야. 다들 몇 켤레짼데. 검정 고무신 신기느니, 계집애 발에 꽃신 신겨주면 좀 보기 좋아? 울 엄마가 니네 엄마 독살스럽다고 혀를 내둘렀어. 주워 온 자식이래도 남의 눈이 무서워 감히 그러지 못하겠다고 하드라, 애."

나는 살눈썹을 내렸다.

"넌 두 번 사는 목숨이래서 니네 엄마 눈엣가시란다, 눈엣가시."

".......무, 무무슨 소리......?"

"우리 풍습에 남매 쌍둥이를 낳으면 계집아이 쪽을 목화 솜이불에 팍 씌워 엎어놓는대. 그런데도 넌 죽지 않았단다. 기가 센 계집애라서."

귀울음이 인다.

"남매 쌍둥이는 전생에서 부부의 연이란다, 애. ......허! 어머나......!"

수자가 별안간 제 입을 틀어막고 눈을 홉뜬다.

'애애애애애애!'

나는 가만 내려앉아 방바닥에 빈 낙서질을 한다. 혀를 쏙 내밀고 어기차게 머리를 흔들고 싶었다.

"핀치기 안 할 거니?"

수자가 벌써 세 번째나 같은 말을 한다.

기억에도 없는 어느 순간부터 나는 나와 승우가 남매 쌍둥이임을 알아차렸다. 어머니의 그 탄식 말고는, 누구도 내 앞에서 우리의 출생과 연결된 이야기는 입길에 올리지 않았다. 심통이 나면 한 번씩 '뙤뙤뙤뙤'라 나를 골리는 친구들마저도 남매 쌍둥이…… 어쩌고 하는 식으로는 골리지 않았다. 그게 순전히 어머니의 보이지 않는 단속 때문일 것이라고만 생각했다. 그런데 문득 수자 입에서 나온 그 비화를 알고 있는 한, 어느 누구도 우리의 일에 대해서 입도 벙긋하지 못할 것이란 생각이 아홉 살 계집애인 내 이마를 쳤다. '금기', 함부로 입길에 올리는 것조차 사위스러운 섬뜩한 그 무엇일 것이었다. 서낭당 나무에 쳐놓은 금줄 같은 것도, 아기 낳은 집에 쳐놓은 금줄 같은 것도 아닌, '금줄' 그 줄을, 그 선을 넘으면 안 되는 것이었다…….

둥둥 두둥둥…… 꿈속에서도 동동구리무 장수 북소리를 들었다. 바자울 너머로 아이들 소리가 왁자하다. 또 구리무 장수 뒤를 좇다 집에 돌아오지 않는 아이가 있을지도 모른다. 일어나 앉아 눈을 비비자, 아른아른 하얀 햇살이 토방 끝에서 곰실거린다. 마루에서 잠이 들었었다. 둥둥 두둥 두둥둥둥둥…… 울컥 울음이 비어져 나온다. 낮잠 끝이면 이유를 알 수 없는 서러움이 차오르고는 한다. 나는 입술을 떨어대며 소리를 높인다. 둥둥둥둥둥…… 구리무 장수 북소리도 높아진다.

"아이고, 우리 귀한 새끼가 왜 운대야?"

활짝 열린 사립문으로 방물장수 아낙이 들어온다.

"아이고, 혼자 집을 지키는 거여?"

끄응. 마루에 먼저 방물 보따리를 부리고 올라온다.

"애개개? 입가에 묻은 이 침 좀 보게. 꿈을 꾼 거여?"

"……."

아낙이 얼른 나를 당겨 안고 소매 끝으로 눈물범벅이 된 얼굴을 닦아준다. 스르르 다시 꿈을 꾸기 시작한다. 꿈속에서야 나는 달큰한 젖을 온전히 빨기 시작한다.

2

"사이다 마시면서 먹어야 헌다. 승우야, 알았지야?"

소풍날 아침이었다. 어머니는 먼저 도시락과 물병, 사이다 병, 삶은 계란 한 줄을 승우의 멜빵 가방에 꼭꼭 챙겨주고 나를 돌아보았다.

"나머진 니 몫이여, 가방에 챙겨 넣거라이."

도시락과 물병, 계란 두 알이 전부였다. 군것질 값으로 승우에게는 30원을, 내게는 고작 10원이었다. 소풍날을 앞두고도 승우는 상고머리를, 나는 뒷박머리를 깎았다. 상고머리와 뒷박머리는 10원 차이가 났다. 어머니는 내가 상고머리를 깎겠다고 투정을 부리면 손수 가위를 들고 나서곤 했지만 매번 실패작이었다. 목을 경계로 목수건을 둘

러줄 때까지는 그럴듯했으나, 재봉질할 때 쓰는 가위가 서걱서걱 뒤
통수를 지나고 옆머리 앞머리를 지나고 나서 벽거울을 등에 두고 손
거울 속을 들여다보면 내 뒤통수는 쥐가 고구마를 파먹다 만 형상이
었다. 하릴없이 나는 어머니의 뜻대로 이발소에서 상고머리보다 10
원이 싼 됫박머리를 깎게 되는 것이었다.

"은희야, 자, 네 몫이다."

점심시간에 승우는 사이다 반 병과 제 몫의 계란 다섯 알을 뚝 떼
어 내게 내밀었다. 이것일 것이었다. 수자 말대로라면, 승우 때문에
어머니의 눈엣가시가 된 내가 오히려 승우에게 끈끈하고 살가운 정
을 갖게 되는 이유는. 승우가 건네준 계란을 맛있게 먹어치우고 사이
다도 꿀떡꿀떡 받아 마셨다. 그게 탈이 난 모양이었다. 나는 기다려
왔던 보물찾기는커녕 소풍길이 파했어도 배를 쥐어트는 듯한 복통으
로 뒤에 처지게 되었다. 비까지 내렸다. 한기가 들어 달달 몸이 떨려
왔다.

"저기라도 들었다 가자."

승우가 뒤따라온 걸 몰랐다. 이엉으로 지붕과 바람벽을 두른 농막
이었다. 하굣길에 수자랑 들일하는 농부들한테 새참으로 나온 국화
빵과 팥칼국수를 얻어먹던, 때로는 비를 피하기도 하던 곳이었다.

"비를 가리면 한기라도 덜 들 거야. 많이 아프니?"

"배배가 마막 쥐어틀어."

"수자가 너, 아프다고 일러주더라. 이렇게 아픈데 혼자 처지려고

했어? 가방 이리 줘."

승우가 퉁바리를 놓으며 가방을 채 갔다. 그리고 홀라당 덧옷을 벗어 내 머리에서부터 들씌워주었다. 농막 뒤에서 나는 토사물을 한바탕 쏟고 나중엔 궁둥이까지 까고 앉아 쫙쫙 쏟았다. 토사곽란이었다.

"자, 이걸로 뒤처리해."

승우가 박 잎사귀를 한 움큼 따와 허리 뒤로 내밀었다.

복통과 한기가 희미해지자 자꾸 눈꺼풀이 내려앉았다. 승우가 농막 한쪽에 세워진 볏짚을 편편히 깔고는 나를 눕게 했다. 아늑했다.

누군가의 자맥질 소리……. 혼자가 아닌 둘이어서 따스했던 먼 꿈 같은 기억들이 증기처럼 피어오르다가 아슴아슴 멀어져가고 다시 피어오르다가는 또 멀어지고 하는 사이, 수자의 분홍 앙고라 내복을 빌려 입은 내가 치마 양쪽 귀를 사뿐 쥐고 마당 가운데를 뱅글 돌아 보였다. 수자와 승우가 마주 보며 헤헤 웃음을 물었고, 삼촌이 고개를 끄덕끄덕 만족한 웃음을 지었다. 문득 부엌 쪽에서 부지깽이를 든 어머니가 튀어나와 내 아랫도리를 무차별 후려쳤다. 아악! 나는 비명을 내지르며 채소밭으로 달아났다. 어머니는 줄기차게 나를 쫓아왔다. 채소밭 가에 서 있는 뽕나무로 올라갔다. 검붉은 오디가 다닥다닥 붙어 있는 뽕나무에서는 생전 처음 맡아보는 야릇한 단내가 물씬했다. 나를 놓친 분풀이로 뽕나무 밑동을 탁탁 후려치는 어머니를 아랑곳하지 않고, 마냥 오디를 따 먹는 내 앞섶으로 검붉은 오디물이 어룽졌다.

'은희야! 여기 꽃신!'

승우가 꽃신을 들고 흔들었다. 발을 내려다보니 한쪽 발이 맨발이었다.

'이 빌어먹을 년!'

어머니가 불쑥 승우 손에 들린 꽃신을 낚아채 사납게 집어던졌다. 꽃신은 개천으로 이어지는 봇도랑 물을 타고 곤두박질치듯 떠내려간다.

'안 돼! 내 신발!'

흐흐 웃음을 물고 돌아서는 어머니 어깨 너머로 "왜 그러니?" 하는 승우 얼굴이 밀려들었다.

식은땀에 젖은 아랫도리에서 불쾌감이 일었다. 꽃신은 내 발에 얌전히 신겨 있었다. 간간이 아랫배에서 꾸르륵 소리가 났지만 통증은 미약했다.

"아직도 많이 아프니?"

승우가 나를 내려다본다.

"……."

나도 승우를 올려다본다.

'남매 쌍둥이는 전생에서 부부의 연이란다, 얘.'

수자 목소리가 마귀할멈의 그것처럼 요사스럽게 들려왔다. 귀울음이 인다. 메슥메슥 속도 울렁인다. 얼결에 승우 목을 당겼다. 훅 비릿한 냄새…… 빨랫비누 냄새라는 걸 한참 만에야 알았다. 삼촌의 와이셔츠에서 나던 냄새다. 어머니는 삼촌의 와이셔츠와 승우의 남방을 빨 때는 쌀겨에 잿물을 넣어 만든 검은 비누를 절대로 쓰지 않는다. 장에서 사온 흰 비누를 써야만 데토론 천의 물색이 누래지는 것을 막을 수 있다는 것이다. 하지만 삼촌이 사다 준 물방울무늬 내 흰 블라우스를 그것으로 빠는 것은, 단 한 번도 보지 못했다. 수자의 그 요사스러운 말이 자꾸 가슴패기를 쏘삭인다. 스르르 힘이 빠져 승우 목을 놓은 나는 손등을 꽉꽉 물어뜯는다.

"왜 그래?"

"……가가가, 가려워서……."

동시에 손을 내렸다. 눈을 꼭 감는다. 눈물이 비어져 나올 것만 같다.

얼마쯤 지났을까……. 눈을 떴다.

"이제 일어날 수 있겠니?"

승우가 걱정스레 나를 내려다보고 있었다.

"네 더덕분이야. 고고마워, 승우야."

사방에서 먹물이 배어나올 쯤에야 우리는 농막을 나섰다. 비가 갠 하늘에서는 별들이 총총 떠올랐고 바람은 소슬했다. 고구마밭을 지나고 차조 모개가 고개를 숙인 밭을 지나니 수수잎들이 사각사각 서로 몸 부비는 소리를 냈다.

"승우야! 승우야아!"

어머니 목소리였다. 삼촌 소리도 섞여들었다.

"엄마, 여기예요. 저희들 여깄어요!"

승우가 손나발을 하고 소리쳤다.

"이년이 은제나 화상 덩어리랑게."

노란 불빛으로 다가온 어머니는 다짜고짜 내 궁둥이를 손바닥으로 갈겼다.

"조상님들 제상 앞에 절도 못 헐 가시내 년이, 허구한 날 애물 짓거리만 헌대니께."

'고고고고, 고고추 모모못 다다다알고 나나나나온 거, 나나나도 하한스러워요.'

나는 우물우물 혼잣말을 목 안으로 삼켰다.

"남매가 밤중에 호젓이 싸돌아다닌다, 동네 소문 나면 승우 앞길도 맥혀. 이 썩으럴 년의 가시내야!"

귀를 막고 싶었다. 어머니 앞에서는 언제나 눈도 시려 살눈썹도 내린다. 말더듬이 증세도 한결 더해진다. 애초에 나는 말더듬이가 아니었다. 주변의 사물들에 대해 어떤 느낌이 오기 시작하고, 어머니 얼굴이 한 번씩 뜨악해 보이기 시작할 즈음 '뙤뙤뙤' 또는 '뙤뙤뙤뙤뙤'나 '뙤뙤뙤뙤뙤이뙤'가 되었다. 최초로 나를 '뙤뙤뙤뙤뙤'라 부른 것은 친구들이었다.

다 따 먹으면 어떡하니? 의리 좀 있으면 안 돼?

너, 너도 어엊그제 그랬잖아? 그때 이잃은 거 생각하면 보본전치기 한 정도야.

핀치기를 하는 중이거나 조약돌로 공기놀이를 하다가 이긴 편인 내 손가락 끝이 아이들 이마를 톡톡 튕겨야 할 찰나, 아이들은 불쑥 혀와 턱을 내밀고 어기차게 머리를 흔들었다.

뙤뙤뙤뙤뙤!

이이게! 너 호혼난다?

아하나, 뙤뙤뙤뙤뙤, 나 때려봐아라!

아이들은 용용 나를 골리면서 도망쳤다. 그러면 나는 어김없이 한 대 올려붙이려는 시늉으로 아이들의 꽁무니를 쫓는 것이었다.

아하나, 뙤뙤뙤뙤뙤, 뙤뙤뙤뙤뙤이뙤! 나 잡아봐아라!

끝내 아이들을 못 잡고 빌빌 울면서 집에 돌아와 삼촌을 보면 더 눈물 콧물이 나왔다.

우리 은희를, 누가 또 울렸니?

사사, 사암촌, 나나는 왜 말을 더듬어?

자랄 때 한 차례씩 그런 경험을 하기도 하는 거야.

사사, 사암촌도 그랬어요?

그럼. 걱정 마. 키 크려고 그래. 이제 키가 한 자나 자랄 거란다.

그러면 울적하던 마음이 풀어지고는 했다.

"은희 오늘, 많이 아팠어요. 그래서 할 수 없이 쉬었다 오는 길이에요."

"폭폭혀서 수자 집에 안 가봤간! 저눔의 가시내 망년!"

어머니가 또 발을 굴렀고,

"이제 괜찮니?"

삼촌이 달빛으로 나를 내려다보았다.

"……."

나는 고개를 한 번 끄덕이고 다시 자라목을 했다. 사실은 '네. 다 나았어요, 사사, 사암촌!' 하고 하얗게 웃어 보인다거나, 삼촌 목에 껑충 매달리고 싶은 충동이 슬픔처럼 노글노글 거렸다.

"자, 우리 은희, 삼촌 등에 업혀라."

삼촌이 등을 내밀었다. 어머니 시선이 따가웠다. 언제부터인가 어머니 앞에서는 주눅 든 강아지 꼴이었다. 가슴속에 아롱지는 따뜻한 것, 슬픈 것, 기쁜 것에 대한 감정 표현이 서툴러졌고 무엇을 하고 싶은, 또는 먹고 싶은 욕구마저도 풀썩 꺾였다. 분노의 감정마저도 딸꾹 목 안으로 넘어갔다. 어머니는 저 먼 곳에서 나를 노려보는 가위눌림 같은 것이었다.

"벼라먹은 가시내. 한 번만 더 그랬다 봐, 이년."

어머니가 씽씽 앞장을 섰다. 어둠살 속, 대문짝만 하게 커지는 어머니의 등. 턱 숨이 막혀온다. 나는 삼촌 등에 무너지듯 얼굴을 묻는다.

"스승우야, 내 키 좀 봐, 봐줘."

"에게! 요만큼, 눈곱만큼이네."

"저저, 정말이야?"

"이거 봐, 백묵 자국이 있잖아."

삼촌의 장담에도 불구하고 새로운 계절이 또 왔어도 '뙤뙤뙤뙤뙤'인 내 키는 하나도 자란 것 같지 않았다. 삶은 계란을 많이 먹지 못한 탓일까, 승우처럼 솥단지 가운데서 살짝 뜬 흰 쌀밥을 먹지 못한 탓일까. 나는 승우보다 30분 일찍 첫울음을 터트린 누나인 셈임에도 승우의 아래아래 동생처럼 보인다. 지난번 백묵 자국이 거의 지워진 때문일까? 대들보를 받치고 있는 마루 끝의 기둥에 다시 서본다. 기둥에 반듯이 머리를 대고 서서 키 높이에 손을 딱 대고 돌아섰다.

"거봐, 맞잖아. 밥을 잘 안 먹어서 그러는 거야. 이제부터 많이많이 먹어둬. 반 그릇도 못 먹는 애가 어딨니?"

"그그럼 내내가, 키 클 때까지 기다려줄래? 나나중에 가같이 서울 가면 안 될까?"

"……."

승우가 머리를 긁적인다.

은제쯤 가게 되는 거시여? 승우, 전학증을 떼어야 허지 않겠냐.

엊그제 밤 어머니가 승우 전학 이야기를 꺼냈었다. 방에 다 둘러앉아 있었다.

다음 주말까진 올라가야 합니다. 그 주 월요일부터는 그곳으로 출근해야 되거든요.

그려? 아먼! 얼른 올라가야 허고말고. 서울, 그 뭐시다냐, 허는 법원이랬지야? 판검사 얼굴도 볼 수 있다는. 경사 난 거시여.

겨우 주사직인데요, 뭐.

뭔 소리여. 크게 되어 가는 거신디. 높은 사람이 될라면 으레 거쳐야 할 곳 아니여? 아먼, 사내는 어찌도 큰물에 가서 놀아야 혀. 그저 도시물을 먹어야 크게 되는 거시여. 우리 승우도 인자 높은 자린 따논 당상이나 진배없는 거시여.

역시 어머니 요량이었다.

그뿐인 줄 아냐? 야들 남매는 떼어 키워야 남의 눈에도 보기 좋아. 늘 그게 걸렸는데, 마침 잘됐지 뭐시냐.

승우를 삼촌에게 아예 떠맡기는 투였다. 삼촌은 진짜로는 외삼촌이라 불러야 마땅할 어머니의 아래아래 남동생이었다. 우리 남매를 어머니 뱃속에 두고 돌아가신 아버지로 인해 소년 과부가 된 어머니의 처지가 안쓰러웠던 외할머니가 요량요량을 해서 우리 집에 살게한 것이었다.

사사, 사암촌, 나도 데, 데려가요, 네?

다짜고짜 내가 턱을 들이대자,

……너마저 없으면 엄마 쓸쓸하시잖니?

넌지시 엄마 눈치만 보는 삼촌이었다. 나는 그 옆에 바짝 달라붙었다.

사삼촌, 나, 나도 응?

이 가시내 망년 좀 보그라, 간댕이가 부었시야. 이 오살헐 년! 저리 가지 못혀!

어머니는 여지없이 종주먹을 들이대었다.

승우는 나중에 중핵교에도 들어가야 되고 허니, 불가불 가야 되는 거시여!

'서, 서서서, 서서서울에만 주, 주주주중학교가 있나요? 그, 그그그 그리고 나, 나나나나는요, 주주주주중학교도 아아아, 아안, 보보보내 줄 차차차참인가요?

그러나 나는 손등만 물어뜯었다.

썩으럴 년!

삼촌이 내 등을 토닥토닥 쓸어주자 나는 울컥 입술을 깨물었었다.

"……취취소할게, 소용없는 마말이라는 거, 다아 알아. 괜괜찮아, 너너도 어쩔 수 없는 일인 걸, 뭐."

나는 턱없이 소리를 높였다.

"……"

승우가 이윽히 나를 내려다본다.

"……괜찮아."

나는 이제 소맷자락을 당겨 잡고 마루 기둥의 희미한 백묵 선을 맹렬히 지우는 시늉을 해보인다. 나중에 돌아보니 승우가 보이지 않았다. 이른 봄볕을 받고 있는 마루 기둥을 껴잡고 한참을 몸부림하다가 돌연 장독대로 갔다.

고추장에 낀 허연 고래기를 수저로 걷어내던 어머니는 이제, 메주와 숯과 고추가 아기자기 띄워진 간장독 속을 가만 살피다가는 눈길을 돌려 행주질을 하기 시작했다. 도란도란 모여 있는 빈 독들이 반질반질해졌다. 나는 어머니 앞에 멀찍이 서서 코신 뒤꿈치로 지익직 동그라미를 그린다.

"아, 저리 가야. 왜 이리 어물쩡거리어?"

어머니는 나를 비키게 하고는 행주 빤 구정물을 흙바닥에 획획 뿌렸다. 찌푸린 얼굴로 어머니를 바라보다가 내려앉은 나는 사금파리를 집어 들었다. 얼결에 얼굴 하나가 그려지고 있었다. 외까풀 눈과 눈 사이에서 부풀어 오르고 있는 검은 사마귀종 하나가 새똥만 하게 그려졌다. 처녀 때 젓가락에 잿물을 찍어 떨어뜨려보아도 소용없다던 어머니의 흉물이었다. 나는 어머니의 흉물을 째려보다가 발끈 수 없는 새끼 흉물들을 뱅글뱅글 그려 넣고 말았다.

"저리 비켜야? 해 가리면 장맛 변혀는 거시여."

궁둥이를 일으켜 흙바닥에 끼적거린 그림을 발끝으로 지우는데 그 새를 못 참은 어머니가 또 지청구를 주었다.

"아, 저리 가야!"

"서서서서서, 서서서울 가, 가가가아서, 시시시, 시식모살이라도 하하하하할 테니까, 사사사삼춘이랑 스스스스, 스스승우 가가가가, 가알 때 나나나, 나아도 서서서울 보보보보보, 보내줘요."

"이눔의 가시내 좀 보게. 속창시가 있는 거시여, 없는 거시여!"

어머니는 잇새로 나지막이 말하며 오른발을 한 번 탁 굴러보였다. 수자네 집 대문간 누렁이 생각이 났다. 나는 뒷걸음질 치다가 고개를 빳빳이 들고 소리쳤다.

"왜 낳았어요? 왜 낳았어! 왜 죽이지 못했어요, 왜 날 죽이지 못했냐구요!"

엉거주춤 행주를 한쪽 손에 든 채 나를 바라보는 어머니의 눈과 입이 똥그랗게 벌어지고 있었다.

3

"신작로까지 실어다주마. 방앗간서 리어카 빌려다 놓았어야."

"누님, 은희에게 잘 좀 해주세요. 많이 외로울 거예요."

"야는, 그 아가 으디 넘의 자식이간디?"

"은희 일어나면, 삼춘이 못 보고 가서 안타까웠다고, 곧 편지 보낸다고 전해주세요."

"엄마, 저도요."

"우리 가는 모습 보면, 더 마음 아플 거예요. 아쉽지만 이게 나을 것 같아서요."

"은희 걱정일랑은 말고, 너그들이나 잘들 허고 지내여."

나는 자리에 누운 채로 방문 밖 소리를 다 듣고 있었다. 가슴 한 귀가 무너져 내리는 것만 같았다.

어머니가 광에서 부대에 쌀을 담아 꽁꽁 묶어 마루에 내놓고, 스테인리스 통에 된장 고추장을 꾹꾹 눌러 담던 다음 날 새벽이었다.

"어여 나서도록 혀."

"누님, 이리 주세요. 이런 건 제가 끌어야죠."

리어카를 두고 하는 말인 것 같았다.

"우리 승우, 리어카에 올라앉거라이. ……시상에나…… 우리 승우 보고 싶어 어쩐디야?"

"은희가 있잖아요. 은희에게 잘해주셔야 해요. 알았죠, 엄마?"

"그려 그려, 내 새끼 부탁 못 들어주깜서."

문밖의 인기척이 끊어지자 나는 벌떡 일어나 안절부절못하다가 울음을 터뜨렸다.

"왜 그려? 우리 새끼 어디 아퍼?"

잔울음 끝이었다.

마루를 건너오는 소리에 흠칫 고개를 들었다. 방물장수 아낙이었다. 가끔 방물 보따리 가득 하얀 햇살도 노을도 이고 와서 마당에 부리던 아낙이었다.

보리밥 한 술 얻어먹은 부채감으로 근질거리는 내 머리를 참빗질 해주던 아낙이었다. 어지러운 낮 꿈에서 깨어 우는 나를 안아주기도 하던 눈이 슬퍼 보이던 아낙이었다. 어머니 말에 의하면 자식을 낳지 못해 소박을 맞고 방물장수로 떠돌이 생활을 한다는 것이었다. 어제 저녁, 밥상두리에서 찌그러진 양재기에 담긴 밥을 상 아래에 내려놓고 눈칫밥을 먹던 모습이 생각났다. 마당 건너 헛간 옆에 달아 낸 빈 방에 들어 간밤을 보낸 것이었다.

"혼자 있어서 그러는 거여?"

다시 서러워서져서 꺽꺽 울음이 나왔다.

"엄마, 신작로에 나가는 모양인데. 몰랐던 거여? 울지 마. 아줌마가 있잖여."

아낙이 나를 당겨 안고 머리와 등을 연신 쓸어주었다.

"……곧 돌아오실 거여. 자, 어여 더 자."

아낙은 애써 나를 이불 속에 눕게 하고 꾸벅꾸벅 머리맡을 지켜주었다. 마지못해 내린 살눈썹 사이로 아낙의 방물 보따리가 어룽어룽 부풀어 올랐다. 어머니가 돌아오자 아낙은 자리를 털었다. 불현듯 입 안이 타고 마른침이 삼켜졌다.

"신세만 지고 갑니다요."

아낙의 기척이 끊어지자 또 한 가슴이 무너져 내렸다. 알 수 없는 일이었다. 어디에서부터 오는 감정인지 채 헤아리기도 전에 나는 황망히 자리를 차고 일어나 문을 열고 마루로 내려섰다. 급히 발에 신을 꿰려 하니 헛발이 디뎌졌다. 집 밖으로 나오니 벌써 아낙이 이쪽 길을 돌아 동구 밖으로 이어지는 새로 난 농로를 휘이휘이 걸어가고 있었다. 신발이 자꾸 벗겨져 나갔다. 아낙은 자꾸 작아지고 나는 똥끝이 탔다. 신발을 벗어들고 뛰기 시작했다. 동구를 지나고 외딴집 저쪽의 타지로 가는 신작로에서야 나는 아낙을 따라잡았다.

"아니, 이게 누구여? 웬일이여?"

아낙은 나를 보자 화들짝 넋을 놓다가 이내 흐들갑을 떨었다.

"우리 이쁜 새끼가 웬일이여, 이잉?"

"나도 데려가줘요. 그 방물 보따리에 나도 담아 가주세요, 네?"

아낙의 방물 보따리에 눈길을 주며 나는, 헐레벌떡 숨을 몰아쉬었다.

"무슨 일이여? 엄마한테 혼났어?"

"……"

나는 고개를 가로저으며 손등만 잘근잘근 물어뜯는다.

"이러면 안 되는 것이여. 어여 집으로 돌아가, 어여!"

"삼춘도 승우도 서울로 떠났어요. 이젠 집에 아무도 없어요."

"이게 무슨 소리대여? 엄마가 계시잖여어."

"이제 아무도 없어요……."

나는 흐득흐득 느껴 울기 시작했다.

"세상에나……! 여기까지 맨발로 온 거여? 아니 손에 든 신은……왜 한 짝만이고?"

울음 끝에 나는 비로소 발을 내려다보다가 낯설게 눈을 들었다. 꽃신 한 짝. 오른손은 비어 있었다. 뒤를 돌아보자, 해아침 숨가쁘게 달려온 길이, 낭자머리 어머니의 가르마처럼 하얗게 뻗어 있었다. 그것은 곧 어머니의 솟을대문 같은 등으로 완강히 이어지고 있었다. 아낙이 손을 잡아오자 나는 다시 흐득흐득 울기 시작했고 이제 더 이상 나도 말더듬이가 아니라는 사실이 아주 낯설게 느껴지는 것이었다. 저 멀리 승우와 함께 들었던 농막이, 긴 꿈속의 일처럼 홀연 짙고 긴 살눈썹을 털며 일어서고 있었다.

아주 오래 낯익은

아주 오래 낯익은

고른 치열이 조약돌처럼 희게 빛난다. 산벚꽃 만개한 산자락 어름에서 아버지는 환하게 웃고 있다. 먼 곳으로 던진 눈빛에서는 학이 날아오른다. 칠순 때 보내드린 여행지에서 찍어온 카메라 사진을 확대한 것이다.

"망인께서 춘추 젊으셨나 보네."

"애석하이, 저리 젊으신 걸 몰랐네."

아버지 초상에 예를 하고 돌아서는 문상객들의 입에서 심심찮게 튀어나온 말이었다. 아버지의 신수는 깃털처럼 가벼웠다. 삶의 짐을 져보지 않은 가벼움이 늙지 않는 비결이었을 것이다.

아버지처럼 살 수는 없을까? 물 먹은 솜처럼 온몸이 천 근으로 무겁기만 한데.

"형, 마지막으로 한 번만 기회를 줘. 내 꼭 재기해서 갚을게."

썩을 놈, 어디 한두 번이어야지. 콩으로 메주를 쑨다 해도 그놈 말은 믿지 말아야 하는 건데, 애초에 왜 내가 그놈 치다꺼리를 시작하게 되었는지 울화가 치민다. 아내인 은자한테도 더 이상은 미안해서 낯을 들 수가 없다. 그렇다고 폐인이 되고도 남을 저놈을 그냥 두고 볼 수도 없지 않은가. 썩을 놈, 생긴 건 여전히 반듯하게 생겨먹었다. 허우대가 아까운 놈.

"당신 음복 안 하세요?"

주방으로 방으로 들락날락하던 아내가 빤히 나를 쳐다본다. 딴 데 정신을 두느라고 제상 물린 줄도 몰랐다.

"어이 와 앉어라."

작은아버지다.

"옛날식대로라면 이번이 삼년상 아니냐. 그랴, 이번까지는 내 부랴부랴 열 일 제쳐두고 올라왔으니께. 앞으로는 니들 형제끼리 오순도순 모여 지내야 헌다. 동환아 이눔아, 알았냐?"

동환에게 멈추는 작은아버지의 시선이 날카롭다.

"예, 작은아버님."

머리를 조아리는 동환의 한 치 빈틈없어 보이는 듯한 단정한 자세. 소갈머리나 좀 저랬으면. 나는 빠르게 시선을 거둬버린다.

제상에서 나온 정종 말고도 소주를 부어 우린 더덕 술이 나왔다. 은자의 살림 솜씨는 다듬이 위에서 잘 다듬어진 무명천 같다. 그녀가 지나간 자리는 언제나 정갈한 흔적을 남긴다.

"해도 너무한 양반이여, 딸년들 시집 하나 보내봤나, 자식 앞길 한

번 열어줘봤냐. 나는 지금도 니, 육군사관핵교 가지 못한 거 원통해야. 그놈의 노름방 한번 안 가면 니 앞길이 훤히 열릴 참이었는디……."

작은아버지의 다음 말을 나는 훤히 꿰고 있다.

애초에 나는 육군사관학교에 지원했지만 본시험에 응시도 못 하는 1차 서류 전형에서 탈락하고 말았다. 호적상의 나이가 다섯 살이나 부풀려 있어서였다. 시간과 돈을 좀 들여 나이 정정 재판을 가정법원에 신청하면 되었는데 노름에 취해 있던 아버지 귀에는 씨도 먹히지 않는 소리일 뿐이었다.

"되는대로 살아야. 기왕지사 흘러온 강 머리로 거슬러 올라가자면, 밀려오는 물살에 죽도록 고단한 것이여."

노름방의 아버지는 바닥에 깔린 팔공산 스무 끗에만 잔뜩 눈독을 들이고 있었다.

"저희 담임선생님이라도 한번 만나보세요. 선생님께서 꼭 아버지를 뵙고 싶어 하세요."

"아이, 야 이눔아, 니 선생보고 여그로 오라고 혀. 그라면 될 것을 가지고 뭐 그랴."

여전히 내게는 눈길 한번 주지 않은 채였다.

"두 번이나 가정방문 오셨어도 아버지께서 집에 안 계셨잖아요. 그리고 여기로 어떻게 오시라고 해요. 선생님은 아버지 이러시는 거 모르신단 말이……."

"노다지다! 오광에 비약에 초약이다!"

내 말이 채 끝나기도 전이었다. 당신 볼기를 두드리며 궁둥이를 들썩였다. 그러고도 반나마 일어나 한쪽 팔과 궁둥이를 달달 돌리는 것이었다.

"오광에 비약에 초약이다! 노다지다!"

구덩이를 파다가 금덩어리라도 나왔다면 모를까……. 나는 귀를 꽉 틀어막고 있다가 문을 박차고 나왔다.

우리 살림으로는 일반 대학에 갈 만한 형편이 못 되었다. 깡촌에서 도시로의 유학은 기둥뿌리가 흔들릴 정도라지만 우리에겐 그 기둥뿌리마저도 이미 뽑혀나간 터이었다. 나는 하릴없이 3사관학교에 입교해야 했다. 내 미래였고 돈 안 들고 4년제 대학에 갈 수 있는 유일한 길이었던 육군사관학교와의 평행선은 그렇게 그어지고 말았다.

"남보다 못한 거이 어디 있었간. 그 옛날에 전문핵교까지 나왔잖여. 조상 재산을 넘과 같이 못 받았냐 어쩠냐. 패러로고……! 아니다, 아니여! 아니여어……!"

복장 터진다는 듯 홰홰 손사래 치며 삼킨 다음 말도 나는 짐작한다. 바늘로 가슴을 후벼 파는 듯한 통증, 폐허와도 같은 상처. 작은아버지도 그럴 것이다. 장조카라고 무지 애지중지하던 형이었는데. 나는 입술을 깨문다. 형 때문에도 동환이 녀석을 나 몰라라 할 수 없는지도 모르겠다. 동환이를 보면 자꾸 형의 실루엣이 어른거린다…….

아이스께~끼! 사~려! 아이스께끼! 사~려!

문득 귀 기울이면 저만큼 거리에서 피어오르는 함성과도 같은 그 소리가 꿈인 듯 들려온다. 초등학생이던 형과 나는 여름방학이면 허구한 날 읍내 동양극장이며 제일극장을 돌며 '아이스께끼'를 팔았다. 그 때문에 우리가 기를 쓰고 모은 용돈은 여름방학이면 어김없이 '께끼 장사' 밑천으로 들어갔다.

아이스께~끼! 사~려! 형이 '아이스께~끼' 하면 나는 '사~려'를 덧붙였다.

가끔 기도를 보는 아저씨가 심통을 부리면 아이스께끼 하나를 쑥 내밀어 알랑방귀를 뀌면 그만이었다. 그 턱에 우리는 〈닥터 지바고〉〈사랑할 때와 죽을 때〉〈누구를 위해 종은 울리나〉〈초원의 빛〉, 그 밖의 수다한 영화들을 땡전 한 닢 안 들이고 볼 수 있었다. 께끼통은 공평하게 형과 번갈아 메고는 했는데 그렇게 길을 나서면 조무래기들이 하나 둘 양떼구름을 이루었다. 더위에 지친 지상의 초목들에게 내리는 감로와도 같은 단물을, 께끼통에서 한두 방울 떨어져 내리는 그 단물을 받아먹으려 아이들은 앞을 다투었다.

"형, 언제까지나 여름방학이었으면……."

"나도! 파란 께끼통을 메는 순간이 가장 좋아. 행복해."

"형, 나 처음 께끼통을 메던 순간, 찔끔 오줌 나온 거 모르지?"

"애걔개, 오줌싸개래~요!"

"형! 그러면 우리 형, 아닌 줄 알지?"

"요, 귀여운 오줌싸개."

형은 내 코끝을 슬쩍 한 번 당기는 시늉을 하고는,

"자, 이젠 너 다 먹어."

반으로 나눠먹기로 한 아이스께끼를 한 입만 쪽 빨고는 내게 몽땅 넘겨주는 선심을 썼다.

아이스께~끼! 사~려!

그때 우리는 행복했다. 우주가 우리의 작은 손바닥 안에 있는 줄로만 알았던 그 시절은. 아버지도 그랬을까. 어른들이 아시면 작대기를 들고 뒤쫓을, 형과 내가 아이스께끼통을 메는 일이 가장 행복했던 것처럼 노름방에서 짓고땡을 하고 민화투를 치고 뽕을 치는 일이 그리도 행복했던 것일까. 방학이 끝나고도 아직 그 여름의 꿈을 털어내지 못해 등굣길을 중동무이하고 '아이스께~끼! 사~려!'를 제창하던 우리의 모습은 아버지의 그 꿈과도 같은 것이었을까. 흐르는 세월만큼 생각도 달라지고 가슴속 꿈도 달라지고 음식에 대한 기호도 달라지게 마련인데 아버지는 한번도 변할 줄을 몰랐다.

"당신 같은 사람이 어떻게 직업군인이 됐는지 몰라."

은자가 나를 두고 하던 말이었다. 아버지가 과거 한 시절에 어떻게 경찰관 노릇을 했는지 알다가도 모를 일인 것처럼 은자는 내가 성악이나 기악을 하는 음악가가 돼야 했다고 혀를 차곤 했다. 부대원들과 갖는 파티석상에서 한 번씩 뽑아내는 내 목청은 파바로티를 닮았다는 이유로 갈채를 받곤 했으며 알바 피아니스트를 밀어내고 악보도 없이 치는 내 재즈곡에 반하지 않는 사람이 없었다. 중고 시절 밴드

부장이었던 것이 내 유일한 음악 이력이고 보면 은자의 말이 그렇게 과장된 흐들갑은 아닐 것이었다. 애초에 그런 쪽으로 호기심을 가져보지 않은 것은 아니었다. 넉넉한 집 아들이었다면, 머루 눈빛의 동생들만 없었다면, 아니 무엇보다 형 대신 내가 맏이가 된 그 일만 터지지 않았더라도.

그 일은 아버지의 노름빚으로 전답이 남의 손에 하나 둘 다 넘어가고도 고조부님의 감독하에 지어졌다는 우물 있는 기와집에서도 쫓겨나게 된 날이었다. 하필 군에 입대했던 형이 휴가차 집에 머물고 있었다. 살림살이가 무차별 마당에 끌어내지자 형은 노름방에 틀어박힌 아버지를 찾아갔다. 울며불며 호소하는 형에게 도리어 붉으락푸르락 호통치는 아버지이고 보니 젊은 혈기에 그 자리에서 파라티온을 들이마신 것이었다.

"형이 죽어가네, 자네 형이! 어여!……."

"무무슨 소, 소리……? 어디요, 어디요?"

읍내 병원에 도착도 하기 전에 형은 숨을 거두었다. 내 등에서 타들어가는 목을 가슴을 움켜쥐고.

"자식 덕에 호강하고 갔어야. 너 아니었으면 그 많은 병원비를 누가 대고, 그 치다꺼리는 누가 다 했으까이. 이제 느그 아버지 그만 잊고 살자꾸나."

호강이라니. 가슴에 통증이 느껴진다. 위암 선고 후 6개월 동안의 입원 생활 중에서 마지막 3개월, 그 3개월은 차라리 살아 있다는 게

욕이 될 만큼 처절한 것이었는데.

이상한 건 그 오랜 세월, 내게 드리운 형의 짙은 그림자가 아버지의 죽음과 함께 작아진 것이었다. 더불어 애초의 부피에서 줄어든 양만큼이 아버지의 그림자가 되어 내게 드리워졌다. 평생 운명처럼 지고 가야 할 알 수 없는 통증 같은.

끝내 장군 진급을 하지 못했다. 곧 전역을 한다. 호적상 나이가 부풀려진 것도 조기 전역해야 하는 이유 중의 하나이다. 부풀려진 나이만큼 복무 기간이 단축된 것이다. 진급에서 탈락됐을 때 심한 배신감, 굴욕감, 패배감이 전신을 휘돌아 감았다. 이민을 가버릴까. 초급 장교 시절 국비 유학생으로 받아온 전산학 박사 학위가 유용할지 모른다. 하지만 은자가 반대한다.

"느그 아버지, 애초에 카수 될려고 했어야. 니 할머니께서 억지로 그리 만들었어. 순사 온다카면 울던 애기도 뚝 울음을 멈출 만큼, 그 당시야 순사 끗발이 굉장했응게."

"아버지가요?"

듣자 하니 새로운 얘기다. 그만 잊고 살자던 작은아버지가 또 아버지 얘길 꺼냈다. 약주 탓일 것이다. 어차피 오늘은 아버지 잔영을 아주 지울 수는 없을 것이다.

"하면. 니 할아버지께서 일정 때 말이시…… 놈들에게 그렇게 되지 않았냐. 재 넘어 순만이 아버진 경찰관 형이 있어 무사했는디…… 그게 다 속된 말로 백! 백이 없어서라고 믿었기 때문이제. 하여간에 그 옛날의 니 아버지, 우리 동네에 단 하나밖에 없는 축음기를 마루에 틀어놓고 노래를 부르면 동네 사람들이 다 모여들었어야."

순간, 기억 하나가 꿈틀댔다. 표본실의 박제된 생물마냥 늘 내 안의 깊은 곳에 희미하게 붙박여 있던…… 팔공산, 비광, 일광, 똥광, 등속의 화투패의 모습에 가려져 잊고 살았던, 아버지의 까무룩한 또 다른 모습이 수면으로 튀어 올라 약동하기 시작하는 것이었다.

"눈보라가 휘날리는 바람찬 흥남부두에/목을 놓아 불러봤다 찾아봤다/금순아 어디를 가고 길을 잃고 헤매었더냐/영도다리……/가기 전에 떠나기 전에 하고 싶은 말 한마디를/유리창에 그려보는 그 마음 안타까워라/한두 자 봄소식을 전해주소서 그래도 잊지 못할 판잣집이여/경상도 사투리에 아가씨가 슬피우네 이별의 부산정거장/눈보라가 휘날리는 바람찬 흥남부두에……"

경찰관 복장의 어릿광대 같던 아버지. 처음엔 수로의 물을 퍼올리는 발동기 소리처럼 시작되다가 나중엔 넋을 던져 흐느적거리는 광대의 그것. 춤추는 곡예사, 노래하는 곡예사이던 그……. 불현듯, 팔을 벌려 끌어안고 싶다. 비 맞은 강아지 같은, 당신의 그 모습을 따뜻이 쓸어주고 싶다. 이제까지도 아버지에 대한 애증을 떨쳐버리지 못한 터이었다. 동환이가 속을 썩일 때도 아버지 원망하는 마음의 갈기가 펄럭였다. 장군 진급에서 번번이 탈락할 때도……. 출신교는 곧 장군의 자질이라는 현실이 지난 상처를 덧나게 했다.

"백, 백. 예나 이제나 '백'이면 다 통하는 세상인 게."

내가 옷을 벗게 될 거라는 소식에 눈물 바람 하던 작은아버지였다.

"뭐시기? 학연, 지연, 뇌물이 통하지 않는 세상을 만들겠다, 좋아 하시네. 입심만 좋은 대통령은 필요 없당게. 대통령은 무슨 대통령, 때통령이제. 양심에 때 낀 작자들이나 철판 깔고 해먹는 때통령, 내 어디 이제 놈들을 찍어주나 보자."

약주가 넘치자 억하심정이 된 작은아버지였다. 내가 차라리 염치 가 없을 지경이었다. 어쨌든 나는 8천만 원을 만들어야 한다.

출근할 무렵에 호영이한테서 전화가 왔다. 송수화기를 바꿔 들 면서 아내를 통해 '호영'이라는 소리를 듣는 순간 죄 없이 가슴이 철 렁했다.

"형님, 퇴근길에 학원에 좀 들러주십시오."

종일 일이 손에 잡히지 않았다. 퇴근하는 길로 학원으로 달려갔다. 아니나다를까 동환이 녀석 낯바닥은 콧구멍도 보이지 않았다.

"어쩐 일이야?"

'또 노름방에 처박혀 있다니?'라고 묻고 싶었다.

"형님……"

호영이 아랫입술을 잘근거렸다.

"말해봐."

"……동환이가…… 경찰에 구속됐습니다……."

"……!"

노름방에 처박혀 있다는 소리가 나올 줄 알았다.

"어젯밤에 종로통에 나갔다가……."

"……나갔다가?"

호영이 모래알을 씹듯 표정을 일껏 일그러뜨렸다.

"포커판에 끼어들었는데……."

나는 마른침을 한 번 꼴깍 삼키고 창가 쪽으로 갔다. 담배를 피워 물었다.

"싸움이 벌어졌어요."

"노름하다 잡혀간 게 아니구?"

"언 녀석이 야바위를 쳤나 봐요."

등 뒤로 박박 머리 긁어대는 소리가 났다.

"죄송합니다, 형님. 당장 손을 쓰지 않으면 학원 운영에 차질이…… 뿐만 아니라 전과가 붙어요."

담배 한 대를 다 태우고 다탁으로 다가가다 호영의 어깨를 한 번 안았다가 풀었다.

"네가 죄 없이 고생하는구나."

된 숨이 절로 내질러 나왔다. 자리에 앉으며 꽁초를 재떨이에 눌렀다.

"내가 어떡해야 옳겠니?"

"이빨 일곱 개가 나갔답니다."

별안간 자리 밑이 편치 않았다. 일어나 다시 창가에 섰다.

"그래 뭐라던?"

"잘못 걸려든 것 같아요."

"……."

"1억이나 달래요."

"……!"

목구멍에서 쓴물이 다 넘어오는 것 같았다.

"언제 다리를 놔주겠니? 무릎이라도 꿇고 빌어야지……."

"형님께선 일단 뒤에 계셔야 합니다. 형님 사회 경험 없으시잖아요. 사람들이 영 못쓰게 생겨먹었어요."

홀연 창을 등지고 호영을 바라보았다. 그의 혜안이 부러웠다. 아둔한 동환이 거기에 포개졌다.

"콩밥을 먹이든 마음대로 하라고 큰소리쳐뒀습니다."

호영이 이마로 흐른 머리를 거칠게 쓸어 올렸다.

"그래도 우선 치료는 해주고 봐야 옳지 않겠나?"

"그런 쪽으로 도통한 사람들입니다. 다 알아서 하겠지요."

줄다리기 끝에 8천만 원에 합의가 됐다. 호영의 수단이었다. 위자료와 10년에 한번씩 새로 해 넣을 인조 치아와 현재의 치료비를 합한 액수라는 것이었다. 합의금 마련이 또 문제였다.

은행 문을 두드렸다. 사는 집을 담보로 대출을 받으려던 터였다.

"인적 담보가 필요합니다."

녀석 덕에 이미 얼마간 담보가 돼 있는 물건인 까닭이었다.

축 처진 어깨로 은행 문을 나온 다음 날이었다.

"오빠, 이젠 그만해 제발……! 그놈하고 같이 망할 참이야? 그리고 난 그놈 위한 보증은 절대로 못 서주네. 어쩜 끝까지 우리 집에 그 귀신이 따라붙는지 몰라."

동희였다. 은자가 바꿔준 전화였다. 은자가 인적 담보를 부탁한 모양이었다.

"……알았다. 어서 들어가라."

이제 퇴직금을 담보로 군인공제회에서 대출을 받을 수밖에. 은자에게 양해를 구해야 한다……. 지레 은자 볼 낯이 없어 죽을 맛이다. 한 번씩 나타나 심화를 끓이게 하는 동환이 녀석 일이 아니라도 쥐꼬리만 한 봉급에 시누이 시동생들의 학비 마련과 낯선 임지로 가는 이삿짐 트럭 안에서 고운 세월 다 보낸 은자에게 언제나 빚을 지고 사는 기분이었다.

동환에게 보습학원까지 차려준 터였으니.

"어떠니? 괜찮아?"

"원생들이 꾸준히 늘고 있어요."

호영이 커피를 타주며 말했었다. 일단은 따로 월급 나가는 강사가 없으니 고만고만 유지가 되는 모양이었다. 입시학원에서 동환이와 함께 근무한 적이 있는 친척 동생인 호영을 부러 끼워 넣어 동업 형식으로 차리게 한 터이었다. 내심은 동환을 믿지 못한 탓이었으나 어차피 월급 나가는 강사를 쓰느니 동업하면 강사 두 몫이 아니라 세

많은 너끈히 해낼 것이라 판단했다. 실속형 경영 방법도 염두에 두었던 것이다.

"열심히 하겠습니다, 형님."

언제 강의실에서 나온 동환의 앞자락에 허연 분필 가루가 묻어 있었다. 나는 고개를 주억거렸다.

"너도 차 한 잔 하겠니?"

처음의 갈등과는 달리 머릿속이 훤히 뚫리는 기분이었다. 매번 그렇듯 차마 외면하지 못해 도움을 줄 수밖에 없었다. 밑 빠진 독에 물 붓기라는 회의감을 어쩌지 못했는데, 동환의 앞자락에 묻은 분필 가루를 보자 지레 겁에 질렸던 옹졸한 마음이 다 우스워지는 것이었다. 내가 별을 못 단 대신 동환이 녀석이 자리를 잡는다면, 소갈머리를 차린다면 그것으로 나는 아무 부러울 게 없다는 간사한 마음까지도 들었다. 아버지에 대한 한도 눈처럼 사그리 녹아 없어지는 듯했다. 동희도 친정에 발걸음을 하기 시작할 것만 같았다. 동환이 보기 싫어 아버지 제사에도 오지 않는다는 동희였다. 동환이 미운 짓을 하면 돌아가신 아버지가 또 미워진다고, 아버지 신위 앞에서 그런 마음 갖는 게 못할 짓인 것만 같아 차라리 오지 않는다는 동희였다. 어려서부터 뭐든 자신의 손으로 해결해야 했던 동희였다. 나와 두 살 터울이었던 까닭으로 다른 동생들과는 달리 내 손길이 미치지 못하는 곳에 있었다. 고단하고 외로웠을 것이었다. 그 때문인지 피해 의식 가득한 각박한 정서를 지니고 있는 터였다. 절대로 남의 것을 탐하는 일도 없지만 내 것을 남과 나누어 먹으려는 한 치의 여유도 없고 무엇보다는 매사에 극단적이고 과격한 일면을 보이는 동희였다. 게다가 서방 복마저도 없으니, 친정에서처럼 뭐든 자기 손으로 꾸려나가는 처지에다 방심하면 담쟁이넝쿨처럼 하염없이 손을 뻗어오는 시댁 식구들이 있었다. 고양이 같은 노회한 후각과 눈빛, 날카로운 이빨. 동희와 은자의 차이……. 잘 다듬어진 무명천 같은 정갈함이 동희에게서는 보이지 않았다.

"파이팅!"

그날 동환의 학원을 나오며 나는 안도했다. 이제 동환과 얽혀 응어리진 가슴속 무엇이 다 녹아 흘러내리는 줄 알았다. 동환에 대한 어깨의 짐을 내려놓는 줄 알았다…….

송수화기를 내려놓았다.

그리고 한참이나 고개를 쳐들고 있었다.

은자와 나의 노후 밑천인 퇴직금을 동환을 위해 써야 한다……? 은자가 뭐라 할까. 내가 이만큼 외롭지 않고 과히 초라하지 않게 여기까지 오게 된 것은 은자가 있어 가능한 일이었다. 파랗게 또는 하얗게 질려갈 것만 같은 은자의 얼굴이 떠오른다.

"검찰로 넘어가기 전에 어서 합의를 봐야 됩니다, 형님."

전화선 저편에서 호영이 초조한 기색이었다.

그날 밤 나는 놀이터고 공원이고를 싸돌아다니다 은자를 밖으로 불러내었다.

"어쩌겠어, 그놈을 한 번 더 봐줘야지."

놀이터 벤치에 앉은 그녀 앞에 무조건 꿇어앉았다.

"……퇴직금에 손대면…… 안 될까?"

짧은 침묵이 흐르고 나서 은자가 소리쳤다.

"왜, 당신이 그 십자가를 져야 되는 거지? 아버지의 십자가를 왜 당신이 져야 되느냐고! 말해봐! 무엇이 당신의 평생을 그리 힘들게 하는 거냐고!"

수은등 아래 은자의 낯빛은 초승달처럼 창백했고 스웨터 밖으로 드러난 가녀린 목은 안타까이 파들댔다.

"다 줘버려. 다 줘버리고, 당신 어깨가 가벼워질 수만 있다면…… 그렇게 해. 그 십자가를 내려놓을 수만 있다면 난 참을 수 있어."

은자는 이제 어깨를 들썩였다.

합의금을 건네는 날, 호영은 바람벽을 주먹으로 내갈겼다.

"형, 냄새가 나요. 동환이 말로도 딱 한 대 쳤을 뿐이라는데 어떻게 이빨이 우두둑…… 그래요? 하지만 입증할 방법이 없어요."

"다 도박 좋아한 죄다."

우리의 안정된 노후와 맞바꾼 동환이 녀석 일이 해결되고 나서는 그럭저럭 평온한 나날이었다. 그사이 옷도 벗었다. 아침마다 오라는 데도 있어서 우선은 놀지 않고 지내게 된 것만도 감사해야 할 일이지만 소속감이랄지 안정감 같은 것은 우러나지 않았다. 젊고 유능한 박사가 지천으로 널려 있다는 항간의 소식들이 내 어깨를 더욱 처지게 했고 무엇보다도 은자와의 관계가 서먹해진 것이 탈이었다. 내 병은 아마 거기에서 오는 것인지도 몰랐다. 나는 하루에도 수없이 화장실을 들락거리며 나오지도 않는 오줌을 미리 봐두려고 낑낑댔고 비누 거품을 잔뜩 내어 무단한 손을 씻고 또 씻었다. 아침에 일어나도 그럴 수 없이 머리가 무거운 거 아니면 어질어질 붕 떠 있는 듯한 혼미감을 떨쳐버릴 수가 없었다. 밤마다 은자는 등을 보이며 돌아누웠고 나는 그런 은자를 어쩌지 못하고 잠이 들곤 했다.

"당신이 미워서 이러는 거 아니에요."

그녀는 정갈하고도 단호했다. 그럴수록 내 남성은 나날이 쇠퇴해져갔다. 어학연수차 캐나다에 가 있는 우리의 유일한 자식인 은지가 스물네 살이나 됐다는 것을 새삼 상기해보지만 그것과 이 문제는 다르다는 결론에 이른다.

토요일. 일찌감치 퇴근해 이따금 어른거리는 은자의 등을 느끼며 죽장 텔레비전에만 시선을 붙박고 있었다.

"달밤이요!"

"사광인가?"

"똥약까지네."

"비약에 사광에…… 똥약까지? 이건 파투야, 암! 파투이고말고."

"누구 맘대로?"

"한 사람이 한판에서 세 개 이상의 약을 하면 파투인 걸 모르는

가?"

"애초에 그런 약조는 없었네."

"민화투의 기본 약관이네."

빵덕모자가 훌떡 방석을 뒤집는다.

"아니, 이 자식이!"

폼만 잡은 빈 파이프를 홱 집어 던지는 상대편 영감쟁이. 빵덕모자의 멱살을 왁살스럽게 움켜쥐고 흔든다.

데자뷔. 문득, 친숙한 장면 하나가 무의식의 저편에서 튀어나와 겹친다.

"눈보라가 휘날리는 바람찬 흥남부두에/목을 놓아 울어봤다 찾아봤다/금순아 어디를 가고⋯⋯/가기 전에 떠나기 전에 하고 싶은 말 한마디를/유리창에 그려보는 그 마음 안타까워라/한두 자 봄소식을 전해주소서/그래도 잊지 못할 판잣집이여⋯⋯"

가 BGM으로 깔리다가 방석가로 둘러앉아 화투치기를 하고 있는 그리고 왁살스럽게 육박전을 벌이는 모습으로의 전환. 서서히 노랫소리 커지고 다시 장면 디졸브되어 쑥 내민 궁둥이와 팔다리를 달달 돌리는 개다리 춤의 아버지 모습이 일렁인다. 그러고 보면 데자뷔도 아니다. 아버지의 옛 모습. 아주 오래 낯익은, 시골집 울타리 밑에 철 따라 붉게 피는 깨꽃이랄지, 붉은 수액을 터질 듯 잔뜩 물고 있는 장로나무랄지 그런 것으로 다가오는 낯익음이었다. 나는 울컥 셔츠의 앞섶을 부여잡는다…….

전에 술에 얼근해지고서 작은아버지께 물었다.

"왜 아버진 툭하면 흥남부두, 부산정거장, 등속의 전후의 창가를 즐겨 부르셨을까?"

"그야 그 시절의 노래가 그런 색깔이었응게."

작은아버지의 대답은 단순했다. 말년이 되자 주눅이 든 듯 옹송그리는 모습을 자주 보이곤 하던, 빵빵 큰소리치고 돌아설 때면 바람결에 묻어나던 그 초라함이, 왜 저 어릿광대 아버지의 모습에서 얼비치는 것일까. 기실 나는 아버지의 십팔번 가사를 제대로 암기하지도 못한다. 아버지의 그 모습이 떠오르자 그냥 두서없이 마음의 혀가 놀려진 것뿐이다. 물 밑에 가라앉아 있던 무의식의 한 덩어리가 불쑥 한 번 솟구쳐 올라온 것일지도 모르겠다.

갑자기 온몸 구석구석이 근질거린다. 겨드랑이도 사타구니도 손가락도 발가락도 엉덩이도 혀끝도……. 나는 별안간 일어나 휙 낯설게 한 바퀴 돌아보고,

'눈보라가 휘날리는 바람찬 흥남부두에/목을 놓아 불러봤다 찾아봤다/금순아 어디를 가고 길을 잃고 헤매었더냐/영도다리 난간잡고……/뽕이요! 초약이요! 사광에다 똥광이요!'

를 터트리지 못해 안달을 한다. 더부룩해지면서 고무풍선처럼 불러오는 복부의 팽만감. 방귀가 피식피식 나올 것만 같은데 정작은 한 번씩 트는 듯한 통증만 느껴져올 뿐 더 이상의 진전은 없다. 화장실로 들어가 변기에 엉덩이를 걸친다. 쥐 오줌처럼 소변 한 방울이 질금거린다. 아랫도리에 힘을 줘보지만 헛수고다. 한소끔 쏟아내면 시원할 것 같은데…… . 황금 똥을 누어본 지가 언제 적인지 모른다. 사방 변기 벽으로 튀기는 설사만을 달고 살았다. 버짐이 핀 듯 누래져 가는 몰골과 마주칠 때마다 웬 추비한 늙다리인가, 하고 낯설어하곤 했다.

집 근처를 어슬렁거리다가 김지미와 최무룡의 얼굴이 극장 간판처럼 그려진 술집에 들어갔다. 수은등의 빨간 불빛이 붉은 달처럼 홀연한 안개 자욱한 밤중이었다.

"할아버지, 여긴 영업집이에요."

"냉큼 일어서줄 테니 동동주 한잔 다오."

"여기 이렇게 소줏병이나 살 돈 드리지 않습니까?"

"간판 보고 들어왔어. 김지미 소싯적엔 죽여줬다네."

"은 양아! 소금 뿌려라."

"잠깐만."

나는 반쯤 손을 들어 보였다. 막 자리에 앉으려던 참이었다.

"할아버지, 제 자리에 앉으시죠."

다음엔 주인 여자를 향해 말했다.

"적당한 안주하고 동동주 부탁해요."

술잔이 두어 순배 돌고서야 서름한 기운이 가셨다.

"부랑 생활 30년째라네."

"왜, 가족이 없으십니까?"

"어데."

노인이 홰홰 고개를 저었다.

"첫정 준 계집 못 잊어, 마누라완 통 정이 붙지 않았거든."

나는 노인이 비운 잔을 다시 채우고 해물전 접시를 노인 앞으로 당겨놓았다.

"꼭 김지미를 빼다 박은 것 같았제. 인물값 하느라고 내 속깨나 썩였어."

노인이 껄껄 웃었다.

"단장한테 뺏겼어. 난…… 유랑극단의 꼬바리였거든."

"아주 오랜 옛날이야기군요."

"어데. 아직도 그 계집 생각으로 날밤 새울 때가 있다네."

"……이해가…… 안…… 되는데요?"

나는 천천히, 깊게 도리질을 했다.

"아직도 끝나지 않은 내 사랑을 부여잡고 있는 겐지, 그 상처를 끌어안고 있는 겐지 내도 잘 모르겠지만…… 하여간, 홀연한 붉은 달 같은 그 계집이 영 지워지지 않는다네."

나는 노인이 길게 또는 몽땅하게 드리우는 파리한 그림자를 지켜 보았다. 그것은 내 아버지의 그림자이기도 했다. 그런데 그 아버지의 그림자 위에 형이 얼비치고 동환이 얼비치고 은자와 동희가 얼비치자 비죽비죽 울음이 나왔다. 나는 감정을 어쩌지 못해 노인을 동무삼아 가라오케를 독점하고 아버지의 십팔번을 밤이 새도록 재생시켜 돌렸다. 경찰관복의 아버지가 팔다리 궁둥이로 달달 돌리던 개다리 춤도.

석두가 왔다

석두가 왔다

싱글맘인 나는 중증 장애의 딸만 한 딸을 두고 있다. 수입의 대부분을, 그 애의 양육비와 재활 치료비로 지출하는 처지이다.

석두가 왔다. '전라북도 유정군 유정면 유정리 335번지' 우리 집에 온 것이 아니라, '경기도 부천시 원미구 원미동 77번지' 우리 집도 아닌 '경기도 부천시 중동 순천향대학병원 입원실'로 왔다. 내 코끝에 보리풀 내음을 싱그럽게 풍기며 침대 맡에 걸터앉아 그 옛날처럼 무슨 말인가를 할 듯 말 듯, 그렇게 나를 바라보았다. 석두가 앉아 있는 뒷면으로 청보리밭이 가없이 펼쳐져 있었다. 바람이 하늘하늘 불 때마다 보리밭은 파랗게 일렁였다. 그 빛이 너무 좋아 나는 울고 싶어진다. 빈 들에 하얗게 피어 있는, 잔잔한 풀꽃들을 보고도 울고 싶던 날들이 있었다. 그때와 같은 정서가 다시 생긴 것일까, 영혼의 창이 되감기라도 된 것일까.

어디 갔다, 왔~니?

어렸을 적 음조가 튀어나왔다. 어디 갔다, 왔~니? 봄의 선율 같은
그 음조가 문득 사무쳐왔다. 까무룩 잊고 있던 제 목소리라는 것을
알아차렸을까. 나와 석두 사이의 무엇이 파르르 한 번 떨리는 것도
같았다.

……

머뭇머뭇 석두가 상체를 돌려 자신의 뒷면을 가리켰다. 지평선 끝
까지 보리밭뿐이었다. 이쪽으로 돌아서는 그의 눈 속에서도 보리밭
이 일렁였다. 더 멀리로는 흰 구름이 흘렀다.

이제 어디 안 갈 거지?

……

석두가 눈을 깜박였다. 까만 눈이 무슨 말인가를 하는 듯했지만 나
는 알아듣지 못했다. 석두에게서 그 이상을 바라지 못한다는 것을 알
면서도 나는 모로 누운 채 그의 눈을 오래 들여다보았다. 그는 늘 그
런 식이었다. 무슨 말인가를 눈으로 혹은, 입으로 할 듯 말 듯하다가
끝내 아무 말도 하지 않았다. 말로서는 다 설명되지 않는 무언가를
그는 늘 삼키는 듯했다.

파란빛에 묻어 온 그였다.

큰아버지의 꽁무니를 좇아 보리밭의 둑새풀을 뽑던 오후 나절, 홀

연 끼어든 그를 큰아버지와 나는 까막까막 교감하며 힐끔거렸을 것이다. 천연덕스럽게 풀을 뽑아내고 있는 손마디로 푸른 풀물이 스며들도록 그는 시선을 들지 않았다.

"……!"

"……?"

"어디서 왔니?"

견디다 못한 내가 악을 쓰듯 물었던가. 그때도 그는 자신의 뒷면을 가리켰다. 파랗게 일렁이는 보리밭, 지평선 끝까지 보리밭뿐이었다.

"그만 들어가자."

청명하던 하늘 저쪽으로부터 보리빛 저녁 이내가 끼고 놀꽃이 하늘 언저리에 피어나자 큰아버지를 따라 나도 궁둥이를 털었다.

"어머나!"

놀 속을 걸어오다 문득 뒤를 돌아보자 언제 그도 따라오고 있었다. 그렇게 우리 뒤를 슬금슬금 따라와 대청마루에서 저녁밥을 같이 먹고도 머뭇거리며 앉아있는 그였다. '안 가니?' 눈으로 물었지만 그는 대답하지 않았다. 까맣게 나를 바라만 보았다. 침묵이 또 까막까막 흘렀다. 그사이 큰아버지는 궐련을 말아 피웠다.

"일찍 자둬야지. 흐음, 큼!"

큰아버지가 헛기침을 하며 일어나자 그도 일어났다. 문턱을 넘는 큰아버지 뒤통수가 흔연해 보였다. 그날부터 그는 큰아버지 방에서 거처하게 되었고 하루 이틀이 지나면서 어머니가 따로 본 밥상에서 큰아버지와 겸상을 했다. 상을 하나 더 본다는 번거로움 때문에 엄마 눈초리가 조금 찢어지기는 했지만, 눈치를 주는 낌새는 아니었다.

일손을 하나 얻은 셈이었다.

아버진 읍내 등기소에서 오 주사로 불리는 월급쟁이였다. 게다가 휴일이면 낚시도구나 카메라를 들쳐 메고 집을 비웠다. 때문에 쉰 마지기를 넘게 짓는, 제법 부농의 살림을 엄마와 큰아버지의 일손(농번기엔 삯꾼들의 도움을 전적으로 받았지만)으로만 감당하는 형편이었다. 엄마는 죽을 둥 살 둥 집안일이며 농사일을 채잡아서 했으나 작은 체구 탓인지 힘에 부쳤고, 좀 느려터진 큰아버지는 엄마를 돕긴했지만 세월아 네월아 하는 식인 것도 있었다.

"내가 머슴인가?"

큰아버지가 구시렁거리면 엄마가 되받아 구시렁댔다.

"어디 시원시럽게 일이나 잘하나, 뭐."

"명절이라고 흔쾌히 용돈을 주나, 옷 한 벌을 제대로 해주나."

"손질하기도 까다로운 두루마기며 무명 저고리 바지는 누구 손으로 지어 올리고 풀새는 누가 하게. 담뱃값에 군것질(큰아버지는 술을 할 줄 몰랐다) 값에……."

"새벽같이 일어나 마당 쓸어 소여물 쑤어 잔일은 좀 많나."

미약하나마 둘 사이엔 지배자와 피지배자 사이의 갈등 같은, 일종의 알력 같은 것이 존재하던 터, 큰아버지에게 석두의 출현은 일종의 기회 같은 것일 수도.

“석두야, 마당 좀 쓸어라.”

“석두야, 소여물 좀 주거라.”

“꼴을 좀 베어 오너라.”

그 말미마다 에헴에헴 소리로 헛기침을 돋우던 큰아버지이던 것을 나는, 난데없이 날아드는 무꽃, 배추꽃 향기를 맡게 될 때 같은 정서로 홀연홀연 바라보게도 된다.

뿐만이 아니다.

둥둥 두둥둥…….

멀리 동동구리무 장수 북소리가 울리면 지게를 진 큰아버지가 유유히 장다리밭 사이 길을 떠 가다,

“장다리밭에 노랑나비 앉았다!”

하면서 지게 작대기로 꽃잎에 앉은 나비들을 훼방하는 시늉을 하고,

“킥킥…….”

뒤에 가던 아이들은 뱅뱅 검지를 돌린다.

“허우대가 아깝지.”

소리 죽인 수다 소리도 들려온다. 감자밭의 아낙들이다.

“장남 자리도 빼앗기고…….”

“어미만 살아 있었더라면…… 초년에 그리 되었으니…… 아들 신세가 저리 한데로 굴러떨어진 거지.”

“아, 친부인 을숙양반 탓이래여. 까마득히 어렸던 온달 씨를, 툭하

면 조 앞 냇가에 밀어 넣고 물을 먹였다는 거잖여. 온갖 잡일을 어린 온달 씨에게 시키다가, 당신 눈에 안 차면 그 온달 씨 머리끄덩이를 잡고 흔들어댔고, 그도 성이 안 차면 질질 냇가로 끌고 갔다잖여."

"시상에나! 불쌍혀라, 불쌍혀!"

"발버둥질하며 물속에서 기어 나오면 또 처박고 또 처박고…… 그 질로 경기를 하다가 어리버리, 어리버리 된 거래여어. '반편'이 된 거래여."

소리가 끼어들면,

둥둥 두둥둥 소리로 가까워지는 구리무 장수 북소리 속으로 남박모자도 어른댄다. 꽃잎 뒤에 숨은 나비처럼 보였다 안 보였다를 반복한다. 할아버지라고 불러본 기억 없는, 남박모자로만 남은 을숙양반을 나는 아슴아슴 뒤좇는다. 노란빛 속으로 빨려 들어간다. 장다리꽃 천지다. 두둥 둥둥둥둥…….

"지 새끼를 왜?"

"글씨…… 당신보다 열댓 살이나 젊은, 꽃 같은 후처 앞에서 전처 자식 구박이라도 해야 면목이 섰을까이."

"쯧쯧쯧쯧쯧."

혀 차는 소리 끝에,

"친부가 돼가지고…… 알다가도 모를 소갈머리 않고 뭐시겄어."

"……처복이라도 있었으면 얼마나 좋았을까이."

"이잉, 그러게 잉. 동동구리무 장수 따라갔다지?"

"두둥 둥둥둥 그 북소리 따라 가서는 돌아오지 않았다는 거여."

논 아홉 마지기를 가지고 살림을 났다던 큰아버지였다. 마을에 구리무 장수만 들어오지 않았던들 노름으로 논도 집도 다 날려버리지 않았을 터이고, 우리 집으로 들어와 머슴 반 더부살이 반의 신세로 전락하지도 않았을 것이라고들 했다.

그때부터였다.

나는 아버지의 닭개장 국그릇 속에서 살코기를 슬쩍슬쩍 건져 큰아버지의 국그릇 속에 집어 넣어주곤 했다. 내가 기억하는 한 엄마는 닭개장만 끓이면 살코기는 한결같이 아버지 국그릇 속에, 껍질과 내장은 큰아버지 국그릇 속에 넣고는 했으니까. 꼬꼬댁거리는 닭들 중 한 마리를 붙잡아 목을 비트는 일도, 털을 뽑고 배를 갈라 그 징그러운 내장을 발라내는 일도 다 큰아버지 몫이었건만 그 대가는 언제나 을씨년스러웠다.

"너희 아버지는 입이 짧으니까."

국그릇들을 쟁반에 받쳐 들며 빤히 당신 얼굴을 쳐다보면 눈도 안 맞추고 엄마는 그랬다. 때로 복날이면, 부러 닭을 여러 마리 잡아 그 속에 마늘과 찹쌀을 넣고 푹 끓인 닭백숙을 이웃에게 대접하는 인정을 베풀면서도, 왜 큰아버지에게만은 그리 인색했는지 모를 일이었다.

생각이 거기에 미치면 현기증처럼 노오란 장다리밭이 어른대고,

"장다리밭에 노랑나비 앉았다!"

소리에 나는 화들짝 눈을 뜨지만 노란 꽃도 나비도 지게 작대기를

휘두르던 큰아버지도 보이지 않는다. 남박모자는 또 어디로 갔을까? 감자밭도 아낙들도 가뭇없다. 석두만이 까만 눈으로 나를 바라보고 있을 뿐이다. 그 눈 속에서 보리밭은 또 파랗게 일렁이는데, 그 틈새로 큰아버지 목소리가 건너온다.

"이름이 뭐냐?"

외로운 큰아버지에게 동무가 생긴 것이다. 일손도 덜어주고 말벗도 될 수 있는. 마을 아저씨들과 좀체 어울릴 줄 모르는 큰아버지에게 그가 동무로서 안성맞춤이라는 생각이 들었다. 큰아버지보다는 한참 어렸고 나보다는 몇 살쯤은 더 들어 보였으나 큰아버지는 동무로서 흡족해했고 나는 또래 다루듯 했다.

"······."

"뭐라고 불러?"

큰아버지가 다시 묻자 마지못한 듯 그는 검지로 방바닥에 두 글자를 써 보였다.

'석두.'

"돌 석 자, 머리 두 자?"

탁 큰아버지가 무릎을 쳤다.

"너한테 딱 맞는 이름이구나."

"······."

석두의 대답은 중요하지 않은 듯했다.

"암암, 너한테 딱 맞는 이름이구나."

"......"

석두는 희미하게 웃어 보였고, 큰아버지는 으스대듯 나를 바라보며 고개를 주억거렸다. 나는 손바닥을 마주쳤다. 봐라봐라 큰아버지를 좀 봐라. 돌 석 자, 머리 두 자? 마을에서 은연중 '반편' 취급을 당하는 큰아버지 입에서 나온 말이다. 우리 큰아버지는 눈썹도 짙고 콧날도 가파르다. 마을 아낙들의 말마따나 허우대도 좋다. 그럼에도 그 이미지가 왜곡돼버린 것은 홀아비에 머슴마냥 더부살이마냥 우리 집에서 늙어가는 처지만을 놓고 얕잡아보는 데서 빚어진 낙인 같은 것이었다. 굳이 반편 어쩌고 운운한다면…… 석두에게나 쬐끔 해당할는지도. 나이를 물어도 눈만 깜박깜박했고 어디서 왔느냐고 물어도 저 멀리 지평선만을 가리켰다. 검은 작업복 차림에 흰 고무신을 신고 있었는데, 늘 변함이 없었다. 신발만은 죽어라 닦아대는 버릇이 있었지만 옷은 벗으려 들지 않았다. 큰아버지가 우격다짐으로 옷을 벗겨 당신 옷을 입혀주고 손수 세탁해줄 정도였으니.

"신발은 뭐 하러 그리 열심히 닦누?"

내가 또 "왜 그래, 응응?" 턱을 바싹 들이대도 눈만 깜박깜박했다.

"입이 궁금할 것 같아 볶았단다."

비 오는 날 엄마가 콩과 보리를 볶아 소쿠리에 내놓았을 때도 그는 제 몫만큼을 신발에 담아 가더니, 반은 흘리고 반만 입안으로 들여보내는 것이었다.

"반타작이로세."

그때부터 큰아버지는 석두에게 '반타작'이라는 별명을 붙여주었다. 하지만 농사일은 그럭저럭 도울 줄을 알아서 눈칫밥을 먹지는 않았다. 잠도 안채와는 떨어진 사랑채에서 큰아버지와 잤으므로 우리 식구들에게 가로 걸리는 객식구는 아니고말고였다.

다만 날 궂은 날이면 밑도 끝도 없이 줄줄 눈물을 흘린다든지, 구석으로 파고드는 일면이 있어서 큰아버지 뒤를 좇던 아이들처럼 나도, 석두 뒤통수에서 검지를 뱅뱅 돌리고 싶은 걸 꾹꾹 누를 때도 있었다.

"큰아버지, 석두는 왜 자꾸 신발을 닦아?"

보리밭에서였다. 저만치 파란빛 속에서 희게 빛나는 석두의 흰 고무신이 궁금했다.

"……떠나기 위해서…… 아마 그럴 거다. 누군가도 코고무신을 닦더니만……."

말끝을 흐리던 큰아버지가 먼 곳으로 눈길을 던졌다. 한소끔 후에 덧붙였다.

"들에서 집으로 들어가면 반겨줄 자식이 있나, 마누라가 있나. 눈도 잘 마주치지 않는 제수씨가 달랑 내놓는 세 끼 밥뿐이 더 있어."

나는 멈추었던 호미질을 다시 했다. 둑새풀 대신 보리 이파리가 호미 끝에 자꾸 찍혀져 나왔다. 방금 본 큰아버지 얼굴이 내내 보리밭 속에서 일렁였다. 종일 둑새풀을 뽑다가 집으로 돌아온 저녁이면 환영처럼 눈 아래 바닥에서 일렁거리는 둑새풀이 발에 밟히고는 했는데, 그 저녁 내내 또 보리밭 속의 큰아버지 얼굴이 거기에 겹쳐져서 눈에 밟혀왔다. 자꾸자꾸 밟혀왔다. "이잉, 구리무 장수 따라갔다지?" 아낙들의 수다 소리도 자꾸 귀를 적셔왔다.

"오늘도 따라올 거냐?"

"그럼요, 큰아버지이."

다음 날도 그 다음 날도 나는 둑새풀을 뽑았다. 그 일이 아니면 소일거리가 없다는 듯이. 큰아버지라면 엄마라면 석두라면 몰라도 내게 그것은 노동이 아니라 일종의 놀이와도 같은 것이었다. 어릴 때 즐겨하던 공놀이나 핀치기, 고무줄놀이 같은 것이었다. 게다가 봄방학 동안이었으니 무료했다.

이제 어디 안 갈 거지?

…….

석두가 예의 그 눈을 깜박였다. 낯익은 눈, 까만 눈, 기억 속의 눈이었다.

보고 싶었어.

손을 내밀자, 깡마른 손이 잡혀 왔다.

왜 이렇게 여위었니? 어디를 떠돌다 왔어. 끼니도 굶고 다닌 거야?

…….

석두가 고개를 가로저었다.

눈을 먹고 다녔어. 펑펑 내려 쌓이는 눈을 먹고 다녔어. 보리밭을 푸근히 덮고 있는 눈을 먹고 다녔어. 늘 봄이 오기를 기다렸어. 너랑 큰아버지랑 보리밭에서 다시 둑새풀 뽑을 날을 기다리곤 했지.

코끝이 시큰해왔다.

큰아버지를 찾아 집을 나갔던 거야.

그 순간이었다. 석두의 눈과 화르르 마주쳤고, 나는 중얼거렸다. '누가 걸어간다.' 누가 걸어가고 있었다. 석두의 까만 눈 속으로 눈이 쏟아지고 있었다. 나는 눈을 비볐다. 그 틈새로 "다녀오마"라는 목소리가 건너왔다. 털조끼를 덧입은, 흰 바지 저고리 차림의 뒷모습. 한 손엔 보퉁이를 들고 눈밭에 발자국을 찍으며, 커다랗게 찍으며 멀어져가고 있다. 그의 앞도 뒤도 온통 눈밭이다. 등 뒤로 한차례씩 몰아치는 눈보라가 하나 둘 발자국을 지운다. 쓸고 간다. 더 거세진 눈발이 발자국을 다 지우고 그를 다 지우도록 그는 돌아보지 않는다. 가없는 눈밭만 화락 밀려왔다, 밀려간다. 카메라의 줌 렌즈를 밀었을 때와 당겼을 때의 그것 같은.

다녀오마.

그 목소리를 나는 기억한다.

다녀오마.

목이 메어온다. 그동안의 기다림, 그리움, 안타까움 등이 불시에 밀려와 흐득흐득 어깨를 들썩이다 눈을 들었다.

하필이면 눈보라 몰아치는 날에 읍내에 가셨던 거야. 그리고 돌아오지 않았어.

…….

석두가 파르르 입술을 깨문다.

엄마 몰래 내가 싸준 쌀 몇 되를 들고 니 약을 구하러 가셨던 거야. 니 병이 갑자기 심해졌잖아. 겨울이 되자 넌 자주 울었고 눈에 보이는 세상이 다 무섭다는 듯 바깥으로 나오려 하질 않았어.

거의 입을 열지 않던 석두였다. 구석으로 파고들 때만 무엇을 피하려는 시늉으로 무서워! 무서워!를 연발하던 것이었다.

그 때문에 나는 더욱 큰아버지를 찾으러 다녀. 눈이 펑펑 내리는 겨울 벌판과 파란빛 넘실대는 보리밭이라면, 거기에 꼭 큰아버지가 계실 것만 같거든.

그렁그렁 석두 눈가가 젖어든다.

……오늘은 왜 나를 찾아온 거니?

너한테 들러 쉬어가고 싶었어. ……큰아버지 생각을 하면 니가 생각나고 니 생각을 하면 큰아버지가 생각나곤 하거든.

나도 언제나 너와 큰아버지가 하나였어. 춥지? 이리 와. 이불 속으로 들어와. 여긴 따뜻하단다.

아니, 괜찮아. 엄마한테 혼나잖아.

엄마가 눈총 준 걸 잊지 않은 모양이었다. 딸 가진 엄마의 노파심을 이해하지 못했을 것이었다.

우리 엄마, 그렇게 모질지 못해. 너 가고 얼마나 맘 아파했게. 추위에 떨지는 않는지, 병은 덜한지 더한지. 엄마가 아버지가 입던 헌 내

복 기워서 내 편에 큰아버지 방에 갖다놓게 했는데, 그새 넌 가버렸
더라. 엄마가 두고두고 맘 짠해했어.

......

기어이 석두가 투둑 굵은 눈물방울을 떨어뜨린다.

......

나는 또 어깨를 들썩인다. 곧 눈을 들었으나 석두는 간곳없고,

"시를 쓰시는군요."

소리가 날아들었다. 흰 가운을 입고 있었다. 시선을, 내 침상 건너
흰 바람벽에 붙박고 있었다.

　　내 속에 이상한 내가 들어와 있어요. 어스름녁이면 이승과 저
　　승의 경계를 떠다니다 밤이 되면 이 방 저 방 돌아다니며 울어대
　　는, 혼자 있으면 견딜 수 없고 곁에 있어도 초조해요. 악마들로
　　가득한 창문들, 가슴을 옥죄는 쇠사슬, 남은 내 푸른 생의 울타리
　　를 넘겨다보는 악마들에 몸을 떨다가 노란색 주홍색 알약들을 삼
　　키지요.

　　거울 속의 내 얼굴을 들여다보지만 눈이 보이지 않아요. 퀭한
　　구멍만 남아 있어요, 어머니. 금단의 사과나무에 똬리를 틀고 긴
　　혀를 날름거리며 이편으로 넘어오는 저 악마를, 그 저녁 잃어버
　　린 커다란 눈망울을 찾아주세요, 어머니!

　　벌거숭이로 지구별에 내려 금빛 뜰을 뒹굴며 파초처럼 자라고

눈먼 사랑사랑을 해서 달덩이 같은 아이를 낳고 폭풍우 같은 생의 고비고비를 저만큼 넘긴 이 황혼의 저녁 나절에 낯선 대륙에서 검은 실루엣으로 부유하는 내 영혼은 절망의 어둠입니다, 어머니.

나도 거기 더 머문다.

어머니, 꽝꽝 못을 쳐주세요. 창문을 타고 추락하는 실루엣이 보여요. 복제된 수많은 창들이 검은 상장을 두르고 손짓을 해요. 어서 온 어서와 여길 뛰어넘어봐 천국이 보인단다. 아니에요. 거긴 마왕의 나라잖아요. 어머니, 나를 안아주세요. 눈도 귀도 막고 세상을 닫아주세요. 상엿집 안을 들여다보지 말라던 엄마의 엄명을 어긴 탓인가요? 내 잃어버린 영혼을 찾아 어머니 그 두터운 그늘 속에 꼭꼭 숨겨주세요.

저 소리 들어요. 따각따각 죽음의 말발굽 소리예요. 홍역의 꽃불 속에서도 들었던, 어머니. 어서 창문에 꽝꽝 못을 쳐주세요. 내 손을 놓지 마세요. 아무것도 어떤 소리도 보고 듣지 못하도록, 오직 당신의 숨소리만 들려주세요. 아아, 들큰하고 비릿한 당신의 젖 냄새가 사무치게 그리워요, 어머니.

가없는 보리밭. 석두가 왔을 땐 파란 청보리밭이었는데, 눈이 펑펑 내려 쌓이는 눈밭이었는데…… 이제 흰 바람벽으로만 남은 그곳에 낯익은 손 글씨가 갈겨져 있었다. 간밤 나는 또 떠돌았던가…….

그랬을 것이다.

그리고 안정제의 힘을 빌려 잠자리에 들었을 **때** 석두가 찾아왔을 것이다. 아니, 그 이전에 다녀간 것인지도. 훨씬 그전에 다녀갔는지도. 아아, 석두야~!

"몰랐습니다."

흰 가운을 잊고 있었다.

"시를 쓰신다는 거……."

"……."

"이제 곧 좋아질 겁니다. 최신 약을 처방하고 있답니다. 오유정 씨, 파이팅!"

흰 가운의 등 뒤로 다시 석두가 보인다.

나는 또 손을 내민다.

병은 다 나은 거야?

침대 가로 바싹 다가온 석두가 고개를 가로젓는다. 파리한 안색이다. 그의 여윈 손을 깊이 감싸 쥐었다.

내가 먹는 약 나눠줄게. 여기 머물러줘.

떠나야 해. 큰아버지를 찾으러. 눈 속에 묻혀 있을지도 몰라.

석두가 불쑥 몸을 틀어 뒷면을 또 가리켰다. 그러자 가없는 청보리밭 위로 굵은 눈발이 흩날리기 시작하는 것이었다. 순식간에 하얀 눈밭이 생겨나고 있었다. 청보리밭은 흔적도 없이 사라졌다. 말없이 돌아선 석두가 휘적휘적 걸어간다. 예의 그 흰 고무신을 신은 채. 푹푹 눈밭에 발을 빠트리며. 그를 붙잡으려 길게 손을 내밀지만 뜻대로 되지 않는다. 온몸이 마비된 듯 움직일 수가 없다. 가지 마! 가지 마아! 뒤도 돌아보지 않는다. 그를 부여잡고 묻고 싶은 말이 있다. 내내 하고 싶은 말이 있었다. '전북 유정군 유정면 유정리'를 떠나와 여기까지 왔어. 폭풍우 같은 생의 고비고비를 넘기고 여기까지 온 거 같아. 힘들어! 아직도 고비를 넘기고 있는 중이야. 큰아버지도 석두 너도 나처럼 힘들었던 거니? 몰랐어. 거길 떠나와서야 고통을 알게 됐어. 큰아버지랑 너랑 이마 맞대고 철철 울고 싶어. 큰아버지를, 석두 너를 이제와 생각하니 왜 이리 슬픈지 모르겠어. 다시 찾아와줄 수 있겠지? 엄마가 주신 헌 내복 아직도 간직하고 있어. 그걸 입고 가야지. 꼭 다시 와야 돼! 나는 멀어지는 그의 등에 대고 손나발을 불었다.

"약 드실 시간입니다."

간호사가 약을 가져왔다.

허겁지겁 나는 노란색 주홍색 알약들을 삼킨다. 곧 또 나는 스멀스멀 바닥 아래로 가라앉는다. 다시 석두를 보았으면…… 바람이 분다. 눈이 내린다. 나는 허겁지겁 장롱 속을 뒤진다. 어디에도 없다. 아버지의 헌 내복. '전라북도 유정군 유정면 유정리 335번지'에 두고 온 것일까. 찬바람 부는 겨울날이면 발가벗은 미루나무 몇 그루가 개울가나 뉘 집 울타리가에서 하얗게 떨고 있는, 들판 마을이라 유독 윙윙대는 바람 소리 가득한 그 동네, 끝도 없이 눈이 푹푹 내려 쌓이던 그 동네, 그 처마 낮은 함석집에 두고 왔을까. 목이 메어 온다. 명치 끝에서부터 서러운 감정들이 꾸역꾸역 올라온다. 나는 아이처럼 소리 높여 울기 시작한다. 눈발이 더 하얗게 흩날리기 시작한다. 저만치 석두가 휘적휘적 걸어가고 있다. 점점 더 거세지던 눈발은 이제 눈보라로 몰아친다. 석두가 묻혀버릴까 봐 두렵다. 큰아버지도 눈 속에 묻히고 말았을 거라는 말들이 분분한데. 가지 마, 석두야아! 닭 울음소리가 들려온다. 수탉의 울음소리. 팔을 휘젓는다.

"이보세요!"

엉거주춤 일어나 앉는다. 누군가 나를 흔들었다.

"가위 눌렸나 봐요."

옆 병상의 보호자다. 딱하다는 듯한 눈빛이다. 나는 시선을 옮긴다. 박명이 드는가. 커튼의 중동이 나비매듭으로 묶여 있는 창문에 시선을 주다가 다시 눕는다. 더 이상 잠은 오지 않을 것 같다. 꼬박 한잠도 자지 못한 적에 비하면 요즘은 상태가 좋은 편이다. 꿈과 엎치락뒤치락하며 잠을 자긴 자는 모양이니. 언제부터 이랬던가. 내가 언제부터…….

한 소녀가 울고 있었다.

향불 연기 속에서 울고 있다. 고치 같은 잔등 너머로 화사하게 웃고 있는 흑백의 젊은 여자가 보인다. 영정이다. 철쭉꽃이 여자 주위에 만개해 있다. 영정 속 여자가 성큼 걸어 나올 듯하다. 아니 정말 그녀는 철쭉꽃밭을 걸어 나왔었다. 그날 꽃밭 속에서는 굴삭기가 작업 중이었다. 어느 순간 붐대를 높이 쳐든 게 화근이었는지, 때마침 여자가 만개한 철쭉꽃 무더기를 돌아 돌아 걸어 나온 게 화근이었는지…… 갑자기 눈앞이 하얘지면서…… 하 입을 벌리는 육중한 쇠 바가지의 환영에 나는 꾹 눈을 감아버린다. 하르르하르르 철쭉꽃 지는 소리에 귀도 막는다. 김 기사, 가지 마. 가지 마! 가지 말라고! 거래처에서 수금한 장비 대금까지 챙겨 들고 사라진 김 기사를 어쩌기는커녕 내가 몽땅 뒤집어써야 했다. 생목숨을 앗아가다니…… 차주가 책임져! 이 무슨 날벼락이냐고! 죄…… 죄송…… 죽을 죄를 지었습니다. 불을 질러버릴 테야. 기름을 부어, 어서들! 철쭉꽃보다 더 진한 유족들의 분노를 나는 감당해내지 못했다. 아니 불의 혀로 너울대던 그네들을 속수무책 지켜보았던가. 내 밥줄인 굴삭기가 활활 타올랐다. 지입 장비들로 장비 대여 사무실을 꾸려가는 처지 속에서 그건, 유일한 내 직영 장비였다. 마음속, 내 의지 같은 거였고 기둥 같은 거였다. 너도 불행해져야 돼! 불행해져야 된다고! 머리채까지 쥐어잡혔다. 나는 거의 패닉 상태였다. 그러나 어쩐 일인지 나는 돌아서서 조용히 일을 했고 그 틈새에서 한번씩 웅얼웅얼거렸다. 마음속 더께 같은 이야기를 웅얼웅얼 풀어내던 거였다. 그럴 때 가끔씩은 입술을 깨물기도 어금니를 물기도, 눈시울이 젖는 듯도 했으나 결코 울지는 않았다. 그러던 어느 순간 허물어져 내렸던가……. 땅에 발을 딛고 있었으나 나는 둥둥 떠다녔다. 앉으나 서나 둥둥 떠 있었다. 잠을 잘 수도 먹을 수도, 무엇에 쫓기듯 불안 초조해 견딜 수 없는 날들이 지속됐다.

"요즘 컨디션은 어떤가요?"

"……"

"무슨 말이든 말씀해보시겠어요?"

"……"

"편히 말씀하세요."

면담 때마다 흰 가운은 자꾸 질문을 던져오지만 대답할 말이 떠오르지 않는다. 나는 다만 내 식으로 말할 뿐. 돌아서서 웅얼웅얼 홀로 말할 뿐.

저를 보내지 말았어야 했어요. 당신 꿈속을 유영하는 산새와 나무, 꽃과 나비 눈과 비였다면 얼마나 좋았을까요. 시로 음악으로 당신을 적시는 꿈이고 싶었어요. 불꽃 파편으로 당신 몸에서 떨어져 나온 순간 지구별은 어찌 그리 광막하던지요. 세월이 흘러도 여전히 나는 막막하고 버거워요.

다락방 먼지 낀 상자에서 흑백사진 한 장을 보았어요. 처마 낮은 함석집, 창호지 바른 장지문 토방에서 당신은 친구와 웃고 계셨습니다. 볼이 수줍은 열아홉 아니면 스물쯤.

어스름 새벽까지 달빛 드는 허청에 들어 짚신을 삼습니다. 당신 계신 곳 처마 낮은 함석집, 멀고 먼 행성이라는 것뿐, 달리 알 수 없어 수만 켤레의 짚신마저도 부족합니다. 언뜻 눈을 들면 실루엣으로 어리는 당신은 손사래를 치며 황황히 모습을 감추십니다. 모를 일입니다. 달밤이면 무게를 더하는 마음이 절망처럼 무겁습니다.

'전라북도 유정군 유정면 유정리', 그때만은 세상살이가 고통인 줄을 몰랐다. 생각해보면 불행한 큰아버지가 계셨고 역시 행복할 리 없었을 떠돌이 석두. 게다가 그는 정신병적인 증상을 보이는 환자였다. 두 사람 모두를 연민했으나 그것과 세상살이를 엮어 생각해본 적은 없었다. 그때의 내 속엔 청보리밭처럼 파란 마음뿐이었으니까. 검은색도 파란빛으로만 보였으니.

그 때문일까.

이제의 내가 모차르트를 즐겨 듣는 이유는. 똑똑똑똑 똑똑똑똑 똑똑 똑…… 물방울 떨어지는 듯한 청아한 전주에 이어 잘 자라 우리 아가 앞뜰과 뒷산에는 새들도 아가양도…… 깨어 있을 때면 나는, 그 소리를 듣는다. 잠들지 못할 때도 듣는다. 그러면 알 수 없이 조여오던 가슴이, 차고 음습한 바람 속에 홀로 버려진 듯한 공황 상태가 한결 느슨해진다. 보리풀 내음이 코끝을 스칠 때의 그 아늑하고도 평화로운 정서가 저 먼 땅 끝에서부터 피어오르는 듯하다. 그 끝이면 또 큰아버지와 석두가 하얗게 밀려들면서 가없는 청보리밭이 내다보인다. 얼마나 외로웠을까, 힘이 들었을까. 그 옛날엔 미처 몰랐음을, 위로하지 못했음을 자책하며.

눈이 내린다. 저 눈밭을 걸어서 내일 밤도 석두는 오는 것일까? 2016년 1월 모일 모시, 저 눈밭을 걸어서 내게로 오는 것일까? 내일 밤은 정녕 큰아버지의 소식을 들고 오는 것일까? 흐득흐득 나는 또 어깨를 들썩이기 시작한다.

젖은 살눈썹 너머로 청보리밭이 파랗게 일렁인다.

백만 송이 장미

백만 송이 장미

진눈깨비라니…… 정인은 천천히 속도를 줄인다. 3월 초라기보다는 11월의 끝자락 같은 날씨이다. 그 속에서 휘몰아쳐 내리는 눈발들이 아스콘 포장도로 위로 뿌옇게 쓸려가다가는 한 점 흔적도 없이 스러지고 스러져가는 것에 눈길을 주면서 정인은 갓길에 차를 세우고 변속 레버의 위치를 P에 맞춘다. 눈을 감은 것은 운전석 등받이에 깊숙이 뒷머리를 대고 나서였는데 때를 같이하여 가단조의 휘파람 소리가 들려왔다. 지나가는 차량의 오디오에서 흘러나온 선율일 거라 스쳐 생각하는 정인은 기실 그것이 자신에게만 들리는 환청 같은 것임을 알지 못한 채, 눈을 한 번 아득히 떴다가 다시 감으려 한다. 그 순간이었다. 스러져가는 눈발 속에서 희뜩 날아드는 것이 있었다. 꽃잎인 줄 알았다. 그러나 곧 창백한…… 아주 창백한 '흰빛'의 그 무엇이라는 것을 감지하게 된 순간 정인은 그것이, 자신의 가슴으로 건너와 사르륵 내려앉는 것을 보아냈다. 먼 꿈속의 일처럼 바라보게 되었다.

눈발의 잔상 같은 이미지였다.

그 여자를 알게 된 것은 P시에서였다. 2년 전 그곳 현장소장으로 전보 발령을 받아 근무하면서였다. 이 현장이 끝나면 저 현장으로 철새처럼 자리를 옮기는 건설현장 직원인 까닭으로 정인은 1년 열두 달 중, 아내의 배웅을 받으며 출퇴근한 적이 단 며칠도 없는 신세인 것을 불만스러워하던 터이었는데 그 여자를 알고 지내던 시간만큼은, 홀아비 아닌 홀아비로 지내야 하는 직업상의 악조건에 은근한 위로의 감정을 느끼기도 하는 묘한 정서 속에서 지내게 되었다.

"S중기에서 왔습니다."

40대 초반쯤의 여자. 창백한 낯빛이었고 자신과 비슷한 연배쯤이라는 것에 다소의 친근감이 느껴졌다. 전화선 너머로 두어 번의 안면이 있었다.

"앉으십시오."

정인이 의자를 권하며 덧붙였다.

"저희 회사에 가압류를 걸었다구요? 미리 상의라도 하시지."

"면목 없습니다."

정수기 쪽으로 가던 정인이 반쯤 손을 들었다 내리는 것을 두고 여자는 '그렇게 말할 것까지는 없습니다' 또는 '아닙니다'라는 것인지, 그도 아니면 우연한 동작인지도 몰라 잠시 우물쭈물하는 자세로 정인의 옆모습을 바라보았다.

"드십시오."

정인이 종이컵에 커피를 내왔다.

"……."

송구스러워하는 빛이 여자 얼굴에 나타나고 그로 인해 반쯤 벌어지게 된 입술 사이로 고른 치열이 새하얗게 드러나자 정인은 문득 아득해졌고, 여자의 그 모습 위로 두 개의 이미지가 동시에 스쳐 지나가는 것을 보았다. 소녀적인 이미지와 관능적인 이미지. 그러나 곧 머리를 털어냈다.

"3천만 원이더군요."

정인의 회사에서 Y건설에 지불해야 할 공사대금 중의 일부에 여자가 설정한 가압류 금액을 말하는 것이었다.

"네."

여자가 짧게 고개를 주억거렸다.

"가압류 거, 별것 아닙니다. 우선 순위가 있는 것도 아니어서 동일 채권에 누가 또 가압류를 걸어오게 되면 프로티지로 안분합니다."

실제로 Y건설의 그것에는 수십 명의 채권자가 가압류를 설정해놓은 상태였다.

"……."

여자가 아랫입술을 물었다.

"미리 상황을 알려주셨더라면 수월했을 텐데…… 저희 회사에서 직접 결제하는 방법이 있었는데……."

정인은 테이블에 놓인 서류를 잠시 들여다보다가 탁 덮어버렸다.

"그러니까, 저희 하도급 업체인 Y건설의 인감을 첨부한 대리 결제 동의서만 받으면 될 일이었습니다만……"

하다가 손사래 치는 시늉을 했다.

"이제 와서는 쉬운 일이 아니지요."

정인이 언급한 'Y건설'이란 여자의 건설 기계를 대여해 원만히 일을 마쳤음에도 불구하고, 응당 여자에게 지불해야 할 장비 대여금을 차일피일 미루는, 정인의 소속사인 KB건설의 하도급 업체로 정인 측과는 을의 입장이고 여자와는 갑의 입장인 시공사를 지칭하는 거였다. 왜인지 Y건설은 자체적으로도 자금 회전이 매우 불량해 보였고 정인의 회사에서 계약금과 중도금에 해당되는 공사비를 지급받았음에도 불구하고 자사의 하도급 업체들에게 장비 대여금은 물론이며 노무비마저 단 한 푼도 지급하지 않은 상태였다. 심지어는 함바집의 식대비마저도 하얗게 체불한 상태였다. 그로 인해 피해를 입은 영세 업체들의 원성이 왁자했다. 타 현장에서 피해를 입은 업체들까지 Y건설에 대한 정인 회사의 채권(공사대금)에 가압류를 걸어놓은 상태였으니.

"상거래상에서의…… 질서 의식이랄까……? 그런 게 결여돼 보이는, 저쪽의 승인을 받아내야만 하니까요."

"네에."

여자 얼굴에 낭패의 빛이 지나갔던가. 풀 먹인 창호지 문처럼 팽

팽하게 긴장된 여자 속의 그 무엇, 그런 게 스쳐 지나가던 것이었다. 그게 '흰빛'이라는 것을, 창백한 흰빛의 이미지라는 것을 그때 처음 정인은 보아냈던 것으로 기억한다. 새록새록 감지했던 것으로 기억된다.

"어디 좋은 방법이라도 있나 생각해봅시다."

정인은 점퍼 주머니를 부스럭거려 담배를 피워 물었고 여자는 메마른 시선을 창밖으로 던졌는데, 때마침 진눈깨비들이 흩날리기 시작했다. 침묵이 흘렀고 그 틈새로 휘파람 소리처럼 틈입해오는, 창 너머 바람 소리에 귀 기울이게 된 룸 안의 두 사람이 각자의 생각에 젖어 저 먼 곳에서 턱을 고이고 있는 것처럼만 보였다.

"흐음, 큼."

문득 정인이 헛기침을 했다. 한 개비의 담배를 다 태우고도 또 주머니를 부스럭거리는 터이었다. 유리창을 투과해 오는 초겨울 빛이, 여자를 더욱 창백한 흰빛으로 바래 보이게 하는 것만 같아 눈 둘 곳을 찾지 못했기 때문이었다. 아까부터 무엇이 목에 걸리는 것이었다.

"이만 가보겠습니다."

더는 불편한 듯 여자가 자리를 털었다.

"……."

여자가 돌아가고 나서 정인은 생각했다.

'도와줄 방법이 없을까.'

여자가 자꾸 목에 걸려왔다.

며칠이 흘렀다.

"시간 괜찮으시면 저희 사무실로 내방해주시죠."

"……."

여자가 잠시 머뭇거렸던가.

전화선 너머로도 여자가 창백하게 느껴진다고 생각하는 순간 정인은 또 흰빛을 떠올렸다. 우렛소리가 있기 전, 찰나적으로 스치는 허공중의 그 흰 빛줄기 같은 무엇이 정인의 뇌리를 사선으로 긋고 지나가는 것이었다.

"바로 출발하겠습니다."

마다할 리 없는 처지일 것이다. 오히려 여자 쪽에서 먼저 두드려야 마땅하지 않은가. 한데 그 역할을 자신이 하고 있는 듯해서 여자와 시간 약속을 하고 난 정인은 문득 고개를 갸웃했다. 자신의 일부가 여자인 듯한, 아니면 무엇이 여자를 멀리할 수 없도록 자신의 한 축을 지배하는 것은 아닐까, 최면술에 걸려든 것은 아닐까, 하는 터무니없는 생각이 들기도 했다. 천천히 송수화기를 내려놓은 정인은 버릇처럼 담배 한 개비를 입에 물었다. 회색 연기가 꽃잎의 실루엣처럼 피어올랐고 그 시계 속으로 펜으로 콕 찍은 듯한 까만 점 하나가 어룽대고…… 서서히 형체를 갖추어가는 그것이 이리로 걸어온다. 긴 머리 계집아이. 앞머리가 눈썹 가까이까지 잘린, 눈이 유난히 까맣다고 생각하는 순간, 아! 나지막한 탄성이 새어나왔다. 흑백사진으로도 남아 있지 않은…… 정인과 열 살 터울의 누이 은희…… 은희였다. 실로 오랜만에 불러보는, 소리 없이 불러보는 이름이었다. 여자에게서 정인은 은희를 보아낸 것이었다. 은희은희은희은희! 아아, 소리 없는 탄식이 흘러나왔다.

"오빠가 없으면 어떡해?"

군 입대를 코앞에 두고 있던 어느 초저녁이었다.

"곧 휴가도 나올 거고…… 3년이면 돼."

"오빠 따라가면 안 될까?"

"……."

정인이 은희를 당겨 안고 동그랗게 만 잔등을 토닥여준다.

"내 방에선 늘 무서운 꿈에 시달려. 꿈속에서 누가 날 잡으러 올 때마다 한 발짝도 움직일 수가 없어."

졸린 목소리를 내던 은희가 곧 고른 숨소리를 냈고 정인의 눈꺼풀도 내려앉았다.

얼마쯤 흘렀을까.

부스스 눈을 떴을 때 은희가 저만큼 웅크린 채 잠이 들어 있었다. 정인은 그 은희 위에 가만히 이불을 덮어주었다. 또래보다 작은 부피를 가진 은희의 숨소리를 들으며 정인은 아침을 맞았다. 오빠 방에서 자면 가위 눌리는 꿈에 시달리지 않는다는 은희이던 것이었다.

"어마! 또 오빠 방에서 잤나 봐."

은희가 창호지 문을 투과하는 아침빛에 눈을 떴을 때, 인기척이 들려왔다.

"어떡해!"

정인를 올려다보는 은희의 두 손이 가슴 가운데로 모아진다.

꽃잎 같은 아이였지.

피다 만 담배를 꾸욱 눌러 끄는 정인의 눈이 붉어져 있다.

"오빠, 숨겨줘."

그즈음 유난히 초췌해 보이던 은희이던 것을 기억해낸다.

"너 또, 오빠 방에서 잤구나!"

어머니가 서슬 퍼렇게 들어왔다. 은희 낯색이 하얗게 질린다.

"……!"

은희가 애원하는 시늉을 했고 뒤미처 아버지가 들어오다, 다시 나가 몽둥이를 들고 왔다.

"이 계집애, 집안 망치려고 작정이라도 한 거니?"

정인이 은희를 등 뒤로 감추었지만 아버지의 서슬을 다 막아내지는 못했다. 은희에게 가해지는 그들의 폭력은 기회가 없어 한이었다. 그나마 우선은 정인이라는 방패막이가 있었다.

"무슨 짓입니까?"

"아아아아아!"

은희가 가슴을 움켜쥐고 쓰러져갔다.

정인이 그런 은희를 받아 안으며 소리쳤다.

"어린 누이가 오빠 방에서 자는 게, 매 맞을 일이냐구요!"

끊임없는 아버지의 서슬에 은희는 자주 흉통을 수반한 발작 증세를 보였다. 공황장애를 수반한 우울장애의 한 양상이라는 정신과적인 진단을 받았지만 아랑곳하지 않는 아버지였다.

"꼭 지 에미야, 지 에미라구!"

한번 마음속 불길이 지펴지면 아버지는 거의 울부짖었다. 애첩으로부터 버림받은 자신의 상처 난 자존심에 대한 울화와 분노를 그렇게 표현했던 것일까. 아주 이해 못 할 바는 아니었지만 가장 이지러진 아버지의 모습으로 정인에게 각인될 수밖에 없었다. 정인이 다니던 초, 중, 고교의 육성회장직을 자발적으로 끌어안은 것에서부터 시작해 정당의 지역구에 정기적으로 기부금을 쾌척한다는 소문의 아버지는 잘나가는 양조장 사장이라는 자부심만큼이나 첩을 두는 일도 남자로서의 호기 내지는 하나의 명함 정도로 여기는 듯한 인물이었다. 애첩은 일대에서 소문난 미인이었다. 한 시절엔 배우 지망생이었다는 후문이 떠돌 만큼 정인의 기억 속에도 미인 축에 드는 여인이었다. 그러나 여인은 은희가 아장아장 걸을 무렵 제 또래의 젊은 남자와 새 삶을 찾아 떠나갔다. 어머니 역시도 안방 여자라는 명함에 지나지 않았을까……. 애첩의 배신은 아버지에게 남자로서의 자존감만이 아니라 정욕마저도 거두어 가버린 듯한 지독한 패배감을 맛보게 하는 요인이 되었다. 기회만 되면 여인을 겨냥해 매번 화살촉을 날리는 아버지가 그 반증일 터였다. 여인에 대한 한을 은희에게 투사하는 것이었다. 저 푸르스름한 눈매 좀 보라구! 그때마다 아버지는 거의 자지러졌다. 은희에 대한 것인지, 여인에 대한 것인지 모를 뒤엉킨 분노와 울화로 길길이 날뛰는 그 모습에서 정인은 여인에 의해 불구가 된 아버지 속의 그 무엇을 놓치지 않았다. 저 백지장 같은 얼굴색 좀 보라고! 황새 같은 모가지를 좀 보라고! 어린것이 벌써 남자 호리게 생겨먹었다고! 어머니도 동조했다. 입술까지 비틀었다. 거기엔 아버지에 대한 복수심까지도 타오르고 있었을까. 죄 없는 은희만이 샌드백이 되었다. 두 개의 이미지, 소녀적인 은희와 관능적인 은희, 그게 은희였다. 여인의 외모를 닮아 있었다. 처녀로 다 자라지도 않은 은희에게 그것은 일종의 폐해와도 같은 것으로 작용했다. 형벌과도 같은 것이 되었다. 시퍼런 파도에 시시때때로 수난을 당하다 어느 아침 모습을 보이지 않는 바닷가 모래톱처럼 그것은 어느 날 은희를 영원으로 쓸어가버렸다.

"아 바닷가 솔숲에 목을 매달았지 뭐여."

은희, 은희 어디 있습니까? 집 안을 뒤져도 은희가 보이지 않았다. 먼지가 두껍게 내려앉아 있는 것 말고는 은희 방은 잘 정돈되어 있었다. 오스스 한기가 지나갔다. 책상 위 유리 덮개 안에서 아득히 웃고 있는 은희만이 있었다. 언젠가 자신이 찍어준 사진이었음을 기억해내며 그 은희를 바라보는 정인의 얼굴 위로 희미한 미소와 불안감이 동시에 스쳐 지나간 건, 그가 첫 휴가를 나온 날이었다. 집은 텅 비어 있었다. 아버지를 어머니를 기다리다 못해 마을로 내려갔다. "아 바닷가 솔숲에 목을 매달았지 뭐여." 휘청거리며 집으로 돌아왔다. 제발이지, 나쁜 꿈속의 일이기를 빌었다. "목을 매달았다." 양조장에서 돌아온 아버지가 눈길을 피하며 그러나 작심한 듯 말했을 때 정인은 부르르 어금니를 물었다가 풀고는, 주먹으로 안방 바람벽을 한 번 내리쳤다. "아버지가 죽였군요." 정인은 푹 고개를 꺾고 있는 아버지를 향해 치받듯 턱을 들었다가 다시 바람벽을 내리쳤다. "그 불쌍한 은희도 당신 자식이었다구요!" 이번엔 내리치고 내리치고 또 내리쳤다. "나도 그 애를 사랑했다. 방법이 달랐을 뿐이다." 정인이 코웃음을 쳤다. "그래서 그 앨 그렇게 학대했습니까?" "병이 깊어진 거다." "애초엔 건강한 아이였습니다. 암요, 당신들이 죽인 거라구요!" 어머니도 공범자라는 생각이 들었다. 정인은 문을 박차고 나와 그대로 귀대해 버렸다.

"아, 마을 뒤 솔숲에 목을 매달았지 뭐여."
그 끝에 끌끌 혀를 찼다.
"그 어린것이 쯧쯧……."
마을 사람들의 그 증언이 정인의 귓가에 붉은 이명처럼 남아 있었다.

"안녕하세요. 또 왔습니다."
여자는 지난번보다 더 창백해 보였다. 그 때문인지 그녀에게 깃

든 흰빛이 더 희게 바래져 보인다고 생각하며 정인은, 종이컵에 탄 인스턴트 커피를 여자 앞의 테이블에 내놓았다. 그리고 그 맞은편에 앉았다.

"편히 앉으시지요."

자신도 자세를 고쳐 앉았다.

"현장소장으로서 도의적인 책임감을 느낍니다. 이곳 일 마무리 잘 짓고 떠나야 다른 현장에 가서도 맘 편할 수 있는데……."

"죄송합니다."

여자가 정인의 말꼬리를 붙들었다.

"아, 아닙니다."

정인이 손사래를 쳤다. 그 과정에서 눈이 마주치자 정인은 너그럽게 웃었고 여자는 시선을 내렸다.

둘 사이의 공기가 어색해졌다.

시계의 시침 소리, 희미하게 들려오는 어린아이의 울음소리, 휘파람 소리 같은 창 너머 바람 소리까지 틈입해 오는 그사이로 여자는 벽에 걸린 아날로그 시계를 바라보고…… 정인의 눈길은 창 너머로 건너가 있다, 무연히. 어디 멀리 가 있는 듯하다.

"저…… 제가 자꾸 면목이 없어집니다."

여자가 침묵을 깨트렸다.

"아, 아닙니다."

뒤미처 손사래까지 치고 나서 정인은 헛기침을 했다. 퍼뜩 어디 먼

데서 돌아온 듯한 표정은 이제 사라졌다.

"본론으로 들어갑니다."

정인이 자세를 고쳐 앉았다.

"먼저 S중기에서 Y건설에 대한 채권 건으로 저희 회사에 설정한 가압류를 해제하세요. 그런 다음 그 건에 따른 S중기 인감증명서를 첨부한, 제가 구술하는 내용을 그대로 따라 적은 확약서 한 통과 S중기에서 Y건설 측에 발행한 세금계산서를 제출해주시면 됩니다.

그리고 덧붙였다.

"확약서란 가압류 해지 조건으로 저희 회사가 Y건설에 지급할 공사대금 중 일부를 S중기로 직접 지급함에 따라 차후에 행여 Y건설의 왜곡된 소행으로 발생할지도 모를 채무 변제 소송 건에 말려들지 않기 위해 미리 만들어놓는 법적 대응 수단⋯⋯."

눈이 마주친 순간 말이 끊어졌고 그 객쩍음으로 인해 두 사람은 누가 먼저랄 것도 없이 서둘러 눈길을 내렸다.

짧은 침묵이 흐르고,

"네. 법적 대응 수단에 필요한 서류를 의미하는 것입니다. Y건설 측 서류는 이미 구비됐으니 이제 S중기 서류가 필요합니다.".

"⋯⋯."

"어떡하시겠습니까?"

"⋯⋯."

여자가 주저했다.

"S중기를 배려하는 일입니다."

정인은 안타까웠다. 최선의 선택이며 그 혜택이 자신에게 돌아간다는 것을 여자가 미처 헤아리지 못하기 때문이었다. Y건설을 종용했었다. 공사대금을 여자에게 직접 지급해주기 위한 방편으로 그 관계 서류를 받아내는 과정에서 압력까지 넣은 정인이었다. Y건설에겐 갑질을 한 셈이었지만 여자 쪽엔 정인이 할 수 있는 최선의 배려인 셈이었다.

"가압류를 푸는 건…… 어렵습니다."

정인은 울컥 올라오는 감정을 추슬렀다. 조직 사회의 생리를 납득하지 못할 수도 있을 것이었다. 그러나 답답했다.

"S중기에……"

정인이 말끝을 흐리다가 다잡듯 단호하게 말했다.

"제가 할 수 있는 최선의 배려라는 것을 잊지 마시기 바랍니다."

마침 자리에서 일어나는 여자에게 정인은 그렇게 다짐해두었다.

"생각해보겠습니다."

문을 밀고 나가는 여자의 뒷모습을 날카롭게 지켜보았던가.

하루가 지나갔다.

전화벨이 울렸다.

정인은 서류철을 넘기다가 송수화기를 들었다.

"S중기입니다."

"아, 네."

정인은 다음 말을 기다렸다.

여자의 말은 길었다. 가압류를 해제함에 있어서 의구심 나는 부분에 대해 조목조목 물어오면서도 곧 서류를 해 오겠다는 긍정적인 답변이긴 했다.

"잘 생각하셨습니다."

그렇게 송수화기를 내려놓았으나 다음 날 여자는 또 번복을 해왔다.

"가압류를 풀 수 없습니다."

"나를 못 믿어서입니까?"

"그사이…… 가압류만이 마지막 보루라는 생각이 들었습니다."

"나를 믿으세요."

"……죄송합니다."

"마음대로 하십시오!"

정인은 길어지는 통화만큼 치밀어 오르는 울화를 가까스로 눌렀는데 다음 날, 여자는 또 전화를 걸어왔다. 다시 번복하는 내용이었다. 그렇게 몇 번의 통화와 미팅 속에서 여자는 오락가락 정인을 실망시키곤 했다. 정인의 요구대로 합당한 구비 서류를 만들어주겠다는 약속을 했다가도 다음 날 아침이면 그것을 뒤집었다. 최악의 경우, 그러니까 의도한 대로 일이 풀리지 못하게 되면 영영 그 대금을 받지 못할 거라는, 그나마 가압류만이 최후의 보루이지 않겠느냐며 정인의 속을 뒤집어놓았다. '뭐 저런 여자가 다 있어!' 하고 울컥 울화를

끓이면서도 정인은 다시 걸려오는 여자의 전화를 마다하지 않으며
실랑이를 벌이는 식이었다.

그러던 와중이었다.

"아무리 여자라지만 어떻게 마음이 그리, 조석으로 변한답니까?"

정인이 테이블을 내려쳤다. 그리고 수분이 지났을까.

불현듯 여자가 가슴을 움켜쥐며 쓰러졌던 것이다. 아차! 싶었다.

"이런 이런, 유 여사님, 유 여사님!"

정인은 황급히 테이블 너머의 여자를 부축했다.

"유 여사님! 유 여사님!"

119에 도움을 청했다.

여자가 가까스로 깨어났다.

"이럴 필요까진 없는데……."

구급차 안이었고 이동식 침대에 누운 채였고 정인이 그 옆을 지키
고 있었다.

"깨어나셨군요."

구급대원 중의 흰 가운이 여자를 내려다보며 말했다.

"죄송합니다. 돌아가겠어요."

"무리하시면 안 됩니다."

정인이 나섰다.

"제 몸은 제가 압니다. 차를 좀 세워주시겠어요?"

여자가 상반신을 일으켰다.

"잘못되면 제가 불편하게 됩니다!"

정인이 신경질적으로 말했다. 그 때문에 여자는 순순히 병원에 도착했고 링거를 맞으며 안정을 취했다. 그러는 동안 알게 됐다. 우울장애가 있으며 스트레스를 받으면 돌발적인 상황이 발생하곤 한다고. 어릴 적부터 같은 장애가 있던 걸로 미루어 아마도 자신의 병은 태생적인 결함 때문인 것 같다고, 그러니까 확대해 걱정할 필요는 없다고. 여자가 말하는 동안 두 눈이 허공중에서 마주쳤으나 여자가 먼저 그것을 거두어갔고 그 순간 정인은 비로소 여자에게서 보아온 흰빛의 이미지를 이해했다고, 흰빛의 함수는 여자가 앓고 있는 '우울장애'라고 유추 해석하게 되었다.

"백만 송이 장미예요."

정인의 의도대로 일이 해결되고 난 며칠 후 여자에게서 전화가 걸려왔다. 답례로 식사라도 대접하면 편할 것 같다는, 시간을 좀 내준다면 감사하겠다는. 그래서 M백화점 식당가에서 저녁을 먹게 됐고 카페에 들러 와인도 몇 잔 나눠 마셨으며 이제는 우리가 헤어져야 할 시간 다음에 또 만나요~ 라는 폐점 음악을 들으며 자리에서 일어나려던 순간, 여자가 무엇인가를 내밀던 것이었다.

"백만 송이 장미예요."

장미꽃 다발인 줄 알았다. 백만 송이 장미 다발. 그러나 장미 다발이 그려진 M백화점 종이백이었다. 정인은 눈을 꾹 감았다가 떴다.

"......?"

여자가 정인을 올려다보며 덧붙였다.

"음악 시디예요. 러시아 로망스, 김동욱 씨가 리메이크해서 부르는."

"아, 그거……."

"네, 그거요."

그 순간 눈이 마주쳤고 눈들은 화르르 웃었는데 그 속에서 언뜻 흘러나온 무엇이 흰 띠 같은 하나의 줄을 긋는 듯한, 홀연한 그 무엇을 정인은 희뜩 보아냈다. 비몽사몽간의 무엇 같기도, 천둥번개 치는 하늘 어디를 찰나적으로 긋고 지나가는 빛의 섬광 같은 그 무엇이었다고도 정인은 기억해낼 수 있었다.

그날 이후,

여자가 떠오르면 정인은 무연히 일어나 창밖을 내다본다든지, 담배에 불을 붙인다든지, 먼 곳에 시선을 던진다든지, 하다가 이런저런 이유를 붙여 퇴근 시간대에 맞춰 여자를 불러내었다.

"여기예요, 여기!"

여자 또한 기다렸다는 듯이 달려 나왔다. 그때마다 제법 해사하게 웃는 여자 이마에 입이라도 맞춰주고 싶을 만큼 정인은 밝아진 낯빛의 여자가 다행스럽고 고맙기까지 했다.

"뭐 먹고 싶어요?"

"된장찌개……."

"언제까지 된장찌개만 먹을 거요?"

"아마 언제까지나…… 밖에 나오면 그것밖에 떠오르지 않아요. 먹고 나면 후회 안 되는 유일한 음식이더라구요."

"흐흐."

"흐흐."

정인도 흐흐거렸고 여자도 흐흐거렸다. 언젠가부터 말이 막혀도 흐흐, 기분이 좋아도 흐흐, 말끝에 어색함이 남아도 흐흐거렸다. 그 '흐흐'는 그들 사이의 경계를 허물어뜨리는 그 무엇이었다. 그것만 있으면 그들 사이의 모든 게 순조로울 것이라고 두 사람은 약속이라도 한 듯이 미루어 생각한 적도 있었는데 그 이면에는 서로를 향해 고이는 새로운 감정에 대한 자기 갈등에서 기인된 것일 수도 있었다.

"사랑이란?"

나란히 가로수 밑을 걷다가 문득 정인이 물어왔다. 그런 자신이 삼류 같다는 생각을 한 건 나중이었다.

"글쎄요……."

정인의 어깨 아래에서 여자가 말끝을 흐렸다. 늦은 밤이었고 〈사흘 간의 사랑〉이라는 영화를 보고 돌아오던 길이었다. 갈림길에서 헤어질 작정이었다.

"소장님은요?"

객쩍은 웃음 뒤에 정인이 말했다.

"아껴주는 거…… 나는 그런 거라 생각되는군요."

"좀 전 그 영화 속에서라면…… 같이 있고 싶은 거, 같이 느끼고 싶은 거, 주어진 시간 동안 서로에게 몰입하는 거…… 뭐, 그런 거라는 생각이 나는 들어요."

"소중히 아껴주고 싶은 것……. 쭉 그렇게 생각해오던 터였습니다만…… 이제껏 그렇게 알고 있던 그것이, 불쑥 내 옆구리를 비집고 들어와 혼란스런 모양새로 내 속을 들여다보고 있다는 생각이 드는 건…… 웬일인지 모르겠군요."

잠시 정적이 흘렀다.

곧 여자가 그것을 풀었던가.

"뭐든 깊이 들어가면 피곤해져요."

여자가 치아를 하얗게 드러내 보였다. 김치! 할 때의 '치' 발음 순간처럼. 정인에게 그 모습은 당혹스럽도록 강렬하고도 신선하게 느껴지는 그 무엇이었다. 붉은 장미 아니면 새하얀 백합 한 송이를 여린 가슴에 꾹 눌렀다 떼어내는 기분이랄까.

"흐흐."

예의 그 경계의 벽을 무너뜨리는 웃음 속에 정인은 자신의 감정을 감추었다. 차마 여자에게 들키지 말아야 할 것 같았기 때문이었다. 하루 이틀 사흘 나흘, 그것은 싸락눈처럼 정인의 가슴속에 살포시 쌓여갔다.

"지금 뭐하시는데요?"

휴대폰 창에 뜨는 여자의 메시지는 한 잔의 커피 같기도 청량음료 같기도 했다.

"으음, 일하고 있지요."

"맞아요, 일하는 거 다 보여요."

"거짓말, 어떻게 보일까?"

"제 시력이 교정시력 1.2, 1.5예요. 그게 아니어도 마음의 눈으로 소장님 일하는 현장 다 내다보이는걸요, 흐흐."

"그럼 어디, 목소리 들려줘봐요."

그럼 한숨도 안 넘기고 여자 목소리가 건너왔다. 휴대전화 저편에서 여자는 자르르 윤기가 흘렀다. 정인과 지내는 동안 음색은 물론이며 낯빛까지도 놀라우리만큼 화색이 돌았다.

"내일 뭐할 건데요?"

"휴일이니까 자유죠."

여자는 딸과 함께 살고 있었다. 무슨 말 속에서 "딸이랑 둘이 살아요"라고 한 적이 있었다. 여자 홀로 어떻게 장비 대여업을 하게 됐는지도 묻지 않았다. 둘 사이의 룰인 듯 어떤 경계도 넘지 않으려 했다.

"그럼 내일 나랑 또 된장찌개 먹을까요?"

"영화도 보여주세요!"

쿨하게 굴던 여자인 것을 정인은 기억해낸다. 묻는 말에 머뭇머뭇 응대한다든지 어물쩍 피해가면 상대의 입장이 곤궁해질 거라는 것을 헤아릴 줄 아는 여자인 것이 정인은 다행스러웠다.

"이제 어디로 갈까요?"

저녁을 먹고 나면 으레 여자에게 그런 식으로 물었지만 대부분 관성처럼 근처 카페로 자리를 옮겼다. 시내로 나가 영화를 볼 때도 있었지만.

"여기 괜찮죠?"

무명 가수들이 추억 속을 걸어 나와 통기타를 치며 7080가요를 불렀다.

"시간을 거슬러 올라가면 거기, 무엇이 우릴 기다리고 있을까요?"

"추억."

"어릴 적에 어디서 살았어요?"

여자가 샛길로 들어갔다.

"논 가운데 집에서 살았어요. 봄이면 집으로 들어가는 길목에, 노란 난초꽃들이 흐드러지게 피는 처마 낮은 집이었어요."

"지금도 거기 있나요?"

"고향집요?"

"마음요."

"세상과 타협하기 힘들 때는 거기 생각이 나요. 하지만 돌아가지 못해요. 이제 연고마저도 없거든요."

"연고가 있다 해도 소용없는 일이겠지요. 지나간 나를 붙잡을 수는 없는 노릇이니까."

정인도 돌아갈 곳이 없었다. 은희가 부재하는 고향집은 정인의 가슴에 깊은 상처 같은 것으로, 치유되지 않는 지병 같은 것으로 남아 있는 터였다.

"하지만 그곳의 공기며 하늘, 들판이며 흙냄새를 기억 속에서라도 맡기를 나는 늘 원해요. 세상으로부터 내가 보호받을 수 있는 유일한 장소인 것 같거든요."

"우린 모두가 떠나온 내 별나라로 돌아갈 수 없는 운명인가 봅니다."

"지구별은 진정 타향일까요?"

"아마도……."

"우린 모두가 유랑자들이겠네요."

그게 마지막 데이트였다.

다음 날 정인은 새 임지로 떠나갔다.

"돌아가셨어요."

한참 만에 들려온 답변이었다. 하남시를 지나던 저녁 나절이었다. 여자가 사는 그 지역, 진눈깨비 흩날리는 어느 길목에 차를 세우고 휴대폰의 숫자판을 눌렀던 거였다.

"……!"

누가요!?라고 부르짖고 싶은 걸 눌렀다. 그 틈새로 여자의 그 '흰 빛'이, 정인의 가슴을 사르륵 쓸고 갔다.

"치료 중이었는데…… 끝내……."

정인은 소녀의 파리한 음색 너머로, 드레스 룸이나 문고리에 목을 매단 자살자들의 실루엣을 보아냈다.

"누구신데요?"

쓴물이 고여 오는 것을 삼키며 정인은 대답했다.

"아는 사람."

그리고 정적이 흐르다가 뜬금없는 음악이 터졌다. 백만 송이 백만 송이 백만 송이 꽃은 피고 그립고 아름다운 내 별나라로 갈 수 있다네……. 발원지는 정인의 차내 오디오였다. 실수로 오디로의 버튼을 눌러 불쑥 터져 나온 게 아니면, 이미 곡이 돌아가고 있었겠지만 볼륨을 줄여 들리지 않다가 어쩌다 터억 손에 걸려 소리가 높아진 때문일 거라고 나중에야 정인은 생각했다. 백만 송이 백만 송이 꽃은 피고 그립고 아름다운 내 별나라로 갈 수 있다네…….

"엄마가 즐겨 듣던 노래였어요."

백만 송이 백만 송이 백만 송이 꽃은 피고 그립고 아름다운 내 별나라로 갈 수 있다네…….

으음, 신음하며 정인은 카오디오의 볼륨을 제로 상태로 돌렸다. 그럼에도 그것은 환청처럼 들려오고 있었다. 먼 옛날 어느 별에서 내가 세상에 나올 때 사랑을 주고 오라는 작은 음성 하나 들었지……. 가끔 브라운관에서 열창하던 김동욱의 목소리였다.

"늘 행복하시길요."

돌아서는 여자를 한 번 불러 세웠던가. 정인이 새 임지로 떠나던 전야에, 저녁을 같이 먹고 좀 머뭇거리다가 헤어지는 마당이었다.

"언제 다시 만날 수 있을까요?"

"……."

대답 대신 웃는 여자 눈이 깊었다. 그게 마지막이었다. 아니 텅 비어 보이던 여자의 뒷모습이 마지막이었던가. 그, 여자의 뒷모습이 바로 자신의 모습인 것을 정인은 또한 놓치지 않았다. 그리고 밤길을 달려 오랜만에 귀향한 자신의 집 대문 안으로 몸을 들이밀 때까지 등 뒤가 몹시 허전하던 그 마음을 어떻게 표현해야 할까. 등 뒤에서 멀어져가던 여자를 생각하면 가슴도 눈앞도 먹먹해져만 가던 것을 기억해내며 정인은 눈을 감는다. 먼 옛날 어느 별에서 내가 세상에 나올 때 사랑을 주고 오라는 작은 음성 하나 들었지 사랑을 할 때만 피는 꽃 백만 송이…….

이상한 일이었다.

노래는 흐르지 못하고 있었다. 맴돌고 있었다. 먼 옛날 어느 별에서 내가 세상에 나올 때 사랑을 주고 오라는 작은 음성 하나 들었지 사랑을 할 때만 피는 꽃 백만 송이 피워 오라는……. 카오디오의 볼륨을 다시 높였지만 마찬가지였다. 먼 옛날 어느 별에서 내가 세상에 나올 때 사랑을 주고 오라는 작은 음성 하나 들었지 사랑을 할 때만 피는 꽃 백만송이 피워 오라는…….

"오빠가 없으면 어떡해?"

"곧 휴가도 나올 거고…… 3년이면 돼."

"오빠 따라가면 안 될까?"

"……."

반복되는 은희의 하소연이 답답했다. 은희가 두고두고 가슴에 얹혀 있는 건 그 때문일지도. 은희의 처지를 다 공감하지 못한 게 뼈아픈 통증으로 남아 있는 것이었다.

"아무리 여자라지만 어떻게 마음이 그리, 조석으로 변한답니까?"

컥컥 정인은 불현듯 기침 소리를 냈다. 여자가 목에 걸려버린 모양이었다. 먼 옛날 어느 별에서 내가 세상에 나올 때 사랑을 주고 오라는 작은 음성 하나 들었지 사랑을 할 때만 피는 꽃 백만 송이 피워 오라는…….

정인은 그 길목에 언제까지나 머물러 있었다. 흐르지 못하고 있었다. 운전석 등받이에 깊숙이 뒷머리를 대고 가끔씩 발작적인 기침 소리를 내며 떠날 줄을 모르고 있었다. 먼 옛날 어느 별에서 내가 세상에 나올 때 사랑을 주고 오라는 작은 음성 하나 들었지 사랑을 할 때만 피는 꽃 백만 송이 피워 오라는…….

검은 자가용 한 대가 싸락눈에 가볍게 덮여 있었다. 흰 눈에 소복이 쌓인 것도 아닌, 을씨년스런 것에 가까울 정도의 모습으로 희미한 가로등 불빛을 받으며 새벽녘을 맞고 있었다. 먼 옛날 어느 별에서 내가 세상에 나올 때 사랑을 주고 오라는 작은 음성 하나 들었지 사랑을 할 때만 피는 꽃 백만 송이 피워 오라는…… 김동욱의 목소리도 새벽녘을 맞고 있었다. 지구별의 어느 이야기를 새벽빛에 희미하게 바래지도록 간절히 노래하고 있었다.

구원의 서사에 새겨진 감각의 영원성

1. 프롤로그 : 빛과 색(色)의 향연

아름다움은 어디에서 기원하는가? 이 물음은 미학사의 가장 오랜 논쟁의 주제이면서, 오늘날에도 여전히 창조되는 수많은 예술작품들의 비밀에 속한 것이라고 할 수 있다. 무엇이 어떤 창조물을 예술작품으로 만드는가? 그것은 인간-존재에 관한 물음이면서 시대와 사회에 따라 변화하는 미의식에 관한 것이기도 하다. 인간은 무엇에서 아름다움을 느끼며, 시대나 사회의 예술적 형상은 왜 다른 것인지에 대한 답변은 존재론과 예술사회학 모두를 소환해야 하는 인문학의 큰 주제이다.

미술사에서 색(色)과 형(形)은 미적 자질의 두 축이다. 그리스 · 로

마 시대가 형태, 즉 비례나 비율 등을 아름다움의 핵심 자질로서 중시한 반면, 중세 시대는 빛과 색을 통해 신성한 아름다움을 형상화하였는데, 전자가 이성적 요소를 미의 가장 중요한 본질로서 사유하였다면 후자는 빛과 색에서 설명할 수 없는 어떤 정신과 상징적 의미를 발견한 셈이다. 빛(색)과 형태를 둘러싼 심미성의 문제는 비단 미술 분야에만 국한되지 않고 (형상)예술 일반의 미학적 핵심이라고 할 수 있다.

언어예술이자 시간예술인 소설 장르는 통념상 시나 드라마보다 이성적 능력이 더욱 요구되는 영역이다. 서사 구성과 기획은 본질적으로 고도의 전략적 이성이 필요한 부분인 데다, 단편소설은 세부 요소들의 유기적 짜임이 좀더 요청되는 문학적 형식이다. 갈래 자체의 일반적인 성격으로 본다면, 소설은 형(形)에 해당하는 구성력이 장르의 미의식을 견인하는 핵심 요소라고 할 수 있다.

그러한 점에서 고선의 소설은 서사 장르의 주류적 성격으로부터 일탈해 있다. 그의 소설은 본질적으로 상징적이고, 때때로 몽환적이다. 고선은 서사 자체의 장력에 치중하기보다 인물이나 대상에 대한 서술을 통해 생(生)에 관한 느낌과 태도를 표명한다. 그 표명의 양상은 일정한 성격을 드러내는 인물들이나 그들에 관한 연민의 서술 방식을 통해, 한편으로는 사물 세계에 대한 서술자의 주관적인 묘사를 통해 개진된다. 여기에서 눈여겨볼 대목은 고선의 소설에 유년의 서술자가 빈번하게 등장한다는 것, 혹은 성인 화자라고 하더라도 성장

기의 기억을 중요한 정서적 자질로 보존하고 있는 서술자에 의해 소설이 씌어진다는 점이다. 그래서 그녀의 소설은 이성에 기초한 세계의 서사적 이해라기보다 우리들의 유년기의 경험이나 기억이 그러한 (했던) 것처럼, 선험적이고 원초적인 감각으로 포착한 이 세계를 그려낸다. 하여 우리가 고선의 소설에서 보게 되는 것은 '지금-이곳'의 현실이라기보다 어떤 생(生)의 정념들, 몇 컷의 풍경으로 각인된 생의 감각이다. 그녀의 소설이 때때로 서사를 벗어나, 아니 서사적 필연성을 사물 세계에 대한 몽환적 감각으로 우회하는 것은, 이 세계에 대한 작가적 이해를 표명하는 한 방식인 셈이다. 그것은 이 소설집에 빈번하게 출현하는 색(色)에 대한 서술자의 각별한 환대에서 잘 드러난다.

> 석두가 앉아 있는 뒷면으로 청보리밭이 가없이 펼쳐져 있었다. 바람이 하늘하늘 불 때마다 보리밭은 파랗게 일렁였다. 그 빛이 너무 좋아 나는 울고 싶어진다. 빈 들에 하얗게 피어 있는, 잔잔한 풀꽃들을 보고도 울고 싶던 날들이 있었다. (「석두가 왔다」, 202쪽)

> 보리풀 내음이 코끝을 스칠 때의 그 아늑하고도 평화로운 정서가 저 먼 땅 끝에서부터 피어오르는 듯하다. 그 끝이면 또 큰아버지와 석두가 하얗게 밀려들면서 가없는 청보리밭이 내다보인다. 얼마나 외로웠을까, 힘이 들었을까. 그 옛날엔 미처 몰랐음

을, 위로하지 못했음을 자책하며. (「석두가 왔다」, 222쪽)

눈이 내린다. 저 눈밭을 걸어서 내일 밤도 석두는 오는 것일까? (「석두가 왔다」, 223쪽)

스러져가는 눈발 속에서 희뜩 날아드는 것이 있었다. 꽃잎인 줄 알았다. 그러나 곧 창백한…… 아주 창백한 '흰빛'의 그 무엇이라는 것을 감지하게 된 순간 정인은 그것이, 자신의 가슴으로 건너와 사르륵 내려앉는 것을 보아냈다. 먼 꿈속의 일처럼 바라보게 되었다. (「백만 송이 장미」, 226쪽)

고선의 소설에서 쉽게 발견할 수 있는 색을 묘사한 부분 중 일부이다. 서술자가 깊은 연민을 갖고 있는 인물과 관련되고 여기에 과거의 기억이 동행하고 있다는 것, 아울러 서술자의 내면과 대상 현실이 혼용된 방식으로 기술되어 있는 것 등이 인용 부분의 공통점이라고 할 수 있다. '석두'와 '큰아버지'에게 깊은 연민과 애정을 지닌 서술자가 '석두'의 배후에서 보고 있는 것은 "청보리밭"의 풍경, 이 '보리밭'을 소설은 "파랗게 일렁였다"고 적고 있다. 이 서술의 맥락을 고려하면 보리밭에 붙은 '청'은 하늘이나 바다 등의 색을 가리킬 때 사용되는 '청색(靑色)' 계열인 것이며, 이는 소설 「청동의 방」 등에 묘사된 '파란색'과 큰 범주에서 하나로 묶이는 색채 이미지라고 할 수 있다. 이 청색과 함께 동반되는 색은 '흰색', 석두는 "눈밭을 걸어서" 오고, 「백만 송이 장미」의 화자 정인은 여동생 은희를 연상시키는 '여자'에게서 "흰빛"을 본다. 청색 위로 오버랩되는 흰색의 이미지는 모두 불우한 생을 살다 간 인물들을 소환하는, 설움의 색인 것이다. 눈여겨볼 대목은 고선의 소설이 인물들을 통해 이 '흰색(빛)'을 보게 한다는 점, 다시 말해 서술자로 하여금 인물에 대한 깊은 연민과 우수의 연대 형식으로서 이 한과 슬픔을 대언(代言)하게 하는 방식을 취하고 있다는 점이다. 이는 고선 소설이 저 생명의 색(色)과 한의 '빛'을 투사하는 방식이자 설움을 구원하는 소설적 형식인 셈이다.

고선의 소설을 잘 읽어내는 지혜는 서사에 균열을 내고 솟아오르는 것들, 그 결절 지점에 펼쳐지는 원초적인 생의 이미지에 몸을 맡기는 데서 얻어질 것이며, 불우한 생을 살면서도 무연(憮然)한 안쓰러운 인물들, 그 서러운 인생들을 예민하게 목도하는 저 서술의 시선을 섬세하게 살피는 데 연유할 것이다.

2. 음악적 주술과 혼몽의 시학

고선의 소설에는 마치 광 속의 풍경처럼 시간의 더께를 입은 내면의 서사들이 경이롭게 들어앉아 있다. 희미한 빛으로 둘러싸인 사물마냥 옛 정취를 입고 있는 그녀의 서사들은 현실과 환상을 오가며 생의 비의(秘義)를 그려낸다. 그녀의 소설이 주는 기이한 느낌은 어떤 주술에 든 것처럼 이 세계의 알 수 없는 힘 속으로 읽는 이들을 밀어

넣는다. 그것은 고선의 소설이 기반하고 있는 동화적 환상과 신화적 원초성에서 기인한 것일 텐데, 이러한 성격은 하나의 작품뿐만 아니라 그녀의 소설 세계, 나아가 고선의 문학 전체를 가로지르는 특징이다. 뜻밖의 돌출과 서사적 비약을 자연화하거나 특정한 이미지 주위를 끝없이 선회하는 서술 전략은 그녀의 소설이 주술력을 선취해내는 타고난 능력인바, 이는 고선의 글쓰기가 본질적으로 어떤 세계에 '들려' 있는 자의 작업임을 시사한다. 찰나에서 이 세계의 본질을 포착해내는 것을 '시적'이라고 말할 수 있다면, 고선의 글쓰기는 장르적 경계를 떠나 모두 시적이다. 그녀는 자신의 생을 스쳐간 어떤 순간에 들른 자이며, 그 순간을 에피파니(epiphany)로서 공궤(供饋)하는 자이고, 이미지의 영원성을 사는 자이다.

그녀의 서로 다른 소설에서 우리가 어떤 형제애를 느끼게 되는 것은, 상이한 서사에 흔적처럼 박혀 있는 이미지들의 친연성, 변주되면서 다시 돌아오는 모티브들의 완강함 때문일 것이다. 뿌리식물처럼 순간의 기억들을 영원의 이미지로서 줄줄이 매달고 있는 (무)의식의 도저함이 그 속에는 자리 잡고 있다. 고선의 소설에서 우리가 겪게 되는 데자뷔(déjà vu)의 경험은 변주되면서 반복되는 이 완강한 서사적 모티프나 이미지들의 선회에서 기원하는 것일 터이지만, 이는 궁극적으로 세계를 감수(感受)하는 그녀의 생-체험 양상의 문학적 반영이라고 할 수 있다. 그녀의 작품을 휘감고 있는 혼몽함은 여기에서 비롯된다. 이는 그녀의 글쓰기를 구성하는 내용이자 형식적 특성이다. 이와 같은 속성은 그녀의 시에도 동일하게 해당된다.

전생을 잊을 수 없는 까닭일까
간이역으로 가는 길
철길 옆
처마 낮은 붉은 벽돌집
그 벽돌집이 유달리 정겨운 건,

분꽃 피는 마당
내 생각의 울타리 감고 오르는 덩굴장미
예사롭지 않아

아주 오랜 옛날
나는 그 집의 첩이었거나 계집종이었거나

분꽃이 피고 장미가 피는 내내
내 몸에 분내가 나고
본처의 손톱 같은 붉은 가시에 찔려,
나는 필시
누군가를 친친 감아올린
시앗, 또는 그 몸종이었으리

폭풍우와 지축을 흔드는 우렛소리 지나
현생으로 건너와
이렇게 망연히 바라보는 날,

뒤란 두레박 소리, 나지막이
담장을 넘어오는 먼 그 집 앞

—「그 집 앞」 전문

　시집『내 처음의 딸이 라섹을 하는 동안』(2009)에 수록된 위의 작품
은 고선의 문학에 편재한 이미지나 모티프들을 편린처럼 담고 있다.
이생을 전생(前生)의 삶에서 바라보는 화자의 시선 속에서 세계는 원
환적(圓環的)이다. "철길 옆 처마 낮은 붉은 벽돌집"의 "덩굴장미"에
머무는 시선은 어떤 삶을 기억하고 되사는 (무)의식이며, 담장을 넘
어온 장미처럼 '저 생'에서 "현생으로 건너와" 이곳을 "망연히" 바라
보는 감각이다. 이 감각은 '지금–이곳'에 속한 것이지만 기억의 전생
에 뿌리를 둔 것이어서 감각의 현세성을 넘는, 통(通)—의식의 현현
(顯現)이다. 물론 그것은 이 시의 핵심 이미지—"붉은 벽돌집"의 "덩
굴장미"가 암시하는 "누군가를 친친 감아올린 시앗"의 관능성, 그 속
에 내포된 강렬한 생명력의 열망을 품은, 욕동(慾動)하는 의식이다.
저 생의 삶을 이생에서 기억하고 소환하는 정관(靜觀)하는 시선, 그
의식 속에 깃든 열렬한 생명에의 욕망이 그녀의 시와 소설 속에 반복
되는 이미지나 모티프를 통해 출현하는 것이리라. 이 생의 이미지에
서 저 생의 삶을 반추하고 어떤 찰나에서 불멸의 생을 사는 시선의
그윽함과 혼몽(昏懜), 그리고 그 속에 들러붙은 생의 처연함을 우리는
고선 소설의 다양한 구성 요소들을 통해서 확인하게 된다.

음악성은 고선의 소설에 내포된 이러한 몸의 감각을 부려놓는 내용이자 형식으로서, 그녀의 서사들은 자신의 몸에 기입(記入)된 언어의 속성에 힘입어 스스로를 영원화한다. 고선의 서사에 다양하게 새겨진 언어의 음악적 양상들은 서사의 현세적 성격을 휘발시키는 주술로서, 혹은 서사에 들러붙은 감정을 페이드아웃(fadeout)하는 감각으로서 작용하는바, 그것은 마치 알라딘의 램프를 타고 오른 거인처럼 그녀의 서사를 부양(浮揚)한다. 음악성은 그녀의 소설이 갖는 속성들을 아우르는 핵심 자질로서 현세적 감각에 시간을 덧입히고 우수와 비애의 정념을 주술화함으로써 고선의 서사를 생의 원체험, 생의 근원적 풍경으로서 부조한다.

엄마가 섬 그늘에 굴 따러 가면 아기가 혼자 남아 집을 보다가 팔 베고 스르르르 잠이 듭니다…… (「초록 뱀」, 39쪽)

소올~솔솔 오솔길에 빨간 구두 아가씨 또옥~똑똑 구두 소리 어딜 가시나…… (「빨간 구두 발자국」, 98쪽)

눈보라가 휘날리는 바람찬 흥남부두에/목을 놓아 불러봤다 찾아봤다/금순아 어디를 가고 길을 잃고 헤매었더냐/영도다리……/뽕이요! 초약이요! 사광에다 똥광이요!' (「아주 오래 낯익은」, 196쪽)

동술이 고추는 물고추 맹탕맹탕 물고추 된장에다도 못 찍어
먹는 맹탕맹탕 물고추…… (「천년 동안」, 85쪽)

『천년 동안』에 수록된 작품 대부분에서 확인할 수 있는 이러한 표
현들은 주기적으로 반복됨으로써 소설의 정조(情調)를 생성하는 데
기여한다. 대체로 (놀이) 노랫말의 일부인 이들은 고선의 소설을 가
로지르는 음악성을 단적으로 드러내는바, 주술처럼 반복되는 이 표
현들은 그녀의 소설의 독특한 정취를 만들어낸다. 여기에서 '주술적'
이라는 것은 이러한 노랫말이 단순한 노래 가사를 넘어 개별 인물의
정서적 체험을 보편화하고 순화하는 치유의 능력을 발휘할 뿐만 아
니라 독자들에게는 마치 이명이나 환청 같은 감각적 잉여를 지속시
킨다는 점에서이다. 이를테면 "엄마가 섬 그늘에"로 시작하는 「초록
뱀」의 노랫말은 유년 화자의 모성을 향한 근원적 동경을 자연화하고,
"빨간 구두 아가씨"를 부르는 노랫말은 이성을 향한 관능성을, 「아주
오래 낯익은」의 '흥남부두'와 화투판의 추임새는 생의 비애와 운명적
고단함 등에 음조를 부여함으로써 그와 같은 정념들을 낭만적 시간
속으로 휘발시킨다.
　이와 같은 주술적 노랫말을 통해 고선의 소설은 기묘한 음악성을
띠게 된다. 물론 주술적인 노래 이외에도 랩을 하는 「갈치 총각」의 유
년 화자 아랑의 화법─"빠글빠글 아줌마～ 그렇게말하지마 걱정돼
서말해준걸 고맙다고는 못해도～ …(중략)… 그냥한번웃어주면뭐가

뭔지몰라도상쾌해질텐데"—이나 「꽃신 한 짝」에 등장하는 은희의
말더듬이—"스스스스 스스스 스, 스승우 거거건요?" "우, 우우리 피,
피피핀치기나 하하자"—화법 등도 생의 정념을 각별한 리듬으로 처
리하는 고선 소설의 특성을 보여준다. 아빠의 부재를 랩으로 변주해
내는 아랑이나 이란성 쌍둥이 승우만을 편애하는 모성에 대한 결핍
을 말더듬으로써 표현하는 은희의 화법은 고통의 세계를 떠안는 고
선 소설의 미학적 방법이다.

그녀의 문학에서 음악성은 본질적이다. 현재의 슬픔과 고통은 어
떤 리듬으로 기억되고 고유한 음악 속에서 망각된다. 고선의 비애와
결핍과 한스러움은 리듬을 통해, 고유한 음악적 감수성을 통해 이 세
계를 넘는다. 음악은 이생에 내재한 슬픔과 고통을 치유하는 주술이
자 생의 기억들을 심미화하는 자양이다. 그녀의 소설에 빈번하게 등
장하는 나비의 이미지나 발자국 소리, "둥둥둥둥" "동동구리무 장
수", 그리고 꿈과 몽환의 다양한 이미지 역시 고선의 소설에 편재하
는 광의의 음악성이 실현되는 방식인 셈이다. 그녀의 소설은 우리에
게 서사 속에 내장된 유서 깊은 음악의 전통을 생각하게 한다. 음악
은 세계를 담아내는 이야기의 형태 속에, 끊임없이 이야기에 귀를 기
울이려는 욕망 속에, 그리고 이야기를 하고 듣는 과정 속에 실현됨으
로써 현실의 삶을 구원한다.

3. 유년 화자와 성장의 서사

고선의 소설에 나타나는 가장 중요한 특징 중의 하나는 서술자가 주로 어린 여자아이라는 점이다. 「초록 뱀」의 수연이나 「빨간 구두 발자국」의 은우, 「청동의 방」의 '나' 「갈치 총각」의 아랑, 「천년 동안」과 「꽃신 한 짝」의 은희 등, 「백만 송이 장미」, 「아주 오래 낯익은」을 제외하고 소설집에 수록된 작품들에는 모두 유년의 여성 화자가 등장한다. 그녀의 작품은 유년 화자가 작품 전체의 서술자이거나 동일 인물의 유/성년 화자를 함께 배치하는 경우로 나눌 수 있지만, 주된 서술자가 어린 여자아이라는 점은 고선 소설의 주요한 특징이다. 서술자는 세계를 경험하는 시선과 감각의 주체라는 점에서 성인이 아닌 유·소년의 여성 화자를 주요 서술자로 삼는 고선의 소설은 그 자체로서 의미 있는 개성을 시사한다. 세계를 이해하는 인식 수준의 한계에도 불구하고 어린 여자아이가 서술자로 빈번하게 등장하는 것은, 일차적으로 고선의 서사를 구성하는 이야깃거리가 유년 시절의 체험으로부터 온 것이라는 점에서 기인한다. 유년의 서술자가 등장함에도 불구하고 그녀의 소설에서 지나온 세대의 생활상을 구성할 수 있는 것은 작가의 개인적 경험이 그 서사를 뒷받침하고 있기 때문이다. 지금은 접하기 어려운 소재나 어휘들—씨받이, 방물장수, 상엿집, 동동구리무 장수, 물자세, 똑다리, 소금장수, 꽃신, 아이스께끼, 창포화장품 장수—이 산재(散在)해 있어서 그녀의 소설은 서사

자체의 핵심적 성격이라고 할 수 있는 몽환성을 구현하는 데 효과적이다.

　아주 먼 과거는 아니지만 현재에는 찾아볼 수 없는 사물들이 출현함으로써 고선의 소설은 한 시대의 핍진한 기록의 성격을 띠고 있지만 이를 단순히 과거 경험의 서사적 복원으로만 해석할 수 없는 것은, 그녀의 작품들에 나타나는 어떤 반복적 친연성 때문이다. 이 친연성은 유사한 성격을 띤 유년 화자에서 비롯된 것이지만 본질적으로 그러한 화자를 서술자로 삼게 되는 (무)의식적 동기에서 연원한다. 기억의 생태학이라고 할 수 있는 그녀의 소설에서 어떤 일군의 모티프들이 반복해서 등장하는 것은 이와 관련된다. 고선의 소설은 왜 유년 화자로 말하는가? 아니 유년 화자로 말할 수밖에 없는가?

　이 물음에 답하는 것은 고선 소설의 의미를 해명하는 일이다.

　먼저 『천년 동안』의 여성 유년 화자들은 공통적으로 어린 나이임에도 불구하고 현실의 상황을 직감적으로 파악해내는 영민한 존재들이다. 그들은 대체로 현실적 결여 속에서도 위축되지 않은 채 주변의 상황에 나름대로 대처한다. 유년기 아이들의 일반적인 특징처럼 그들은 놀이의 세계에 발을 걸쳐놓고 있으면서도 세상살이의 이치를 나름대로 헤아리는 자들이다. 고선 소설의 유·소년 화자는 우호적이지 않은 환경 속에서 어른의 세계를 파악하는 예민한 감수성의 소녀들이다. 오정희 소설의 유년 화자처럼 그들은 영악한 애-어른이다.

빠글빠글 아줌마 대답도 듣기 전에 갈치 총각은 갈치 두 무더기를 도마 위에 올려놓고 가위로 자르기 시작한다. 저거 봐라, 순 약아빠졌어. 여느 생선 장수들은 나무 등걸 같은 목도마 위에 생선을 올려놓고 활처럼 휜 생선 칼로 턱턱 내리치는 수고를 아끼지 않는데 저게 뭐야, 꼭 게으른 사람들의 작태인 거야, 어? 이번엔 반찬가게 아줌마 잔소리잖아. 육시랄 하네. (「갈치 총각」, 127쪽)

엄마 손이 다시 재바르게 움직인다. 이젠 볼연지를 안 해도 발그레지는 엄마 얼굴을 나는 까막까막 바라본다. 조금 부자가 될 때까진……. 그게 왜, 목에 걸릴까. 아름다운 것 아니면 슬픈 무엇으로 비치는 엄마……. 엄마엄마엄마~ 나는 다시 흔들흔들 어깻죽지, 궁둥짝을 흔들어대기 시작한다. 슬퍼도 기뻐도 춤을 춘다, 노래를 한다, 랩을 한다, 엄마엄마엄마~ (「갈치 총각」, 143쪽)

나는 부엌으로 들어갔다. 찬장 수저통에서 멀쩡한 놋숟가락 하나를 꺼내 들고 장독대로 갔다. 바닥에 깔린, 해바라기 울에 걸린 잔광에 은빛으로 튀는 돌멩이에 대고 박박 숟갈을 갈았다. 지난번 흘금흘금 나를 바라보던 엿장수 때문이었다. 아닌 게 아니라 멀쩡한 숟갈로는 면목 없는 노릇이었다. 많이 주세요, 많이! 나는 혼잣말을 해보았다.
주춤주춤 엿장수에게 다가가 숟갈을 내밀었다. (「초록 뱀」, 39쪽)

「갈치 총각」의 화자인 '아랑'의 아빠는 경제사범으로 소식이 끊긴 채 집에 돌아오지 않고 있다. 시장에서 미용실을 운영하는 엄마와 엄마에게 좋은 감정을 갖고 있는 김 경사 사이의 에피소드, 그리고 결미에서 아빠로 밝혀지는 '갈치 총각'에 관한 서술을 중심으로 진행되는 이 작품에서 아랑은 나이에 맞지 않게 어른들의 사정을 소상하게 꿰뚫고 있다. 어른들 사이에서 오가는 이야기들은 이 유년의 화자가 세상을 이해하고 판단할 수 있도록 하는 중요한 통로인데, 고선 소설에 등장하는 대부분의 유년 화자들은 어른들의 말을 흘려보내지 않는다. 인용 부분은 유년 화자의 두 가지 특성을 잘 보여준다. 전반부는 갈치 해체 장면을 보고 있는 화자의 내면으로 이 대목에서 아랑의 시선은 어른의 그것과 다르지 않다. "육시럴 하네"라는 표현이 단적으로 보여주는 것처럼 아랑의 화법은 아이의 언어가 아니라 어른의 말이다. 말은 내면의 표현일 것인데, 나이에 어울리지 않는 언어 구사는 이 유년의 화자가 어른들의 세계를 (부분적으로) 내면화하고 있음을 뜻한다. 이러한 특성은 「초록 뱀」의 수연에서도 유사하게 드러나는데, 엿장수의 시선을 읽고 깨끗한 놋수저를 돌에 박박 갈아대는 장면은 고선 소설의 유년 화자의 영악함과 위악성을 잘 보여준다.

고선 소설의 유년 화자는 폭력적인 현실과 생의 결핍으로 인해 내상(內傷)을 입은 존재들이다. 그들은 대체로 부모로부터 온전한 사랑을 받지 못하거나 강퍅한 현실 환경에 노출됨으로써 어른들의 세계에 일찍 눈을 뜬 자들이다. 영악하고 위악적인 이러한 유년 화자의 반복적인 등장은 고선의 서사가 단순히 작가의 현실적 체험의 소산을 넘어 이 세계에 대한 어떤 (무)의식적 태도임을 의미한다. 폭력적인 현실로 인한 고통을 성인의 서술자가 아닌 유년의 여성 화자를 통해 형상화하는 것은 해소될 수 없는 상처의 근원성, 이 생의 치명적인 비극성에 대한 표현이다. 아이들에게 오는 고통은 그들의 생 속으로 깊이 뿌리를 내리는 법이다. 고선의 유년 화자가 보여주는 조숙한 내면과 위악성은 어찌할 수 없는 이 생의 비극성을 받아안는 작가의 (무)의식적 전략이자 섬뜩한 서사적 대응인 셈이다. 세계에 대한 거부나 싸움 걸기 방식이 아닌 독특한 활력을 지닌 유년-여성 화자로의 내면화는 생에 대한 고선의 감수/대응 방식이다. 드물게도 성인 화자가 등장하는 「아주 오래 낯익은」의 서술자가, 아버지와 대물림된 동생의 도박으로 인해 경험한 헤어날 수 없는 삶의 부하를 고선의 유년 화자는 생래적인 결핍으로서 무의식적으로 내면화하고 있는 셈이다.

그런데 이 유년의 화자는 영악하고 위악적이지만 그악스럽거나 악마적이지 않다. 이는 고선 소설의 전체적인 경향, 따뜻한 비관주의와 연관된다. 그녀는 폭력적인 현실에 대항하기보다 이를 생의 운명으로서 받아들이고 인간에 대한 보편적인 연민으로 감수한다. 아버지가 부려놓은 짐 때문에 평생을 고통 속에서 살았음에도 불구하고 「아주 오래 낯익은」의 서술자는 부친과 동생의 삶을 회한의 생으로서 받아들인다. "눈보라가 휘날리는 바람찬 흥남부두에~"로 시작하는 아버지의 노랫말을 상기하면서, 술집에서 마주한 가난한 노인의 그림자에 아버지와 아버지로 인해 자살한 형, 그리고 평생의 짐이었던 동생과 고단한 삶을 살아가고 있는 아내의 그림자를 겹쳐놓는 서술자에게는 생의 비극성을 보편적인 것으로서 떠안는 작가의 시선이 잠복해 있다. 앞에서 언급한 고선 문학의 음악성은 이 따뜻한 비관주의와 관련된다. 위에 인용한 「갈치 총각」의 후반부 대목에서 김 경사에게 마음이 흔들리는 엄마의 표정을 읽고, 아울러 엄마를 위로하는 유년 화자 아랑의 랩은 생에 대한 작가의 이러한 양가적(兩價的) 시선, 즉 생래적 운명에의 배애와 이를 생에 대한 보편적 연민으로 수용하는 따뜻한 비관주의를 형상화한다. 엄마의 "재바르게 움직이는" 손과 "발그레 지는" 얼굴에서 김 경사를 향한 이성적 호감을 살핀 영악한 서술자가, 분명하지는 않지만 아름다움과 슬픔을 함께 읽어내어 이를 랩의 리듬으로 표현해내는 것은 고선 소설의 성격을 웅변적으로 시사한다. 생의 진실에 일찍 눈을 뜬 조숙한 화자의 위악성과 생의 비극성을 보편적 연민으로서, 음악적 유희로서 승화해내는 작가적 시선이 그녀의 유년 화자 속에 내재되어 있는 것이다. 세계에 대한 상처와 치유의 결점점으로서 유년 화자는 자리하고 있는 셈이다.

4. 성(性)의 세계와 원형적 관능

조숙하고 영악한 유년 화자가 등장하는 고선의 서사는 자연스럽게 성장소설의 성격을 띠고 있다. 그녀의 화자들은 유희적 세계에 속한 존재이면서 성인의 세계에 눈을 떠가는 과정적 존재들이다. 비의(秘義)로 가득 찬 삶은 알 듯 말 듯 모호한 어른들의 세계이다. 유년의 화자가 주를 이루고 있는 고선의 서사에는 성장소설의 핵심 요소인 성(性)의 이미지들이 편재해 있다. 대체로 가족의 서사가 중심을 이루는 소설에서 유년의 여성 화자들은 성인의 세계를 예민한 촉수로서 감지하고 자기 또래의 이성과 교감하며 성의 세계로 진입한다.

제우가 온다.

가시덤불을 헤치며 오는 까만 낯꽃을 본다. 검은 눈에 반딧불 같은 파란 불을 켜고 이리로 오는 군홧발 소리를 나는 듣는다. 열 대의 커다란 거미며 도마뱀이 득시글거리는 덤불을 헤치는 군홧발 소리에 당나귀 귀처럼 커지는 내 귓속으로 휘파람 소리 들려온다. 빨간 구두 소리 들려온다. 백구두 소리가 들려온다. 그 백구두 등에 통이 넓은 흰 나팔바지 자락 스치는 소리가 쓰윽쓰윽 들려온다. 그 소리에 당나귀 귀 내 귀에서도 파란 불이 켜지는 것을 나는 문득 안다. 깜박깜박 수많은 반딧불이 뿜어져 나오는 그곳이 어쩌면 내 눈인 것을 또한 안다. 아니, 제우 눈에서 뿜어져 나오는 파란 불을 나는 착각하고 있는 것인지도. (「빨간 구두 발자국」, 104~105쪽)

군홧발, 가시덤불, 까만 낯꽃, 반딧불, 파란 불, 커다란 거미, 도마뱀, 당나귀 귀, 빨간 구두 등 인용 부분은 성적 상징물들로 가득하다.

피 안 섞인 오빠인 '제우'와 함께 등장하는 "발자국 소리", 이 소리가 동반하는 이미지들은 프로이트를 군이 인용하지 않더라도 전형적인 성적 욕망의 상징물이다. 유년의 화자가 성년이 되는 과정을 그리고 있는 이 소설은 주술처럼 "빨간 구두 아가씨"를 부르는 노랫소리를 지속적으로 등장시킨다. 유년 화자의 내면에서 반복되는 이 소리는 다른 세계를 향한 유년 화자의 무의식적 환상으로서 그것은 성인 세계로의 이월을 꿈꾸는 유년 화자의 상상이다. 제우의 실제적 모습과 시·청각적 환상이 결합된 이러한 이미지가 반복적으로 등장함으로써 소설은 성인의 세계로 진입하는 서술자 '은우'의 성장과정을 담아낸다.

이와 같은 성적 이미지는 여러 작품들에서 쉽게 확인할 수 있다. 이란성 쌍둥이 사이의 기묘한 교감을 그린 「꽃신 한 짝」에서 유년 화자 은희의 내면은 '꽃신'에 집중한다. 무성(無性)의 상징인 검정 고무신의 세계에서 꽃신을 향한 서술자의 (무)의식적 욕망은 꿈과 현실을 넘나든다.

> 어머니가 불쑥 승우 손에 들린 꽃신을 낚아채 사납게 집어던졌다. 꽃신은 개천으로 이어지는 봇도랑 물을 타고 곤두박질치듯 떠내려간다.
> '안 돼! 내 신발!'
> 흐흐 웃음을 물고 돌아서는 어머니 어깨 너머로 "왜 그러니?" 하는 승우 얼굴이 밀려들었다.

식은땀에 젖은 아랫도리에서 불쾌감이 일었다. 꽃신은 내 발
에 얌전히 신겨 있었다. 간간이 아랫배에서 꾸르륵 소리가 났지
만 통증은 미약했다. (「꽃신」, 164쪽)

「빨간 구두 발자국」의 '구두'와 동일한 성격을 띠고 있는 '신발'은
성적(性的) 상징이다. 학교 소풍이 파하고 쌍둥이 남자 형제 승우와
돌아오는 중에 토사곽란을 하고 잠시 들른 농막에서 꾼 꿈의 내용은
유년 화자 은희의 무의식을 잘 드러낸다. 꿈속에서 은희의 꽃신을 갖
고 있던 사람은 승우이고, 그에게서 꽃신을 빼앗아 집어던진 이는 어
머니이다. 이 꿈은 이란성 쌍둥이에 대한 부정적인 인습을 믿고 있
는 어머니로부터 심한 차별을 경험한 유년 화자의 현실이 반영된 것
이지만, 한편으로는 "식은땀에 젖은 아랫도리"의 불쾌감과 연관된 초
경의 육체적 징후이기도 하다. 은희가 집착하는 꽃신은 여성적 정체
성의 상징물로서 그것에 대한 은희의 욕망은 성의 세계, 어른의 세계
로 진입하기를 원하는 간절한 입사(入社) 의식의 일환인 셈이다. 그러
한 점에서 보자면 은희를 승우로부터 격리시키고 학대하는 어머니는
입사를 가로막는 핵심 난관이다. 이러한 어머니의 역할을 「빨간 구두
발자국」에서는 '아빠'가 수행한다.

그러나 정작 아빠는 내 발이 빨간 구두 속에 들어갈 만큼 자랐
어도 구두 신는 것을 허용하지 않았다. 애초 내 방 윗목에 있던
그것을 당신 방 윗목으로 옮겨놓고는 손도 대지 못하게 했다. 빨

간 구두를 신고 요리조리 폼을 잡다 들키면 무차별 매질을 가했
다. 말을 몰 때마다 쓰는 가죽 채찍을 휘둘렀다. 엄마의 하이힐
때문일 것이었다. 나들이 갈 때마다 엄마는 하이힐을 신었다. 또
각또각 마당을 울리고 고샅을 울리면서 엄마는 마을을 빠져나가
곤 했다. 하이힐 때문에 엄마 궁둥이에 바람이 든 거라고 굳게 믿
는 아빠였다. (「빨간 구두 발자국」, 113~114쪽)

  여기에서 아빠는 '구두'를 허락하지 않는다는 점에서 「꽃신 한 짝」
의 엄마와 유사한 역할을 맡고 있다. "내 발이 빨간 구두 속에 들어갈
만큼 자랐어도 구두 신는 것을 허용하지 않"는 아빠는 성인 세계로의
진입을 막는 장애물이다. "빨간 구두"로 비유된 (여)성적 정체성은 금
기의 상징물로서 위험한 대상이다. 전통적인 금기의 색깔로서의 '빨
강'과 성적 상징물인 '구두'가 결합된 "빨간 구두"는 여성적 정체성과
욕망을 상징하는 사물로서, 위의 소설에서 아빠가 빨간 구두를 신지
못하게 하는 이유는 표면적으로는 엄마처럼 딸에게서 바람기가 작동
할 것을 우려하기 때문이지만, 한편으로는 딸에게 성적 욕망이 부여되
는 것을 원하지 않기 때문이다. 이 소설의 '아빠'와 「꽃신 한 짝」의 엄
마는 딸과 아들을 지키려 한다는 점에서 이른바 '오이디푸스·엘렉트
라 콤플렉스'의 역투사적 모티프인 셈이다. 고선의 소설은 지나간 세
대의 현실을 반영하고 있으면서도 인류학적 보편 상징 서사/모티프를
담고 있다는 점에서 중의적이다. 그녀의 소설은 작가적 체험을 담은
현실-서사이면서, 동시에 원형적이다. 고선의 작품이 유년 화자와 성

장 모티프를 중요한 구성 요소로 삼고 있다는 점은 그녀의 서사가 지닌 이러한 양가성을 구현하는 데 일조한다. 물론 고선의 서사 구조는 작가 의식의 반영으로서 원형적 상징으로만 해소할 수 없는 어떤 잉여가 있다. 그 안에는 소설을 통한 어떤 구원의 가능성이 내장되어 있다.

5. 혼성의 에로스와 대문자 모성

주로 가족의 이야기를 다루고 있는 고선 소설의 특징 중 눈에 띄는 점은 부성/모성의 형상, 그리고 유년 화자를 통해 이루어지는 사랑의 모티프이다. 고선의 작품은 치밀한 서사로 직조된 세계라기보다 이미지와 서술의 음악성, 그리고 상징성이 중요하게 작동하는 세계이다. 서술자가 대체로 유년 화자이고 상징적 성격을 띤 사물과 이미지들이 반복적으로 등장하며, 서사적 도약이나 꿈, 환상 등을 자주 사용한다는 점에서 고선의 소설은 시적이다. 그녀의 소설은 서사보다 이미지를 우위로 하고 있으며, 이는 세계를 바라보는 작가 의식의 반영이라고 할 수 있다.

고선의 소설에서 주목할 대목 중 하나는 그녀의 작품 속 화자들의 결핍이 대체로 부성(父性), 혹은 부성의 부재에서 비롯된다는 것이다. 그녀의 소설은 여성 인물이 주를 이루고, 등장하는 남자들 또한 대체로 무능력하거나 식물적이다. 고선의 작품에서 강한 가부장적 남성을 찾기는 쉽지 않다. 「갈치 총각」의 화자 아랑의 아버지는 경제사범으로 소식이 끊어진 지 오래이고, 「꽃신 한 짝」의 화자 은희의 아버지는 벙어리 누이를 구하려다 기차 사고로 일찍 세상을 떠났으며, 「청동의 방」의 아버지는 폐병을 앓다가 병사했다. 또한 「석두가 왔다」의 큰아버지, 「초록 뱀」이나 「빨간 구두 발자국」 속 유년 화자의 아버지는 서사의 전면에 등장하지 않고, 「아주 오래 낯익은」 속의 아버지는 노름으로 가족 구성원들의 삶을 고단하게 만든 존재이다. 「천년 동안」의 아버지 역시 가장의 역할을 전혀 감당하지 않는 존재이며 큰아버지는 아이들의 놀림의 대상이다. 여성 화자가 주를 이루는 고선의 소설에서 부성은 무능력하거나 부재하다.

> 수돗가 위, 등나무 덩굴이 연두색 이파리를 피워낼 즈음이면 아버지는 어김없이 대문에 파란색을 덧입혔다. 펭귄표 파란 페인트에 시너를 섞어 나붓나붓 붓질을 해갔다. 그럴 때면 아버지의 방 창문 너머로 보이는 스킨답서스가 넘실거리는 것을 나는 볼 수 있었다. 병약한 몸에 대한 위로였을까? 대리 욕망이었을까? 넘실거리는 파란빛, 아버지는 그 그늘에서 넘실거리는 듯했다. 그때마다 아버지의 창백한 이마를, 그 위로 흘러내린 버석한 머리칼을 쓸어 올려주고 싶었다. (「청동의 방」, 16쪽)

> 아버지처럼 생긴 남자였다. 하얀 피부에 깊게 쌍꺼풀 진 눈, 호리호리한 키, 옆으로 가르마를 탄 긴 상고머리가 천생 아버지 모습이었다. 시인이래. 레지 언니들이 속삭였다. 역시 아버지 이력이었다. (「청동의 방」, 19쪽)

인용문은 고선 소설에 등장하는 부성의 전형적인 인물 형상이다. 이 작품에서 아버지는 병약하고 무능한 존재로서, 시적 낭만성을 지닌 인물로 형상화되어 있다. 서술자는 폐병을 앓고 있는 아버지를 덩굴성 식물인 '스킨답서스'와 겹쳐서 묘사하고 있다. 묘사된 아버지의 외모는 전형적인 한량형 인물이다. 타오르는 식물적 관능을 의미하는 '스킨답서스'와 병약함, 그리고 시인의 이미지로서 형상화된 아버지는, 후술하겠지만 화자의 관능성으로 흡수된다. 반면 모성 형상은 생활력이 강하고 주도적이다. 부성의 자리를 채우는 모성이 강한 것은 지극히 자연스러운 것이라고 할 수 있다.

고선 소설의 성인 여성들은 대체로 일을 하면서, 무능하거나 부재한 가장의 자리를 메운다. 위의 인용한 「청동의 방」의 엄마 역시 이용원과 다방을 관리하면서 생계를 책임지고 남편이 병사한 뒤에 죽은 남편과 유사한 이미지를 지닌 '설 선생'과 사귀는데, 여기에서 흥미로운 대목은 이 모성적 존재들이 가장의 역할을 (부분적으로) 수행하면서도 무능한 남성을 억압하지 않는다는 점이다. 아울러 특기할 만한 점은 고선 소설의 화자들이 이러한 부성에 대해 표면적으로 특별한 동경이나 그리움을 보이지 않으며, 부성의 자리를 채우는 현실의 모성에게도 특별한 정서적 애착이 없다는 점이다. 대신 이러한 식물적 부성이 유년 화자의 이성적 대상 속으로 습합되어 나타난다는 점이다.

무능력하거나 부재한 부성과 각별한 정서적 애착의 대상으로 부상하지 않는 모성, 이러한 부성과 모성의 성격은 고선 소설의 화자가 지닌 생래적 결핍의 주된 원인이다. 물론 그녀의 소설에는 부성을 대신한 인물들이 때로 등장한다. 이를테면 이란성 쌍둥이 승우만을 편애하는 어머니 곁에서 화자 '은희'를 응원하는 「꽃신 한 짝」의 삼촌이나 「아주 오래 낯익은」의 작은아버지, 그리고 역투사된 부성적 성격의 인물인 「천년 동안」의 큰아버지 '동술 씨'가 여기에 속한다고 할 수 있지만, 이들의 성격은 보조적이고 부성의 이미지처럼 미약하다. 그러한 점에서 부·모성의 결핍을 해소하는 방식은 고선 소설의 고유한 개성을 가장 웅변적으로 드러내는 결절점이다.

> 눈을 떴을 때 우리는 뒤엉켜 있었다. 내 두 팔은 소년의 목을 껴안은 채였고 다리 네 개는 강낭콩 넌출처럼 뒤엉켜 있었다. 다리 하나가 소년의 다리 사이로 또 하나는 소년의 다리 위로 뻗어나가다 그만 잠이 들어 있었다. …(중략)… 이대로 아침이 오도록 잠들 수 있다면 우리의 팔다리가 강낭콩 넌출처럼 밤새 뻗어나 2층집에 가 닿을 수 있을까……. 콩기름내 나는 나무 대문을 넘어 2층집 남자도 본처도 다 감고 오르고 싶어. (「초록 뱀」, 46~47쪽)

> 파란 조명등 아래, 남녀 한 쌍이 엉켜 있었다. 그들을 받치고 있는 소파 등받이가 새하얗게 튀어 올랐다. 여자의 희고 가는 긴 팔이 남자 목에 둘러져 있었고 여자 가랑이 사이에서 남자는 으으으. 몰아지경이었다. 내 혈관 속의 실핏줄들이 으 덩달아 덩굴을 쳐가는 듯했다. 어쩌면 아버지의 거세된 성이 내지르는 신음 소리 같기도 했다. 남자의 사타구니에서 보름달이 둥싯둥싯 떠올랐다.

무수한 보름달들이 홀연 홀연 차고 넘쳤다. (「청동의 방」, 28쪽)

고선 소설에 등장하는 화자들의 사랑은 대체로 근친상간적이다.
「꽃신 한 짝」의 주인공 은희는 이란성 쌍둥이 '승우'를, 「빨간 구두 발
자국」의 은우는 피 안 섞인 오빠 '제우'를 향해 있다. 그리고 위에 인
용한 「초록 뱀」의 '수연'과 '금제'는 씨받이 '미친년'의 자식들로서 암
시되어 있다. 인류의 가장 오랜 금기인 근친상간적 사랑이 고선의 소
설 속에 원초적이고 원형적인 이미지들로서 보존되어 있는 셈이다.
첫 번째 인용 글은 미친년의 자식들로서 암시되어 있는 '수연'과 '금
제'의 모습이고, 두 번째는 성인이 된 화자가 남편을 찾아간 현장에
서 본 형상이다. 두 글은 공통적으로 육체적 합일의 이미지를 덩굴-
식물의 관능성으로 그려낸다. 앞에서 살핀 것처럼 고선 소설의 무능
한 시적 부성은 식물적 이미지로 표현되고 있는데, 이것이 인용 글의
육체적 합일의 형상 속으로 들어와 있는 것이다. 그것은 『향연』에서
플라톤이 주장한 원래의 인간적 형상, 즉 남녀가 한 몸을 이룬 형상
으로서, 그리스 철학에서 '세계를 창조하는 힘', '모든 것을 결합시키
는 우주적 힘'으로서의 에로스의 이미지라고 할 수 있다.

'창조와 결합의 힘'으로서의 사랑의 이미지는 위의 인용문에 묘사
된 식물 형상의 지향에서 보다 분명하게 확인할 수 있다. 「초록 뱀」에
서 '우리'로 표현된 수연과 금제의 팔과 다리는 '2층집'을 향해 있다.
그곳은 "퇴락할 대로 퇴락한" 불모지(不毛地)로서, 소년과 소녀의 모

성, 즉 씨받이로 광기의 생을 끝낸 모성이 회복되어야 할 생명의 공간이다. "우리의 팔다리가 강낭콩 넌출처럼 밤새 뻗어나 이층집에 가닿"기를 원하는 바람은 생명 재생의 꿈인 것이다. 이와 같은 이미지는 「청동의 방」에서는 남성과 결합한 달의 이미지로서 구현된다. 여성성을 상징하는 달의 형상을 이 작품은 남성의 성적 상징과 결합한다. 플라톤이 『향연』에서 말한 사랑의 원초적 이미지가 "남자의 사타구니에서" "둥싯둥싯" 떠오른 보름달의 형상으로서 재현된 셈이다. 남성과 여성이 한 몸에 있는 성적 형상은 결합하고 결합시키는 우주적 힘으로서의 에로스를 생각하게 한다.

> 나는 어머니 같은 남자를 만났다. 아버지 같은 남자가 좋았지만 그런 아버지를 내 안에 품으면 된다고 생각했다. 아버지 같은 여자가 되어 엄마와 같은 남자의 사랑을 받으면 된다고 생각했다. 엄마가 남자들에게 준 사랑을 남편을 통해 되돌려받고 싶었다. 어쩌면 그것은 엄마에 대한 위무인 동시에 아버지에게로 가는 길일 수도 있으니까. (「청동의 방」, 24쪽)

"아버지 같은 남자가 좋았지만" "어머니 같은 남자를 만난" 현실을 "아버지 같은 여자가 되어 엄마와 같은 남자의 사랑을 받으면 된다"고 바꾸는 서술자의 생각에는 성장 과정의 결핍을 온전하게 해소하고자 하는, 방법으로서의 양성적(兩性的) 사유가 담겨 있다. 아버지를 품고 어머니의 사랑을 받는 상상은 『향연』에 제시된 원초적 인간의 형상과 다르지 않다. 고선 소설에 반복적으로 등장하는 유년 화자의 근친상간적 에로스는 남성과 여성을 한 몸 속에 담고자 하는 사랑에 대한 최초의 이미지라고 할 수 있다. 그녀의 소설이 묘사한 다양한 식물적 관능성, 꿈과 환상의 이미지는 온전한 합일로서의 사랑, 그 영원성의 이미지로 귀일(歸一)하려는 시적 염원의 발로이다. 사랑의 원형적 기원에 대한 작가적 갈망이 고선 소설의 서사적 탐색에 내장되어 있는 것이다. 물론 그것은 「청동의 방」의 결미가 보여주는 것처럼 현실적 실패로 귀결될 수밖에 없다. 그것이야말로 인간의 운명이고, 현실적 자리이다. 원래 하나였던 '또 하나의 나'를 찾아 헤맬 수밖에 없는 존재로서의 인간, 사랑은 그러한 인간의 근본적인 갈망과 슬픔을 드러내는 정서적 원형질이다.

시적 관능을 육체로 한 고선의 서사는 인간의 영원한 꿈과 슬픔을 형상하는 몸의 언어이다. 고선의 소설에 비치는 방외인으로서의 어떤 모성은, 필연적으로 실패할 수밖에 없는 이 염원의 구원 가능성을 시적 이미지로서 그려낸다.

> "아이고, 우리 귀한 새끼가 왜 운대야?"
> 활짝 열린 사립문으로 방물장수 아낙이 들어온다. …(중략)…
> "애개개? 입가에 묻은 이 침 좀 보게. 꿈을 꾼 거여?"
> "……"
> 아낙이 얼른 나를 당겨 안고 소매 끝으로 눈물범벅이 된 얼굴

을 닦아준다. 스르르 다시 꿈을 꾸기 시작한다. 꿈속에서야 나는 달큰한 젖을 온전히 빨기 시작한다. (「꽃신 한 짝」, 160~161쪽)

이란성 쌍둥이 '승우'가 떠난 자리에 찾아온 "방물장수 아낙"—현실의 어머니로부터 버려진 시간에 "활짝 열린 사립문으로" 들어와 "우리 귀한 새끼"를 부르는 아낙의 환대(歡待)는, 현실의 결핍을 견디며 관능적 서사 속에 성장하는 고선의 유년 화자들, 그들의 꿈 가장 깊은 곳에 내장된 환상일 것이다. "달큰한 젖을 온전히 빨기 시작하는" 저 유년 화자의 꿈이야말로 현실의 어머니를 넘어서 우리 모두가 가 닿기 원하는 '대문자로서의 모성', 온전한 사랑의 원형일 것이다. 그것은 남성과 여성성을 한 몸에 품은 지극한 관능성으로서의 사랑이며, 분열과 차별과 상처를 치유하고 봉합하는 우주적 힘으로서의 사랑이고, 가장 높은 수준의 합일(合一)로서의 사랑이다. 고선의 소설은 이 위대한 모성을 향한 시적 관능이며 꿈이다.

6. 에필로그 : 대언(代言)의 말, 구원으로서의 빛의 문학

1

최초의 언어는 어디에서 기원했을까? 생존을 위한 언어, 단순한 의사소통을 위한 일차원적 언어를 넘어서는 말은 인간에게 왜 필요했던 것일까? 어찌 보면 그러한 말이 인간종을 오늘의 인류로 이르게 한 견

인차였을 터인데, 이는 아마도 보고 경험한 것을 전하기 위한 용도였을 것이다. '나'와 '너'에 속하는 정념의 표현이란 대체로 일상적이었을 것이고, 그렇다면 좀더 소상하고 정연한 말의 필요는 일상의 밖에서 왔을 것이다. 미루어 짐작건대, 낯선 세계에 대한 경험, 새로운 것을 전달하고자 하는 욕망이 보다 높은 수준의 언어를 요청하였으리라.

2

신에게 드리는 제의에서 인간의 예술이 기원하였다면, 최초의 문학은 신을 향해 바치는 어떤 말에서 비롯되었을 것이다. 그 말들은 공동체나 제물을 바치는 자들의 소원을 담은 언어였을 것이고, 제사장의 입을 통해 표현되었을 것이며, 신의 뜻 역시 제의 과정에서 제사장을 통해 전달되었을 것이다.

3

소설은 어떤 이들의 사정과 사연을 전달하고자 하는 마음의 한 형식일 터, 호기심에서 발원한 내면이 공감과 연민을 경유하는 도정, 그것이 소설의 형식을 구성하는 서사일 것이다. 이는 사연의 진실을 체현하는 과정이라고 할 수 있다. 고선의 소설은 제의에서 선포되었을 최초의 문학 언어처럼, 어떤 사연을 전달하는 핍진한 무당의 말을 닮았다. 그녀의 소설 언어는 쓸쓸하고 서러운 삶들, 그러나 입을 갖지 못한 생을 자신의 몸에 부려놓은 여사제(女司祭)의 말이라고 할 수 있다. 약하고 밀려난 것들을 향한 공명(共鳴), 그것이 고선의 소설이다. 고선은, 세상의 한구석에서 서럽고 외롭게 살아가는 이들의 생을 전하는 언어의 여사제이고, 그래서 대신 아파하는 자의 삶을 사는 존재이다.

김 문 주(문학평론가, 영남대 교수)

저자 소개

고 선　Ko Sun

전북 부안에서 태어나 협성대학교와 한신대학교 문예창작대학원을 졸업했다. 2007년 『한국소설』에 단편소설 「울밑에 선 당신」을 발표하며 작품 활동을 시작했다. 같은 해, 시 전문 계간지 『시와 시학』에서 신인상을 받았다. 시집 『내 처음의 딸이 라섹을 하는 동안』이 있다.

천년 동안

초판 인쇄 · 2016년 7월 23일
초판 발행 · 2016년 7월 28일

지은이 · 고 선
펴낸이 · 한봉숙
펴낸곳 · 푸른사상사

편집 · 지순이, 김선도 | 교정 · 김수란
등록 · 1999년 7월 8일 제2-2876호
주소 · 경기도 파주시 회동길 337-16 푸른사상사
대표전화 · 031) 955-9111(2) | 팩시밀리 · 031) 955-9114
이메일 · prun21c@hanmail.net / prunsasang@naver.com
홈페이지 · http://www.prun21c.com

ⓒ 고 선, 2016

ISBN 979-11-308-0971-7　03810

값 17,500원

천년동안

고 선 소설집

호랑나비를 불러들이는 큰아버지의 행위는,
당신의 잃어버린 날개의 흔적 위에 새로운 날개를 다는 작업이며
그리하여 호랑나비 날개처럼 물색 좋은 날개로
푸르르 세상을 한번 날고 싶은,
반편 동술이가 아닌 근육질의 남자가 되는 꿈을 꾸는 일이라고.

— 「천년 동안」 중에서